宮沢賢治入門

宮沢賢治と法華経について

田口昭典

私の一生のしごとは、このお経をあなたのお手もとにおとどけすることでした。あなたが仏さまの心にふれて、一番よい、正しい道に入られますように

昭和八年九月二十一日　臨終の日に於て　宮澤賢治

賢治は妙法蓮華経の精神を伝えるために多くの作品を書き、また法華経の教えにより菩薩行を実践したと言うべきである。

田口昭典

◎目次　宮沢賢治入門　宮沢賢治と法華経について

序　章

第一章　幼少・青年時代（〜大正9年）

第二章　上京中（大正10年）の賢治

第三章　農学校教師時代

第四章　「雨ニモマケズ手帳」から臨終まで

◉
序章

◉宮沢賢治思想の中核を探る

盛岡高等農林学校で賢治を育んだものは、一つは農芸化学の知識技術であり、もう一つは同人誌「アザリア」による文学開眼で、残る一つは法華経との出会いである。この三つのうちの一つを欠いても後の賢治の姿は無かった。三つのうちでもっとも重要なものは法華経の影響である。法華経との出会いが無ければ、今日我々の前に残されているような賢治像は存在しなかったであろう。

法華経こそが賢治を賢治たらしめ、賢治の思想、実践行動、表現活動のすべての中核であり、そのことを理解しないで、賢治を理解したと称することは錯誤以外の何物でも無い。

しかも従来の賢治論で、もっとも欠けていたのは、賢治と法華経の関連についてである。その理由は法華経そのものが難解であるのに加え、法華経が我々の手から離れてしまい、最初から法華経を読んでみようという意欲を失ってしまうからであろう。

多くの研究者や評論家は、賢治と法華経の関係を無視したり、敬遠したり、避けているのではないだろうか、しかも法華経を無視しては、賢治像を半分しか理解していないのである。

一方日蓮宗に限らず仏教関係者は、賢治作品の中から自派の宗旨や布教に都合の良い部分のみを取り上げる傾向が見られ、賢治を聖者として偶像視する機縁にもなっているようである。

次図（図表1）は法華経、自然科学、芸術の三つの関係をまとめたもので、宮沢賢治が盛岡高等農林学校という土壌から、肥料の三要素の窒素、燐酸、加里に相当する農芸化学とアザリアと法華経という養分を吸収し、農業技術者、芸術家、法華経の行者として成長していたことを示している。

　自然科学優先、技術万能、合理主義一辺倒の社会では、経済的に恵まれるにせよ、人間性が踏みつぶされ、砂漠のような無味乾燥なものとなり生き甲斐とか生きる喜びは無くなるだろう。

　宗教優先の社会では、ともすれば独善と偏見に走り、高尚な理想を称えても、それを実現する手段が無ければ画に描いた餅に終るだろう。

　宗教が掲げる理想を実現するためには、それにふさわしい科学技術を持た

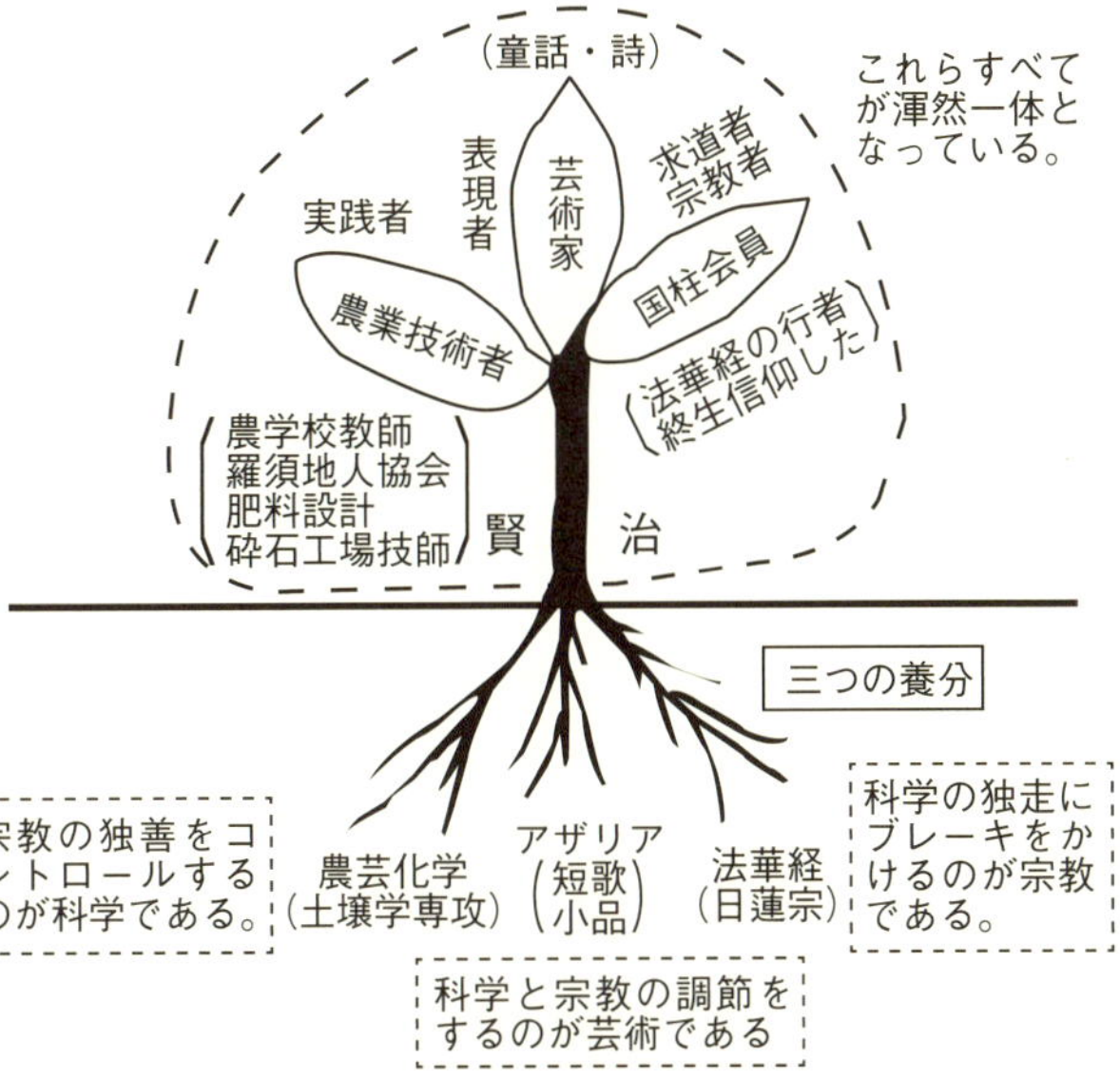

図表1　〈盛岡高等農林学校という土壌〉

ねばならない。

宮沢賢治には、法華経によって与えられた娑婆即寂光土の理想を此の世に実現するための手段として盛岡高等農林学校に於ける農芸化学科三ヶ年、研究生二ヶ年合せて五ヶ年にわたる学習で身につけた土壌肥料の知識技術があったのである。

一方では、難解な法華経の教養を誰にでも分かりやすく伝えようとして、数々の童話を書いたのである。これらは密接なつながりがあって分かつことの出来ないものである。

現在の物質文明は人間中心主義で、人間が繁栄し豊かな生活をするためには、何をしても許されるという考えが主流を占めている。

その結果地球上には、さまざまな荒廃が目立ってきた。弁証法によれば「量的な変化は、質的な変化をもたらす」と言うが個々の汚染は少量でも地球規模にな

図表２〈環境破壊〉

空気	原水爆実験・原発	死の灰・放射能障碍
	石炭・石油の燃焼	光化学スモッグ・酸性雨
	森林伐採・燃料消費	二酸化炭素増加 地球温暖化
	フロンガス放出	オゾン層破壊
	浮遊物 (重金属・アスベスト)	中毒・癌
水	水道水 (トリハロメタン等)	水質汚染
	地下水 (トリハロメタン等)	ハイテク公害
	海水 (廃油・プラスチック)	魚類汚染
農業	農薬 (有機塩素剤　除草剤等)	アレルギー 癌
食物	食品添加物	食品公害

ると人類の生存を脅かすに至る。次図（図表2）は環境破壊の現状を整理したものである。

大気汚染は、一連の原水爆実験の後遺症による放射能汚染、あるいはチェルノブイリ原子炉事故による死の灰。工業化により石油石炭の燃焼による光化学スモッグや酸性雨。宮沢賢治がいみじくも「グスコーブドリの伝記」で予言した二酸化炭素の増加による地球温暖化と海水面上昇、砂漠化。フロンガスによるオゾン層破壊による紫外線増加などがあげられる。

水道水も地下水も水質汚染の脅威にさらされ、安心して水も飲めなくなった。

農薬の多用、食品添加物の増加による植物の汚染も甚だしい。

これ等はすべて人間の飽くなき欲望が生み出したものである。人類は自滅するであろうか、自分さえ良ければ他人はどうでも良いという自己中心の利己主義が横行し、凶悪犯罪が多発し、此の世が地獄の様相を見せ始めている。

地球上のこのような闘争の世界を、賢治は修羅の世界と考え、あらゆる生物が、お互いに殺し合い傷つけ合い、生き物が他の生き物を殺さねば生きてゆけない宿命であるが、無駄な殺し合いを止めて、生命を保つ最低の糧を得るだけで満足し、いたずらに無益の殺生を止めようと、その作品で説き、且つ自分自身でそれを実践したのであった。

賢治は生前に童話集『注文の多い料理店』と詩集『春と修羅』の二冊を自費出版したのみで、その他新聞、雑誌に僅かの作品を発表しただけで殆ど無名であったが、今や数種類の「宮沢賢治全集」が出版され、賢治研究会も全国で十指に余る。また最近では月に平均一冊ずつの賢治研究書が出版されている。

無名の中で死んだ賢治が死後六十年過ぎて益々愛読者が増加してゆくのは何故か、賢治作品の美しさ、清らかさ、自然科学の深い知識に裏づけられた的確な表現、法華経の心を深く湛えた宗教性などが、物質文明の破綻と自然破壊がもたらす危機感に脅える人々の心を慰すオアシスとして、或いはその救いの啓示として、今賢治が再確認されて賢治ブームが到来したのである。

しかし賢治の作品は童話という形をとっていても、多くの人々にとっては、かなり難解である。一読しただけでは真意を把握できないものも多い。それはなじみにくい自然科学用語を用いたこと、幻想的な表現をすること、背後に法華経の精神が流れていることなどがあげられる。

法華経が僧侶に独占されるようになったから、一般の人が法華経に親しむということが少なくなった。法華経を読誦し、理解すれば、賢治の作品の背後から広大な宇宙が現れてくる。

古来からの日本文学に及ぼした法華経の影響は甚大なものがあり、数え切れない多くの作品がある。

筆者も宮沢賢治を知らなかったら法華経に触れる機会は無かっただろう。宮沢賢治によって法華経に導かれたのである。

賢治の作品を読み、真に理解するためには法華経を知らなければならぬことに気がついた。幸に岩波文庫に坂本幸男・岩本裕 訳注『法華経』があり、手に入れて座右に置き、折にふれて読誦している。

◉法華経はどんなお経か

法華経は、自ら読誦しても、他人の読誦するのを聞いても深い感銘を受ける、読んでみると、むしろ文学的と言っても良いのではないだろうか。筆者は二十代の頃一時アンドレ・ジィドやドストエフスキーに熱中し、その時やはり、それ等の作品を理解するには、聖書を読みキリスト教を知らなければならないと感じ、新約聖書のルカ伝などを読んだ時の興奮が法華経を読んだとき蘇ったのである。

岩波文庫版は訳文が美しく分かり易く、偈の部分は流麗で朗唱するにふさわしい。こんなに分かりやすい美しい文章を僧侶は何故誰にも分からぬように読経するのか、分からない方が有難がるとでも思っているのかと、いつも不思議である。死者を葬るときに読経するよりは、生きている内にこそ読むべきである。

原文の美しさを味わうには、口語訳よりも書き下し文の方が好きである。また法華経と言うと日蓮宗と短絡的に考える人が多いが、日蓮宗以外の宗派でも重要な経典とされ、「諸経の王」と言われる程尊崇され、重要視されている。

法華経の特徴のひとつとして「経巻受持」がある。法師功徳品第十九の中に「法華経を受持し、読み、誦し、解説し、書写すれば大きな功徳を得る」とある。

賢治が臨終に際して「国訳の妙法蓮華経を一、〇〇〇部つくってください」「……それから、私の一生の仕事はこのお経をあなたの御手許に届け、そしてあなたが仏さまの心に触れてあなたが一番よい、正しい道に入られますようにということを書いておいてください」と父に遺言し、没後それがまもられたことが知られている。

又「雨ニモマケズ手帳」に埋経について記し、「経埋ムベキ山」の名前が別挙されてあり、弟清六が法華経を鉛の筒に入れ昭和十年頃埋めたと言うのも、この趣旨から出たのであった。

仏陀は「人を見て法を説いた」と言う、その人が理解しやすいように、例をあげて、たとえ話でその教を説いたというが、法華経では、その代表的なたとえ話が七つあり、いわゆる「法華七喩」と言われている。次に示そう。

1、火宅の譬喩《ひゆ》（譬喩品《ひゆほん》第三）
2、窮子の譬喩（信解品《しんげほん》第四）
3、雲雨の譬喩（薬草喩品《やくそうゆほん》第五）
4、化城の譬喩（化城喩品《けじょうゆほん》第七）
5、繫宝珠の譬喩（五百弟子授記品《ごひゃくでしじゅきほん》第八）
6、頂珠の譬喩（安楽行品《あんらくぎょうほん》第十四）
7、医師の譬喩（如来寿量品《にょらいじゅりょうほん》第十六）

その他にも「大王膳の喩」(五百弟子授記品第八)「父少子老の喩」(従地涌出品第十五《じゅうちゆじゅつほん》)などがある。
このうちから有名な「火宅の譬喩《ひゆ》」を引用してみよう。
『三界《さんがい》は安きこと無く　猶《なお》、火宅の如し　衆苦《しゅく》は充満して　甚だ怖畏《ふい》すべく　常に生《しょう》・老　病・死の憂患《うげん》有りて　かくの如き等の火は　熾燃《しねん》として息《や》まざるなり。如来は已《すで》に　三界《さんがい》の火宅を離れて寂然《じゃくねん》として閑居《げんこ》し　林野に安らかに処せり。今、この三界は　皆、これ、わが有なり。その中の衆生《しゅじょう》は　悉くこれ吾が子なり。』(譬喩品第三)

この世は「火宅」であるという言葉は、ここから出たのである。このような法華経の譬喩談や、ジャータカ(本生譚)などが常に賢治の念頭にあり、法華経の教えを現代風にアレンジし、しかも仏教臭を除き、童話の形で表現したのである。従って単なる童話と異って、その内容は実に広く深いのである。その人が賢治童話をどのように理解したかが、逆に言えば賢治によって試されていることになる。

次の特徴は雄大な仏身論である。現在自然科学が到達した時間と空間についての考察が法華経の中に書かれている。筆者も宮沢賢治の学んだ農芸化学を専攻した立場から、自然科学的世界観と法華経の示す世界が相反していないことを知ったのである。自然科学者で法華経に親しんでいる人が少なくないのはそこから来ていると思われる。

宗教と自然科学が対立抗争するという観念的な図式では律しきれず、究極の所では一致するものではないだろうか、賢治の言う所の「四次元世界」は、そのように自然科学と宗教が融合した世界と見ることが出来る。

「如来寿量品第十六」は賢治が初めて読んだとき感動のため体がふるえて止まらなかったと言う部分である。その大意は「この世に出現した釈迦仏を「伽耶《がや》近成《きんじょう》の仏」と呼び、この仏は八十歳でクシナガラにおいて入滅したが、それで仏陀が亡くなったのでは無い。仏陀は無限の過去において既に成仏しているのである。しかもなお仏の残る寿命は、これに倍する。仏は未来永劫にわたって霊鷲山に居られるが顛倒した衆生は、近くに居ても見ることができない。仏の寿命は無量である、なぜかと言うと、それは仏の比類の無い秘密の神通力によるのである。『如是我成仏已来。甚大久遠』（如来寿量品第十六）

　なんという悠久な時間と、広大な宇宙であろう、ビッグバンによる宇宙創世説にも匹敵する「久遠実成の仏」と言うイメージを産み出した法華経を記した者は、驚くべき思索者であった。

　更に重要な特徴は「一乗」と「一切成仏」を説いていることである。

「乗」と言うのは、悟りに至る「乗り物」のことで、「小乗」とは小さい乗物「大乗」と言うのは「大きい乗物」のことで、従来の三乗即ち声聞乗（仏の音声に接して悟る）縁覚乗（独りで悟りに達する）菩薩乗（菩薩が修業によって悟る）を、法華経の立場では教えはひとつであり、すべての者が成仏できると説いたのである。『無有余乗　唯一仏乗』（方便品第二）多くの乗物があるわけでは無く、方便として先ず三乗の教を説いたが、実は、ひとつの乗物だけが真実の悟りへの道である。「三乗方便一乗真実」ということである。

　この立場は、すべての人が成仏できるということで、人間も他の動物も皆平等であると言うことである。賢治の童話では人間だけでなく動物も草木も岩石もすべての地球上の存在は対等であり「山川草木一切成仏」ということで、人間だけが特別の存在で、支配し君臨し搾取する権利があるということを認めていない。

さてそれでは成仏するのにはどうすれば良いのか、何も難行苦行し、出家したりするには及ばない。「布施したり、仏塔を建立するなどの善行をした人は勿論、子供等がたわむれに小石を積んで仏塔を作っても、あるいは合掌したり、ほんの少し頭を下げたりしても成仏できる」（方便品第二）即ち「小善成仏」ということである。

また常不軽菩薩が一切衆生を礼拝して『われ深く汝等を敬《うやま》う。敢えて軽《かろし》め慢《あなど》らず。所以《ゆえ》は何《いか》ん。汝等は皆菩薩の道《どう》を行《ぎょう》じて、当に仏と作ることを得べければなり』（常不軽菩薩品第二十）と説き、誰でもが成仏できると述べている。この常不軽菩薩こそ、後に「虔十公園林」の「虔十」や「雨ニモマケズ」の「デクノボー」となった。菩薩行の実践者は賢治であり、「虔十」や「デクノボー」は賢治自分自身であった。法華経の如来寿量品第十六の中で『われ本《もと》、菩薩の道を行じて成ぜし所の寿命は、今も猶、未だ尽きずして、また上《かみ》の数に倍せるなり』と述べられている、「法師品第十」から「嘱累品第二十二」までは、おもにこの菩薩行が強調されている。

釈迦の永遠性は、この菩薩行にも深く関連しているようである。この点に注目したのは日蓮である。日蓮はたびたびの受難を通して、このことを切実に体験したのではないだろうか。人間の一生という短い限られた時間の中で、実践活動を通じて永遠の生命と一致し、人間の幸福のために行動する者が菩薩であり、その事を菩薩行と言う。賢治は『世界がぜんたい幸福にならないうちは個人の幸福はあり得ない』と書いたが、これは自分自身の菩薩行の信念を表したものであり、悲願であった。

大無量寿経でも阿弥陀如来が、「世の中の人すべてを救えなかったら自分は正覚を取らじ」と述べられたが、賢治の信念と相通ずる点がある。

賢治は浄土真宗から法華経へ、法華経から日蓮宗へ、日蓮宗から国柱会へと進んだが、後に家出上京し、国柱会の活動に加わり、いろいろの奉仕活動、街頭布教をしたこと、花巻に戻って農学校教師となり、退職して羅須地人協会を設立し、それが挫折してから農民のための稲作指導と肥料設計に東奔西走し、過労のため倒れ、小康を得てから東北地方の酸性土壌を中和し、収量を上げるには、炭酸カルシウム（石炭石）が不可欠と考え、東北砕石工場の技師として、また販路拡大のためのセールス活動によってついに再起不能となったのも、すべて菩薩行に他ならないのである。

賢治が盛岡高等農林学校で最先端の自然科学を学びながら、法華経の行者となり、菩薩行に挺身して行ったことは、常識的に一見奇異に思える。自然科学の知識と仏教の間に矛盾を感じなかったのかという疑問が湧く。明治維新以降の廃仏毀釈の嵐の中で、仏教を信仰するということは当時西洋文明の輸入に熱中していたことから見て、旧弊の謗《そし》りを免れなかったのではないだろうか。しかし法華経の中には、現代の常識から見て驚くべきことが述べられているのである。その一例を「見宝塔品第十一」で見てみよう。

『その時、仏の前《みまえ》に、七宝の塔《ぼう》あり、高さ五百由旬《ゆじゅん》、縦広《たてよこ》二百五十由旬にして、地より涌出《ゆじゅつ》し、空中に住在せり。種種の宝物をもって之を荘校《かざ》り、五千の欄楯《てすり》ありて、龕室《へや》は千万なり』

由旬は古代インドの距離の単位で諸説があるが、一由旬七キロメートルと言う説に従うと高さ三五〇〇キロメートルである。この塔は現代の感覚からとらえると、惑星規模の大宇宙船と考えることができる。ＳＦの世界では、すでにおなじみの光景である。

地上に突然大宇宙船が出現したのであるが、この出現のしかたは、一種のタイムトラベル、タイムマシンという感じである。これを読んで度肝をぬかれない者が居ろうか、そしてこの光景は「銀河鉄道の夜」で天気輪の丘に突然、銀河鉄道の列車が出現する場面と、そっくりである。

時空を超えて宇宙空間を旅する「銀河鉄道」というのは、形は変わっているが「見宝塔品」の塔からヒントを得られたように思う。

次図（図表3）は、賢治の童話作品の中で、法華経または、仏教の色彩が反映していると思われるものをピックアップしたものである。筆者は、以前から賢治童話は、法華経の長行《じょうごう》（散文の部分）を敷衍《ふえん》したものであり、詩は、偈《げ》の部分に当るのではないかと考えている。

図表３　〈仏教的な作品〉

No.	作品	関連事項
1	銀河鉄道の夜	見宝塔品
2	虔十公園林	常不軽菩薩品
3	よだかの星	薬王菩薩本事品
4	ひかりの素足	如来寿量品
5	グスコーブドリの伝記	菩薩行
6	フランドン農学校の豚	殺生戒
7	二十六夜	梟鵄守護章
8	ビヂテリアン大祭	殺生戒・菜食主義
9	なめとこ山の熊	殺生戒・因果応報
10	インドラの網	序品・如来寿量品
11	貝の火	安楽行品
12	洞熊学校を卒業した三人	念仏宗僧侶への批判

ただ賢治は作品の手直しをするときに、仏教臭が表面に出ないように考慮したと思われ、それと分かる形で、はっきりと書かれたものは少ないのであるが、ここで拾い上げたものは、一見して、かなり関連する事項がはっきりするものである。他の作品でも、はっきり関連が明らかで無くても、その背後に仏教的なものが潜んでいることが分かるものも多い。

◉第一章

幼少・青年時代（〜大正9年）

◉浄土真宗に育まれた

宮沢家は浄土真宗の信仰に篤かった。賢治の伯母ヤギ（父の姉で一度嫁したが不縁となり実家に戻っていたが、後再婚する）は幼い賢治に「正信偈《しょうしんげ》」（親鸞の教行信証文類の末尾にある正信念仏偈の略、蓮如以来朝夕の勤行《ごんぎょう》に和讃と共に読誦される）や「白骨の御文章」（「朝には紅顔あって、夕には白骨となれる身なり」と言う蓮如の御文の一つで人の生命の無常と、念仏をすすめている）を、子守をしながら、子守歌のように聞かせたという。賢治はそれを聞き、三歳の頃ヤギと一緒に毎朝仏前で唱えたという。

また、ヤギは菩提寺である安浄寺への参詣には、常に賢治を連れて行った。賢治は、また此の頃から地獄極楽の絵本を好み、飽かずに見ていたという。「三つ子の魂百までも」と言われるが、幼い賢治の心に、浄土真宗の信仰が深く刻み込まれていったのである。

一方、母の「イチ」も賢治や妹トシを寝かしつける時には、いつも「ひとというものは、ひとのために何かしてあげるために生まれてきたのス」と語り聞かせていた。

小学校三・四年生の頃になると賢治は画用紙に仏像を書いたり、また粘土で仏像を作ったりした。伯母ヤギはその仏像を仏壇に安置して、長い間礼拝していたという。

また長じて中学生になってからも、木彫の仏像を作ったり、仏像を買い集めたという話も残され、未だに賢治の作った仏像を持っている家もあるとのことである。

菩提寺である安浄寺の報恩講には、弟清六を連れて出席し、きちんと正座して、読経や説教を聞いた。その弟清六は賢治の幼い頃の思い出を次のように語っている。

『以上のような環境や条件が、前からその傾向のあった賢治に人の世の無常を極めて自然に染み込ませたのだと思う。全く、幼い頃から私の見た兄は、特に中学生のころと晩年のころは表面陽気に見えながらも、実は何とも言えないほど哀しいものを内に持っていたと思うのである。父がときどき「賢治には前生に永い間、諸国をたった一人で巡礼して歩いた宿習があって、小さいときから大人になるまでどうしてもその癖がとれなかったものだ」としみじみ話したものだが、たしかにそのように見えるところがあった。

兄は家族たちと一緒に食事をするときでさえ、何となく恥ずかしそうに、また恐縮したような格好で、物を噛むにもなるべく音をたてないようにした。また、前かがみにうつむいて歩く格好や、人より派手な服装をしようとしなかったことなど、孰れも子供のときからというよりは、前生から持って生まれた旅僧というようなところがあったと思うのである』（宮沢清六『兄のトランク』筑摩書房）

肉親の目に赤裸々に写った幼時からの賢治の姿には、なにやら生まれながらにして身についた因縁から、その生涯が既にこのように前生から約束されたもののようであった。父が語る言葉を賢治は耳にしたことがあるかもしれないし、弟が記憶しているとすれば家族の間でも共通の話題でもあっただろうか。このような輪廻転生観などが思い浮かぶということは仏教が賢治だけではなく、宮沢家の家族一同の血肉と化していたということであろう。

宮沢家の祖先とされる藤井将監（一六九六年没）が京都から花巻に移って来たとき以来宮沢家は浄土真宗の安浄寺の檀徒となり、それ以来、浄土真宗の思想と信仰が宮沢家の生活の中心となっていたのであった。

宮沢家の祖父喜助（一八四〇〜一九一七）は分家して古着屋と質屋を兼ねた店を開業した。長男政次郎は十五歳頃から熱心に家業に従事し家運を盛り上げた。

賢治は政次郎の長男として、一八九六年（明治二十九年）父二十二歳、母十九歳の時に生まれた。賢治の父政次郎は、祖父伝来の信仰を守るだけではなく、明治維新以来の仏教の新しい流れを吸収しようと同じ信仰の人々と花巻仏教会を組織して、一八九九年（明治三十二年・賢治三歳）から一九一六年（大正五年・盛岡高農二年生）まで八月に大沢温泉を会場として、夏期仏教講習会を開催した。父の政次郎は、講習会の企画、講師依頼、運営、経費の負担等いわゆるこの講習会のスポンサーとなっていた。賢治が始めてこの会に参加した第八回から、最終回の第十六回までを次表（図表４）にまとめてみた。

講師は主に浄土真宗関係の錚々たる一流の人物が訪れていて、賢治は陰に陽に大きな感化を受けたであろうことは想像に難くない。小学四年生の夏の第八回夏期講習会に参加していたことが、参加者の記念写真に入っていることで明らかとなっている。このような会に賢治を伴って参加した、父政次郎の配慮が分かる。この時の講師は暁烏敏であった。賢治は侍童となって雑用を務めた。

この時のエピソードとして、賢治はいつも暁烏敏の室との境にある襖の近くに寝床を敷いたので、不審に思って、その理由を訪ねると、「いつ呼ばれても用を足せるように、寝床を師の近くに敷くのだ」と答えたという。

この時の出来事を暁烏敏は次のように記している。

「十歳前後の男女の少年十名位、予に親しみ、講余は、いつも室に来り候、念仏し、仏教唱歌を教へ角力をとるなど、余は再び少年時代にかへりたりことを感じ申候。」

この時賢治は丁度十歳であり、碩学《せきがく》が童心にかえって、子供達と戯れている様子が目にうかぶ。

賢治は、このようにして、浄土真宗の信仰を深めていったものと思われる。一九〇九年（明治四十二年）十三歳の賢治は、盛岡中学校に入学し、寄宿舎自彊寮に入り、一九一三年三月まで寮生活を送った。

盛岡中学校は、岩手県で最初に設けられた中学校

図表４〈花巻夏期仏教講習会〉

回	年	賢治（歳）	講師
8	1906（明39）	10（小4）	暁烏　敏「我信念講話」
9	1907（明40）	11（小5）	多田　鼎
10	1908（明41）	12（小6）	斉藤　唯信
11	1909（明42）	13（中1）	村上　専精
12	1910（明43）	14（中2）	祥雲　雄悟
13	1911（明44）	15（中3）	島地　大等
	1912（明45 大元）	16（中4）	大喪中のため中止
14	1913（大2）	17（中5）	（講師不明）
	1914（大3）	18	（記録無し不明）
15	1915（大4）	19（高農1）	（講師不明）
16	1916（大5）	20（高農2）	（講師不明）

であり、多くの政治家、軍人、学者を輩出し、前途有為の若者達が雲集していたが、賢治は、卒業すれば家業につくことを条件に進学してきたので、上級学校進学への受験勉強に励む級友達を眺めながら、前途に希望の無い月日を送っていた。学業にも身が入らず、教師に反抗し、教科に無関係な宗教や哲学、文学などの読書に没頭する日々であったが、破局にまで至らなかったのは、幼時から培われた、仏教が、そのバックボーンとして存在したからでは無いだろうか。そのことについて、中学生時代の賢治の状況を伝える資料として、中学四年生の時（一九一二年十一月三日）に父政次郎あての書簡が残されている。此頃迄日蓮宗についても、法華経についても全く賢治の視野に入っていなかったことは明らかである。長文であるが、この頃の賢治を知るためには貴重な資料となると思うので引用しよう。

『謹啓　小生益頑健他事ながら御安心下され度候
先月分の食費及舎費は二円十三銭の食ひ込みと相成り申し候　先々月に於ては八十銭の操《ママ》り越しにて候ひしかどこれは間に合ひ申し候
　尚今月の操り越しにつきては舎監よりの来書も之れ有るべく候
又小生の小使に於ても大繰越しを致し候　その理由のうちの大なるもの大約是の如く候
　結城蓄堂編
　　和漢名詩鈔　　八十銭

小田島孤舟著（三十八年に大沢の講話会に来りし佐々木孤舟といふ浄法寺の男）
　郊外の丘　　二十五銭
　　以上はこれは買はずともそれは済むものにて候
　　帰省の際には持ち帰り御目にかくべく候
　国文法教科書　　二十銭
　国語読本巻七　　二十五銭
　　以上は教科書、漢文巻四は学期始めに買ひたる為不要
バケツ、一、二十五銭
　一年生のときのは底ぬけ終り候
靴修繕費　九十銭
　来年の四月迄は大丈夫に候
郷友会費　二十銭

大よそ各《ママ》の如きものにて候
又今夜佐々木電眼氏をとひ明日より一円を出して静座法指導の約束を得て帰り申し候　佐々木氏は島津《ママ》大等師あたりとも交際致しずゐぶん確実なる人物にて候。静座と称するもの丶極妙は仏教の最後の目的とも一致するものなりと説かれ小生も聞き噛り読みかじりの仏教を以て大に横やりを入

れ申し候へどもいかにも真理なるやう存じ申し候。（御笑ひ下さるな）もし今日実見候やうの静座を小生が今度の冬休み迄になし得るやうになり候はゞ必ずや皆様を益する一円二円のことにてはこれなしと存じ候　小生の筋骨もし鉄よりも堅く疾病もなく煩悶もなく候はゞ下手くさく体操などをするよりよっぽどの親孝行と存じ申し候

多分この手紙を御覧候はゞ近頃はずいぶん生意気になれりと仰せられ候はん。又多分は小生の今年の三月頃より文学的なる書を求め可成大きな顔をして歌など作るを御とがめの事と存じ申し候。又そろそろ父上には小生の主義などの危き方に行かぬやう危険思想などはいだかぬやうと御心配のことゝ存じ申し候

御心配御无用に候　小生はすでに道を得候。歎異鈔の第一頁を以て小生の全信仰と致し候　もし尽くを小生のものとなし得ずとするも八分迄は得会《ママ》申し候　念仏も唱へ居り候。仏の御前には命をも落すべき準備充分に候　幽霊も恐ろしく之れ无く候　何となれば念仏者には仏様といふ味方が影の如くに添ひてこれを御護り下さるものと承り候へば報恩寺の羅漢堂をも回るべし、岩手山の頂上に一人夜登ること又何の恐ろしき事かあらんと存じ候　かく申せば又無謀なと御しかりこれ有るべく候　然し私の身体は仏様の与へられた身体にて候　同時に君の身体にて候　社会の身体にて候左様に無謀なることは致〔六字分紙面破れて不明〕れば充分御安心下されれ〔以下十数字不明〕申さず私は〔以下欠〕

二伸、今月は六円多く御送り下され度く候』

（『校本宮沢賢治全集』十三巻　筑摩書房）

この書簡の中の中心となる部分は、賢治の浄土真宗に対する信仰告白である。『歎異鈔の第一頁を以て小生の全信仰と致し候』という言葉の重さである。そして道を得た、八分通り会得したと述べていることである。幼児の頃から「正信偈」や「白骨の御文章」を諳んじ、小学生の頃から仏教講習会に参加し、中学校に入ってから、その信仰を育てていった結果到達した境地であろう。

それに続く幽霊も恐くないなどという言葉は年令相応の発想がうかがわれて興味深い。

次に賢治の会計報告の几帳面さである。商家の子供であれば当然とも言えようが、詳細な報告をし、二伸の所で、送金額を増すように付け加えてある所なども、ほほえましい。

筆者なども盛岡在学中は、支出の詳細を詳しく報告しては、次の月の学費を請求したことなど思ひ出され、時代が変わっても同じことをしたのだという感想である。

三つ目に注目すべきは、書籍購入状況や読書傾向である。この頃文学方面の読書に深入りしたこと、短歌などを作ることで、父との間に、なにかあったらしいことがうかがわれるが、しかし危険思想に毒されてはいないということを力説している。

最後に佐々木電眼による静座法という一種の健康法が、仏教の座禅にも通じ、健康になれるということで、この方法を習得し、帰省したら家族に伝えたいと述べている所が、体の弱い父が丈夫になるならばという願いもこめてあるようで、親孝行の側面がうかがわれる。

◉模索の時代

実は一九一三年三月に舎監排斥運動が起こり、舎監室の電灯を消したり、夜中に廊下をドンドン踏み鳴らしたり、舎監が見まわりに来るとふとんの中にもぐりこみ、行き過ぎると又騒ぐなど、例の夏目漱石の「坊っちゃん」の中に描かれている寄宿舎騒動である。賢治はこの時、一方の旗頭としてリードした疑いがある。それが原因で四・五年生全員が退寮させられ、賢治は北山の曹洞宗清養院に下宿することになった。この下宿生活で、浄土真宗以外の宗派に触れることになった。年譜（堀尾青史編『宮沢賢治年譜』筑摩書房）によると、次のようになる。

四月　清養院（曹洞宗）に下宿
五月　徳玄寺（浄土真宗）に移る
八月　願教寺（浄土真宗）で島地大等の法話を聞く
九月　報恩寺（曹洞宗）の尾崎文英について参禅し、頭を青々と剃った。

次の年、一九一四年三月二十三日に盛岡中学校を卒業した。

賢治が浄土真宗以外の曹洞宗の寺院に下宿したり、また参禅するなど、禅宗に触れたことにより、ひとつの転機が準備されていったと思われる。

今ひとつは、島地大等の法話を聞いたことで、法華経に触れる下地が出来たことである。島地大等は、浄土真宗本願寺派に属し、一六四〇年代に草創された願教寺の二十六世を継いだ。近代の仏教学者として有名で、仏教系大学の教授となって、天台学の研究にも当たった。大谷光瑞師の仏教探検隊に参加したり、門主が幼少時にその教育を担当したり、一九一九年（大正八年）以後は東京帝大で印度哲学、日本仏教教学史、天台学などを講じ、その学徳は並ぶ者がなかった。仏教関係の多くの著作もあり、その中に『漢和対照 妙法蓮華経』一九一四年（大正三年八月二十八日発行）明治書院」がある。

また、盛岡市の願教寺で度々法話を行い、賢治もその席に列なったのである。

島地大等を知っていたことにより、「漢和対照 妙法蓮華経」を父政次郎の書架で見かけたとき、手にして繙くことになったのではないだろうか。このような因縁の不思議さを思わずには居られない。

中学生時代から盛岡高等農林学校時代までに賢治は仏教の他に、キリスト教との接触もあった。一時盛岡中学で英語を教えたこともあるバプティスト派の牧師タッピングのバイブルクラスに参加したり、カトリック天主公教会のプジェ神父を知ったりしていたことは、文語詩〔岩手公園〕や短歌として残されている。

岩手公園

「かなた」と老いしタピングは、杖をはるかにゆびさせど、
東はるかに散乱の、さびしき銀は声もなし。

なみなす丘はぼうぼうと、青きりんごの色に暮れ、
大学生のタピングは、口笛軽く吹きにけり。
老いたるミセスタッピング、「去年《こぞ》なが姉はこゝにして、
中学生の一組に、花のことばを教へしか。」
孤光燈《アークライト》にめくるめき、羽虫の群のあつまりつ、
川と銀行木のみどり、まちはしづかにたそがるゝ。

（『新修宮沢賢治全集』第六巻　筑摩書房）

この詩によると賢治はタッピング家の親子、姉弟四人家族のことを良く知っていて、作品にしたと思われる。ちなみにこの作品は岩手公園の中津川べりの方に詩碑があり、毎年十月二十一日賢治を偲んで碑前祭が催されている。

プジェー神父は一九〇二年盛岡市四ッ谷天主堂に着任一九二二年まで存在したが、賢治の「大正五年三月より」という短歌の中に登場している。

さはやかに
朝のいのりの鐘鳴れと

ねがひて過ぎぬ
君が教会
（二八〇）

プジェー師よ
いざさはやかに鐘うちて
春のあしたを
寂めまさずや

プジェー師は
古き版画を好むとか
家にかへりて
たづね贈らん

プジェー師や
さては浸礼教会の
タッピング氏に
絵など送らん

（『新修宮沢賢治全集』第一巻　筑摩書房）

おそらく、短歌から発展させたと思われる文語詩「浮世絵」の中にもプジェー神父の名が出ている。

浮世絵

ましろなる塔の地階に、さくらばなけむりかざせば
やるせなみプジェー神父は、とりいでぬにせの赤富士。
青瓊《ぬ》玉かゞやく天に、れいろうの瞳をこらし、
これはこれ悪業乎《あくか》栄光乎《さかえか》、かぎすます北斎の雪

（『新修宮沢賢治全集』第六巻　筑摩書房）

プジェー神父は宗教活動のみならず、浮世絵や切支丹鍔の収集を行った。賢治は自分の家にある浮世絵（質流れ品か？）をタッピング牧師やプジェー神父に贈ろうとしたか、贈ったものと思われる。これらの短歌や詩からみると、賢治とかなり親密な関係があったのではないかと推定され、仏教のみでなく、キリスト教にも貪欲に触手を伸ばしていたことが知られる。これらキリスト教についての知識は、例えば後の「銀河鉄道の夜」などに活用されていることが分かる。法華経に辿りつく前後の賢治の宗教遍歴の跡を辿ってみた。

プジェー神父との関係から、賢治が浮世絵についても、なみなみならぬ関心を持ち真贋鑑定の眼識もかなりのものであったことが知られる。後に〔浮世絵広告文〕〔浮世絵版画の話〕〔浮世絵画家系譜〕

図表５　〈宮沢賢治の宗教遍歴〉

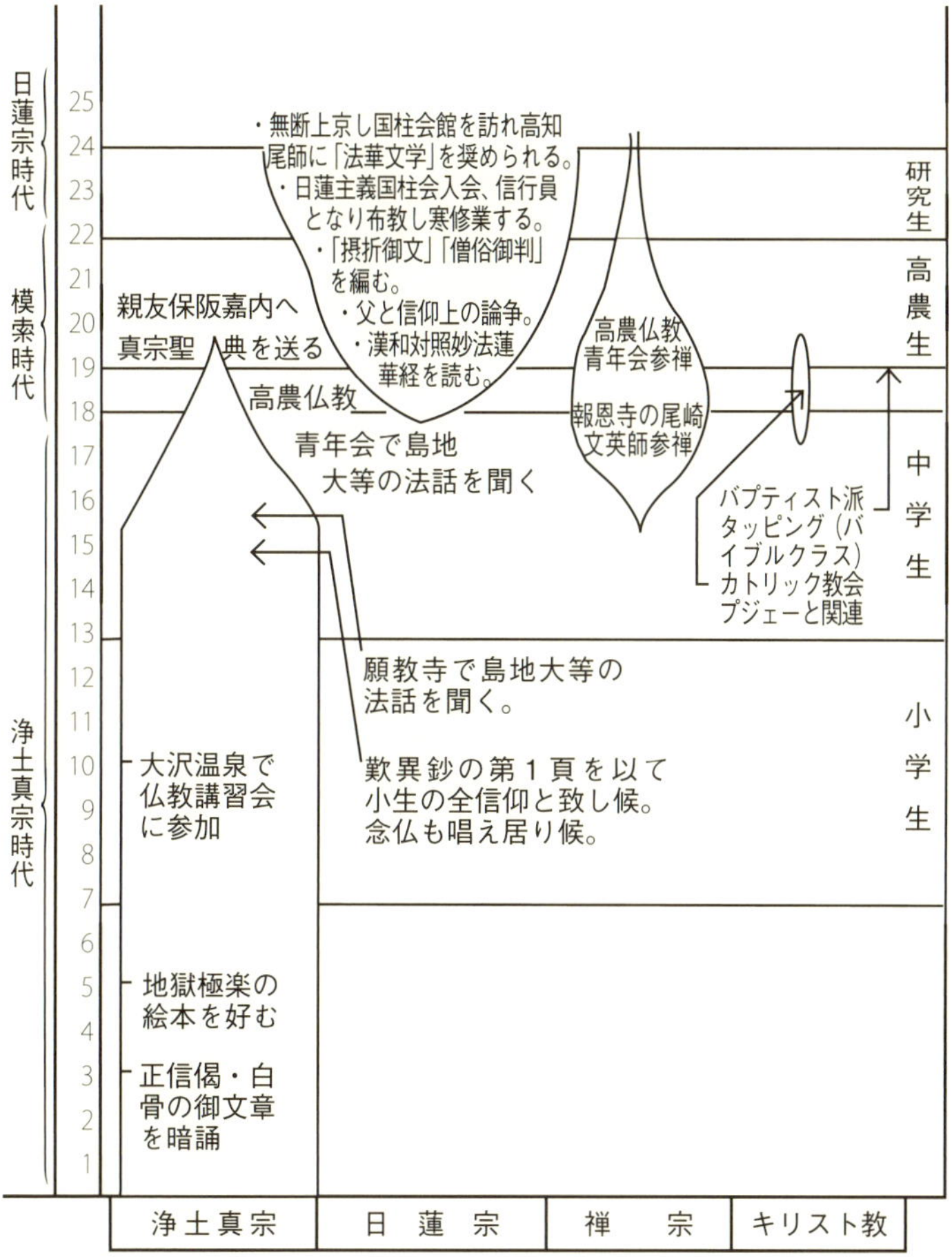
日蓮宗時代
模索時代
浄土真宗時代
25
24
23
22
21
20
19
18
17
16
15
14
13
12
11
10
9
8
7
6
5
4
3
2
1
・無断上京し国柱会館を訪れ高知尾師に「法華文学」を奨められる。
・日蓮主義国柱会入会、信行員となり布教し寒修業する。
・「摂折御文」「僧俗御判」を編む。
・父と信仰上の論争。
・漢和対照妙法蓮華経を読む。
親友保阪嘉内へ真宗聖典を送る
高農仏教青年会で島地大等の法話を聞く
高農仏教青年会参禅
報恩寺の尾崎文英師参禅
バプティスト派タッピング（バイブルクラス）カトリック教会プジェーと関連
研究生
高農生
中学生
小学生
願教寺で島地大等の法話を聞く。
歎異鈔の第１頁を以て小生の全信仰と致し候。念仏も唱え居り候。
大沢温泉で仏教講習会に参加
地獄極楽の絵本を好む
正信偈・白骨の御文章を暗誦
浄土真宗
日蓮宗
禅宗
キリスト教

〔浮世絵鑑別法〕などを残しているが、これらも彼等との交流が刺激となってるのかもしれない。

このように法華経に触れる前後に、禅宗やキリスト教についても関心を持ったいわば模索の時代があった。この関係を図（図表5）に示す。

◉法華経との遭遇

賢治がいつ法華経を読んだかについては、草野心平が「大正四年二十歳」（数え年）に「九月、初めて妙法蓮華経を読む。爾後同経典を座右に置きて読誦す。当時の感想を『只驚喜して身顫ひけり』と語る」（草野心平編『宮沢賢治研究』昭和十四年九月　十字屋書店）その後佐藤隆房が「中学四年の時、賢治さんは家に蔵してあった、盛岡の願教寺の住職で兼て東洋大学の教授島地大等師の著された「漢和対照 妙法蓮華経」といふ本を見付け出しました。一読してみて、「何故」とか、「どうして」とかいふ理屈などは一つも考へられず、ただ身内がゾーッとする位の感慨が起こり、それこそ慄へながら、憑かれたやうにむさぼり読んで行きました。これからの賢治さんは、この本をもととして比類のない法華経の篤信家となりました。」（佐藤隆房『宮沢賢治』昭和十七年九月　冨山房）この説だと中学四年生のときは、（明治四十五年　大正元年）となるが、同書巻末の宮沢清六編「宮沢賢治年譜」では、「大正四年　二十歳　九月頃初めて妙法蓮華経を読みて感激す。爾後同経典を座右に置き読誦す」となっている。二十歳というのは数え年であるが、同一書籍の本文では、中学四年のとき（一九一二）年譜では盛岡高農一年生のとき（一九一五）と三年の開きがある。草野心平の著作と、この年譜の文章は同一の部分があり、草野心平は、宮沢清六の作った年譜を利用したのではあるまいか。又小倉豊文は、その年譜に『大正三年九月、法華経を読みて感激「驚喜して身顫ひ戦けり」と。爾来、生涯の信仰となる。」（小倉豊文編　昭和文学全集一四巻『宮沢賢治集』昭和二十八年六月　角川書店）後に宮沢清六は、「兄賢治の生涯」の中で一九一四年（大正三年）の頃について次のように記している。

『いよいよ受験準備にとりかかった賢治に、その夏特筆すべきことが起こった。それは父が常に宗教のことで尊敬していた高橋勘太郎という人から父に贈られた国訳妙法蓮華経を賢治が読んだということである。

この本は前年から賢治が説教を聞いていた浄土真宗の島地大等の編輯《へんしゅう》したもので、その中の「如来寿量品」を読んだとき特に感動して、驚喜して身体がふるえて止まらなかったと言う。後年この感激をノートに「太陽昇る」とも書いている。以後賢治はこの経典を常に座右に置いて大切にし、生涯この経典から離れることはなかった。』（宮沢清六　『兄のトランク』一九八七年九月　筑摩書房）

この文章には二ヶ所の間違いがある。一つは「国訳妙法蓮華経」ではなくて、「漢和対照 妙法蓮華経」であること、最近龍門寺文蔵は「国訳」は聞き間違いで、山川智応の「和訳妙法蓮華経」ではなかったかという新説を称えている。（龍門寺文蔵　『「雨ニモマケズ」の根本思想』一九九一年八月　大蔵出版）

もうひとつは、賢治が島地大等の話を聞いたのは、前年でなく、三年前の明治四十四年の夏期仏教講習会に出席して講話を聞いたのが始めてで、その後願教寺での仏教講話を聞いている。さて賢治が法華経をいつ読んだかについて諸説があったが、これを整理すると次図（図表6）のようになる。

いずれの説が真実であるかを確かめてみよう。この「漢和対照　妙法蓮華経」は、一九一四年八月二十八日（大正三年）発行であるから、当然それ以前に読んだとする佐藤隆房説は否定される。後にこれが、退学となった親友保阪嘉内に、失意を慰める意味で贈られた。「保阪庸夫・小沢俊郎編『宮沢賢治　友への手紙』一九六八年七月」その十七に『先づあの赤い経巻は一切衆生の帰趣である事を幾分なりとも御信じ下され本気に一品でも御読み下さいそして今に私にも教へて下さい。さい《ママ》。』

ところがこの本の表紙裏に次のような書込みがあることが分かった。

『いにしへの鷲の御山の法の華
　賤か庭にもいま咲にけり
　　大正三中秋十二日
　　　陸奥山中　寒石山猿　拝呈
金蓮大兄　御もとへ　』

即ち「陸奥山中　寒石山猿」とは、岩手県二戸郡浄法寺町の法友高橋勘太郎の号で

図表6　〈法華経を読んだのはいつか〉

年	賢治	法華経をいつ読んだか
一九一二（明45・大元）	十七歳（中　四）	佐藤隆房「宮沢賢治」本文説
一九一三（大　二）	十七歳（中　五）	
一九一四（大　三）	十八歳（浪　人）	宮沢清六「兄のトランク」説 小倉豊文「昭和文学全集」説
一九一五（大　四）	十九歳（高農一年）	草野心平「宮沢賢治研究」説 佐藤隆房「宮沢賢治」年譜説（宮沢清六編）

あった。高橋勘太郎から宮沢政次郎に贈られたものであることがはっきりと証明されたのであった。副えられた短歌の意味は「昔釈迦が霊鷲山で説かれた法華経が、賤しい私の家にも届けられて見ることが出来ました。」ということであろう。勘太郎が読書好きであったから自ら購入したか、或いは旧知の島地大等から贈られたものか不明であるが、発行されてから間もなく入手したものであろう、精読した上で、法友の政次郎に読ませたいと思って贈呈したものと考えられる。

　注目すべきは、そこに書かれた日付である。「大正三中秋十二日」は、旧暦の八月十二日だから、大正三年八月十二日は、新暦の十月一日にあたる。（小倉豊文「二つのブラック・ボックス」「宮沢賢治」第二号　洋々社）とすれば大正三年の八月の夏に賢治が読んだという説は怪しくなり、少なくとも秋十月以降であったとせねばなるまい。賢治の言う「赤い経巻」が辿った跡を整理すると、大体次表（図表７）のようになるだろう。

図表７　〈「赤い経巻」が辿った跡〉

一九一四年明治書院発行定価壱円八十銭
（大正三年八月二十八日）
↓　購入又は島地大等からの寄贈
？　高橋勘太郎
↓　郵送又は持参（十月十～十一日）
（大正三年十月一日）宮沢政次郎
↓　賢治がこの間に読む
一九一八年
（大正七年三月？日）
親友保阪嘉内に贈る。（十三日と二十九日の間に届く）

　この赤い経巻は、この一冊だけでは無く、他にもあったことが、同級生の成瀬金太郎が卒業して、南洋東カロリン群島ポナペ島南洋拓植工業株式会社に就職して出発するときに贈っていることが、その時作った短歌から知られる。

六首のうちから関連するものは、

『　君を送り君を祈るの歌
あゝ海とそらとの碧のたゞなかに
　　燃え給ふべき赤き経典

このみのりひろめん為にきみは今日
　　とほき小島にわたりゆくなり

ねがはくは一天四海もろともに
　　この妙法に帰しまつらなん
〔大正七年三月十四日成瀬金太郎宛〕』

また、四月十八日付成瀬金太郎充て書簡の中で、
『盛岡ヲ御発チニナッタ翌日、私ハ新シイ本ガ間ニ合ハナカッタノデ、私ノ貰ッタ古イ本ヲ懐ニ入レテ晩方御宿ニ行キマシタラ、下宿ノオカミサンガ出テ来テ、モウ昨夜御発チニナッタト申シマシタ』

此の手紙によると、新しい本が届かないので古い本を持って訪ねたが、もう出発した後であったということで、この本というのが、「漢和対照 妙法蓮華経」であることは疑いない。「古い本」の方が後日保阪嘉内へ送られ、その後届いた「新しい本」の方が成瀬金太郎に届いたのであろう。私は最初高橋勘太郎から送られたものが、成瀬金太郎の所に行ったものと勘違いしていたが、保阪嘉内へ送られたものの書き込みで、その行方がはっきりした。

さて賢治が読んだ可能性がある、大正三年十月以降の動静を探ってみると、この年の三月に盛岡中学校を卒業し、在学中からの肥厚性鼻炎の治療のため盛岡市の岩手病院に入院し手術を受けたが、その後発熱しチフスの疑いがもたれた。看病に付き添っていた父も発病し、親子枕を並べ一ヶ月近く入院したが、このとき看護婦を恋したことが知られている。退院後は、家業の店番や母の養蚕の手伝いなど悶々とした日が続いた。この頃の大学等は、九月入学式であったから（四月入学になったのは、大正九年から）賢治の目の前を、かつての同級生達が続々進学してゆくのを見るのは堪え難かったであろう。自分も進学したいという願いがいよいよ強くなり、賢治はノイローゼ状態になってしまった。九月以降にそのことを憂えて、父政次郎が盛岡市の盛岡高等農林学校ならば進学してもよいという許可が出て、賢治は心機一転して、店の手伝いをしながら受験勉強に励むこととなったのである。

従来は、進学を許された喜びの時期に、この法華経に触れ、一層勉学に熱が入ったとされていたが、年譜や作品などに、この時期法華経を読んだという感想や感動は述べられていない。半年後に迫っている受験に備えて、そちらの方に熱中して他を省みる余裕などは無かったのでは無いだろうか。法華経を読んで発奮して、猛烈に勉強して、その結果盛岡高等農林学校へ首席で入学したというのは確かに美談ではあるが、しかしこの時期読んだことを全く否定することも出来ない。法華経に深く触れることが出来たのは、盛岡高等農林学校に入学して余裕が出来てからと考える方がより自然なようである。小倉豊文も既に同様の見解を発表されている。（小倉豊文「二つのブラック・ボックス」「宮沢賢治」第二号　洋々社）

要するに、「漢和対照 妙法蓮華経」は、十月以降賢治の家に置かれてあり、賢治が目にすることは出来たけれども、受験勉強に熱中していたとすれば、熟読する機会は無かったという推定が成り立とう。また『驚喜して身顫ひ戦けり』ということも疑問に感ずる、賢治がいかに天才であっても、一読してその真髄を把握し、体がふるえるような感動をしたと言うのは、誇張か、伝聞か、贔屓の引き倒しで無ければ幸である。

法華経の中では、この経を聞いて感動したという事例が沢山出ている。例えば『妙法蓮華経譬喩品第三』の冒頭『その時、舎利弗《しゃりほつ》は踊躍《ゆうやく》し、歓喜《かんき》して、即ち起《た》ちて合掌《がっしょう》し』（坂本幸男・岩本裕 訳注『法華経』上　岩波文庫）

舎利弗がこの経を開いたとき、踊り上って喜び立ち上がって合掌したのである。このような部分を賢治が他人に語り聞かせているうちに、舎利弗が宮沢賢治に置き換えられた可能性が無きにしもあらずと、以前から考えていたのである。このように考えても、決して賢治を貶めることにはならないと思う。賢治が法華経に触れる迄をまとめた。次回からその影響について述べたい。

◉廃仏毀釈の嵐と仏教

宮沢賢治が国柱会になぜ入会したのか、法華経に依る宗派は他にも沢山あるのに、国柱会を選んだ理由は何かということを考える前にその背景として、明治初年の「廃仏毀釈」について理解する必要があろう。

明治政府は、慶応三年（一八六七年）徳川慶喜が大政奉還した時に政府の方針として「王政復古の大号令」ということで、政体を天皇制とし、「諸事神武創業之始に原き、」と、神武天皇の建国（「古事記」「日本書紀」による神話に基く）の昔に返り、天皇を現人神《あらひとがみ》とし、絶対的な天皇制とすることにした。

この方針は敗戦後昭和二十一年一月一日に昭和天皇が『……朕と国民の間の紐帯は、終始相互の信頼と敬愛で結ばれ、単なる神話と伝説によりて生ぜるものにあらず。』と天皇自らが神格を否定する迄続いた。

しかし、従来の徳川幕府の下、各藩の大名による分割支配体制が行詰まって、内部から崩壊して行った先例から、維新政府は、強力な中央集権が必要と考えた。又、欧米先進国は、虎視眈眈と後進国を植民地として支配しようと狙っていたので、それ等列強に追いつき追い越し、資本主義を確立するためには、国民が、その目標に向かって一致協力することが必要で、その中心に天皇を置き、天皇の名の下に政策を実行しようとしたのである。
その方針に従って、天皇を神格化したのである。明治元年（一八六八年）三月十三日に、その趣旨から「祭政一致、神祇官再興」の布告が出された。「神祇官《じんぎかん》」というのは、大宝令で制定された官庁で、太政官の上に位置し、神祇の祭祀を掌り、諸国の神社を監督した。文明開化の世に、今考えると、千二百年前の大宝律令の世に戻ることなど、ナンセンスであるが、当時は真面目に考えられたのであった。

『此度《このたび》、王政復古、神武創業の始に被為基、諸事御一新、祭政一致之御制度に御回復被遊候に付ては先《ま》づ第一神祇官御再興御造立の上、追々御祭奠《さいてん》も可被為興儀、被仰出候。依て此旨五畿七道諸国に布告し……』

という太政官布告によって、全国の神社、神職が神祇官に属し、天皇制に組み込まれたのである。
続いて三月二十八日に神祇事務達が出た。

『一、中古以来、某権現或は牛頭天王《ごずてんのう》之類、其他仏語を以て神号に相称候神社不少候。何れも其神社之由緒、委細に書付、早々可申出事。（以下略）
一、仏像を以て神体と致候神社は、以来相改可申候事。付。本地抔と唱へ、仏像を社前に掛、或は鰐口《わにぐち》・梵鐘・仏具之類差置候分は、早々取除き可申事』

従来本地垂迹説《ほんじすいじゃくせつ》から、仏・菩薩が、権《かり》に日本の神として現れる、（権現《ごんげん》）とされ、神社には神宮寺、別当寺が置かれる例もあった。いわゆる神仏習合である。考えてみると、日本古来の神道が、仏教に取り込まれて、余喘を保っていたのが、この神仏分離令によって息を吹き返したと見ることができる。

徳川時代はキリシタン弾圧の為に檀家制度が強力に推進され、寺請《てらうけ》制度により、すべての日本人が、家単位で強制的に寺院に所属させられた。寺院が発行する寺請証文なしに社会生活を営むことができなかった。このように権力の末端に組み込まれた為に僧侶の腐敗堕落は目を被うばかりであった。

檀家制度に押されて逼塞《ひっそく》していた神官がこの時とばかり反撃に出て、神社内の仏像・仏具・経典などの破壊、焼却の拳に出たのである。

その背景には、王制復古の支柱となっていた過激な排仏論を称えた。その背後に平田篤胤による復古国学があったことも否めない。

排仏の極端な例は、近江国日吉神社、信濃国諏訪神社、越前国白山石徹白神社、京都石清水神社、尾張国熱田神社、越前国筥崎神社、遠江国秋葉山、大和国金峯山、伯耆国大山、羽前国羽黒山、讃岐国金毘羅宮、下野国日光（二荒）山などが挙げられる。

一方寺院の廃止・統合も盛んに行われた。佐渡国の例では、五百余ヵ寺を八十ヵ寺に統合したという。富山藩では、一宗一寺令を出し、真宗二百三十二ヵ寺、禅宗四十ヵ寺、真言宗二十ヵ寺、天台宗十四ヵ寺、浄土宗十四、五ヵ寺、日蓮宗四十ヵ寺、修験道七ヵ寺、時宗など総計約三百七十ヵ寺を統合して、八宗、八ヵ寺にしようという乱暴な計画であった。

奈良の興福寺は南都七大寺のひとつであるが、その僧侶は全員春日大社の神官になることを望み、寺院内に僧侶の姿は消え、堂塔伽藍は西大寺・唐招提寺の預りとなり、多くの堂宇、子院が破壊され、五重塔は、わずか二十五円で売却されたという。

この嵐も明治五年頃には落ち着いてきた。即ち宗教界の混乱は、人心の動揺を招き、維新政府にとっても困るということから、仏教が国民を教化し、天皇制を維持してゆくことに有効である、いわば仏教をも天皇制の中に組み込もうとしたのである。僧侶等も、廃仏毀釈を、一過性の嵐として受け止め、嵐の過ぎるのを待っていたのではあるまいか。（図表8）

図表8〈明治初期宗教関係略年表〉

西暦	年号	事項
一八六八	明治一	神仏分離令。廃仏毀釈起こる。
一八六九	二	長崎浦上キリスト教徒三千余人を捕う。
一八七〇	三	大教宣布の詔。
一八七一	四	社寺領上知令。宗門改制廃止。神祇官を神祇省に。
一八七二	五	教部省と教導職・各宗管長一名を置く。大教院設置。僧侶の肉食、妻帯、蓄髪を許可。
一八七三	六	神武天皇即位日・天長節を祝日とする。
一八七四	七	各派ごとに管長を置く。
一八七五	八	大教院解散。信教自由の口達。
一八七六	九	日蓮宗不受不施派再興許可。
一八七七	一〇	教部省を廃し、内務省に社寺局を置く。

（柏原祐泉「日本仏教史　近代」吉川弘文館より　一部語句表現を変えた。）

明治五年神祇省は、教部省となり、廃仏毀釈から一転して、仏教教団を活用する方向へと進んだ。明治七年には、全国の神官・住職をすべて教導職として、政府の方針に従って国民の教化を担当することになった。その為に三つの基準が示された「三条教則」という。

『一、敬神愛国の旨を体すべき事

二、天理人道を明らかにすべき事

三、皇上を奉戴し朝旨を遵守せしむべき事』

これはいずれも仏教色は薄く、神道によって天皇制国家を維持発展させようとする趣旨に他ならなかったが、僧侶側は、廃仏毀釈よりはましだと考え、協力することにしたのであろう。宗教家としての誇りや信念など毛頭無かったと言わざるを得ない。

宮沢賢治が生まれる前の仏教世界は時流のままに右往左往し、混沌とした状態であった。その中で、主体性をもって活動しようとしたのは、教団の中の革新的な人々や、寺院を離れた在家の仏教者などである。

清沢満之、暁烏敏、佐々木月樵、多田鼎、近角常観、伊藤証信、渡辺海旭、椎尾弁匡、山崎弁栄などは、改革派で、山岡鉄舟、鳥尾得庵、大内青巒、大道長安、田中智学などは在家仏教者である。

花巻夏期仏教講習会で、宮沢賢治は既に仏教改革派とも言うべき暁烏敏、多田鼎、斎藤唯信、村上専精等と接触があった。

また島地大等の「漢如対照妙法蓮華経」を読み、日蓮宗の諸宗派のうち、在家仏教家田中智学の国柱会の教義に触れ、大正九年十二月に入会してから、終生その会員であった。

◉ なぜ国柱会か

前にも述べたように、宮沢賢治は、宮沢家の信仰である浄土真宗の他に禅宗や法華経、またキリスト教も、カトリックから新教迄広く接する機会があったが、その中でも、法華経に、そして日蓮宗に、日蓮宗のうちでも、在家の仏教団体の国柱会を選んだのは何故であろうか。まず仏教の三大流派、浄土真宗と、禅宗、日蓮宗を比較してみよう。

浄土真宗は、他力本願ということで、一切を阿弥陀仏にまかせて、南無阿弥陀仏の六字の名号を唱える（念仏という）ことによって西方極楽浄土に往生することができるとする。

禅宗は浄土真宗と異なり、自力門ともいい、座禅修行により悟りを得るとする。

日蓮は、他宗派を認めず「念仏無間、禅天魔、真言亡国、律国賊」と攻撃した。また、日蓮宗は、人はすべて仏になることができる、南無妙法蓮華経の題目を唱え、穢土を寂光土に変えるため、人々の幸福を求めて行動するという立場に立っている。三宗派のちがいをまとめると次表のようになる。

（図表９）

賢治が日蓮宗に走った理由については、いくつか考えられるが、第一に、宮沢賢治が入学した盛岡高等農林学校創設の目的『冷害による凶作を克服し、農業を振興する。関東関西地方と東北地方の農業の地域格差の是正。農業と工業の鋏状価格差を克服し、生産力を増強できる知識技術の探究。高遠な学理を研究するのみならず実践力を身につけさせる。学識技能のみならず品性を陶冶し、実務に適した社会の中堅となる人物の養成』などであり、空虚な空理空論に走らず、徹底的に実学を仕込まれた。この点が大学の農学部と異なる点で、筆者が在学した昭和二十一年当時、創立以来四十五年経過しているのに、実学尊重の気風は脈々と流れていた。賢治が在学した大正四年当時は、その気風はもっと強かったに違いない。また級友の多くは、卒業後郷里に戻って、農業に挺身しようとしていた。これは法華経に言う菩薩行（菩薩道）に他ならず、賢治は深く強い感銘を受けたことは疑うことができない。

また賢治が専門とした農芸化学は、実験を主とする学問であり、理論や仮説を実験によって証明するためには、手足を動かして実験せねばならない。これも法華経の説く菩薩行のひとつと考えられる。更に農芸化学は、農学のうち自然科学的分野と深い関係があり、賢治が当時学んだ、空間や時間に関する最新の学説と、法華経の中で説かれている時空論は、相反するよりは、一致する面が多かったのである。

第二には、家の信仰とする浄土真宗と、父政次郎から独立するための方便として、日蓮宗に走った可能性も無視出来ない。父政次郎が浄土真宗を信仰し、口に南無阿弥陀仏を唱えながら、古着・質屋を営業し、困窮している農民から財貨や土地を収奪しているという罪悪感に堪えられなかったのである。賢治は父と異なる信仰によって、父の束縛を離れ、独立しようとしたとも考えられる。

図表９〈三宗派の差異〉

自力門	禅　宗 （南無帰依仏）	仏（覚者）になる為の座禅修行衆生を教化救済する。 修行の場は寺院。座禅三昧。
自力門	日　蓮　宗 （南無妙法蓮華経）	人には仏になる能力がある。人の力で社会を実践修行の場として穢土を浄土にする。人々の幸福のために行動する。又衆生の苦難を除く為の行をする。 修行の場は社会。（妙法蓮三昧）
他力門	浄　土　真　宗 （南無阿弥陀仏）	阿弥陀仏にまかせきって念仏称名し、罪悪を消滅させて仏となる。仏の慈悲の光によって、悪業煩悩を消滅させて頂く。 修行の場は、寺でも社会でも。 （念仏三昧）

又法華経の「妙荘厳王本事品第二十七」には、法華経を信じない妙荘厳王を、信じているその夫人浄徳と二人の王子浄蔵・浄眼が信仰に入らせようと、神通力を用いて種々の奇蹟を現し、ついに父王を信仰の道へ入らせたという例を賢治は読み、父政次郎を日蓮宗の信仰に導くのは、子としての義務であると考えたに違いあるまい。

思えば、賢治が法華経を読み、日蓮宗に帰依したということに不思議な因縁を感ずるのである。賢治が法華経を読まず、日蓮宗に帰依しなかったなら、あの多くの作品は生まれず、あのような生涯を送ることは無かったであろう。妙荘厳王が「二王子はわが善知識である。私を導くためにわが家に生まれてきたのだ」と述べたが、宮沢賢治も、仏陀が我が日本に使わした使徒であるとは言えまいか。

日蓮や日蓮宗についての説明は、他に譲り、ここには、日蓮から生まれて、種々に分かれていった、日蓮宗の流派一覧を示そう。賢治が入会した、国柱会の位置に注目してほしい。

日蓮には、高弟六人（六老僧）が居て、日蓮入滅後、それぞれの道を辿った。

日持は、海外布教を志し、大陸に渡り、消息を絶った。日朗からは法華宗が始まり、今日に至っている。日興から本門宗が始まり、日蓮正宗となり、創価学会は以前日蓮正宗に属していた。他の日常、日向、日昭、日朗等は、日蓮宗につながり、今日多数の宗派に分かれている。国柱会は、この流れの中に、霊友会や、立正佼成会などとともに入っている。

日蓮系は、現在主なものだけでも三十九団体に分裂しているが、その由来は個性的な派祖、他派との反目、社会の変化への対応、法華経の迹門《しゃくもん》、本門《ほんもん》の一致あるいは勝劣の相違、神社参拝の可否、活動方針の相違などによることが多い。多くの新興宗教もこの門下から輩出しているが、流派一覧図（図表10）から凡その関係が分かる。

賢治が国柱会を選んだのは、国柱会を創設した田中智学の個性によるであろう。宮沢賢治が傾倒した田中智学とはどんな人か。（図表11略歴参照）

田中智学は、法華経による社会の改革を称えたが、あくまで天皇制の下での、天皇制を支える立場であった。

その一例として戦時中の標語「八紘一宇」は、田中智学の造語で、日本書紀の中の神武天皇の即位の詔勅『上《かみ》は即ち乾霊国《あまつかみくに》を授くるの徳《うつくしび》に答え、下は即ち皇孫正《すめみまただしき》を養いたまう心《みこころ》を弘めん。然して後に六合《くにのうち》を兼て以て都を開き、八紘《はっこう》を掩いて宇《いえ》と為《せ》んこと、亦可《よ》からざらんや。』の中の「八紘為宇」を「八紘一宇」に変えたもので、筆者のような戦中派は、耳が痛くなる程聞かされ、大東亜共栄圏の語と対になって、アジア侵略を正当化するために使われたのである。

「八紘一宇」というのは、全世界が一軒の家になるということで、天皇を中心として、世国を制覇して統一国家にしよう、それを進めるのが臣民の道であるという立場で、軍部にも強く支持され、満州侵略の口実になったのである。ちなみに、満州事変を起こした関東軍高級参謀石原莞爾も国柱会の門下であった。

軍部や右翼の精神的な支柱であった国柱会は、戦後その言動が祟って、他の宗派のような華々しい活動が見られない。

図表10〈日蓮宗主要流派一覧〉

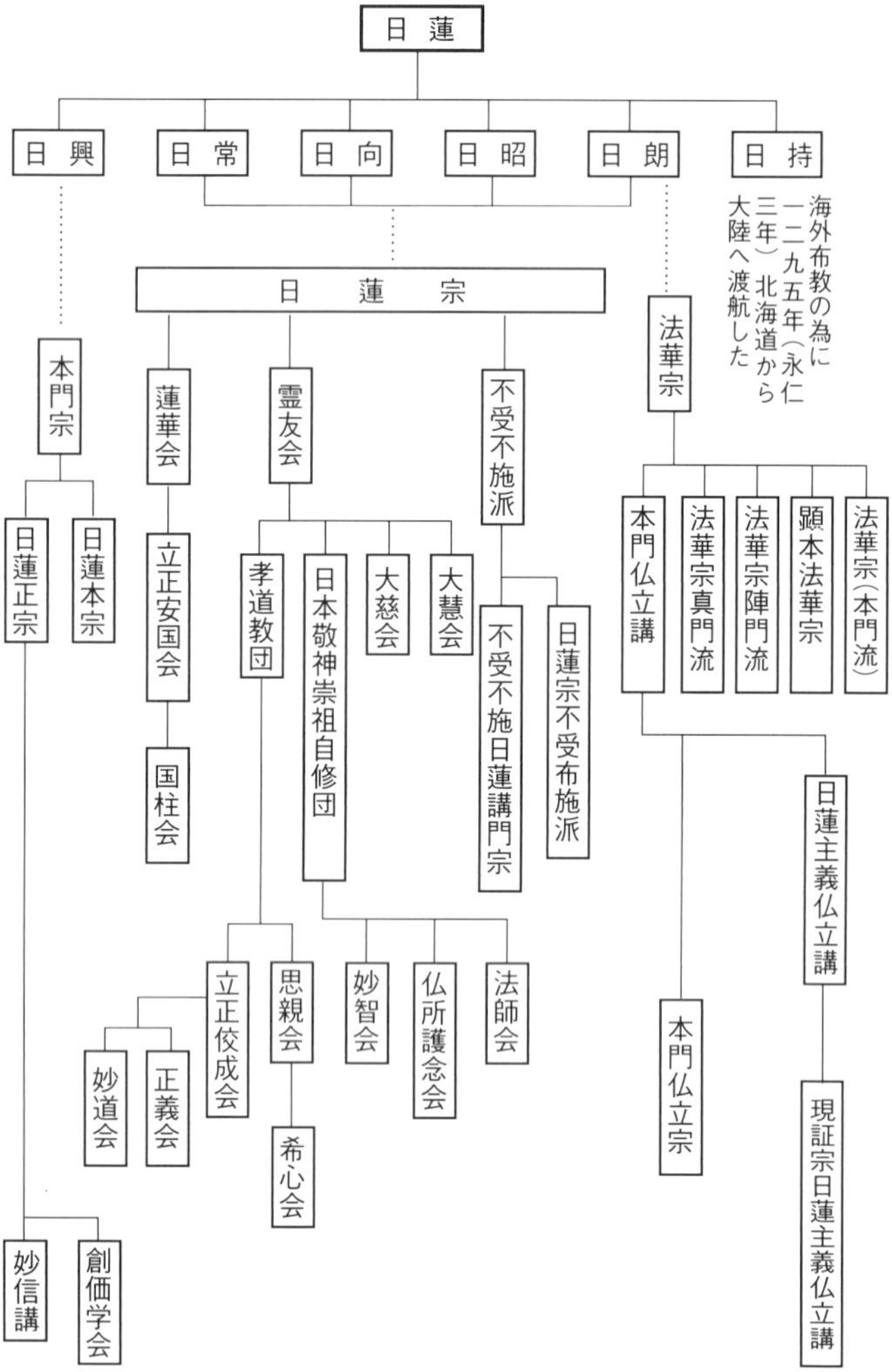
日蓮
日興
日常
日向
日昭
日朗
日持
海外布教の為に一二九五年（永仁三年）北海道から大陸へ渡航した
日蓮宗
本門宗
蓮華会
霊友会
不受不施派
法華宗
日蓮正宗
日蓮本宗
立正安国会
国柱会
孝道教団
日本敬神崇祖自修団
大慈会
大慧会
不受不施日蓮講門宗
日蓮宗不受布施派
本門仏立講
法華宗真門流
法華宗陣門流
顕本法華宗
法華宗（本門流）
日蓮主義仏立講
本門仏立宗
現証宗日蓮主義仏立講
立正佼成会
思親会
妙智会
仏所護念会
法師会
妙道会
正義会
希心会
妙信講
創価学会

図表11〈田中智学略歴〉

西暦	年号	事項
一八六一	文久元年	江戸日本橋本石町医師多田玄龍の三男として誕生。巴之助。
一八六九	明治二年	母凛子病没。
一八七〇	三年	父玄龍病没、孤児となる。日蓮宗智境院日進上人に随身、妙覚寺で得度、法名智学。
一八七一	四年	下総の飯高檀林に入学。
一八七五	八年	芝二本榎の日蓮宗大教院に入学。
一八七七	一〇年	妙覚寺に帰り独学研鑽。
一八七九	一二年	脱宗帰俗横浜に移る。
一八八一	一四年	横浜で蓮華会結成。桐ヶ谷みねと結婚。
一八八四	一七年	東京で立正安国会を創設。
一八八六	一九年	日本橋に本部「立正閣」を設置。
一八八九	二一年	磐梯山噴火視察。実況写真で幻灯会、演説会開催。入場料は現地見舞とする。
一八九四	二七年	大阪桜島天保山で日清戦争大国禱の法会。
一八九六	二九年	鎌倉に「師子王文庫」創立。
一八九八	三一年	教学誌「妙宗」創刊。駅九三四ヶ所で施本、船舶へ備付く。
一九〇一	三四年	「本化摂折論」講義。「宗門之維新」刊行。
一九〇二	三五年	「本化妙宗式日」完成。
一九〇五	三八年	自活布教隊の牛乳店「醍醐館」開業。
一九〇六	三九年	「妙宗」百号記念大会に、芸術伝道開始。
一九〇九	四二年	新機関誌「日蓮主義」創刊。
一九一〇	四三年	三保松原に「最勝閣」竣工。師子王文庫も移転。
一九一二	四五年	「妙宗」「日蓮主義」合併、旬刊「国柱新聞」創刊。

西暦	年号	事項
一九一四	大正三年	「国柱会」を創始。最勝閣正鏡宝殿落慶式。
一九一六	五年	東京鶯谷に国柱会館設立。
一九一七	六年	国柱産業株式会社創立。
一九一九	八年	思想雑誌「毒鼓」創刊。国柱会館に医療施設師子王医院を設立。
一九二〇	九年	月刊「毒鼓」を日刊紙「天業民報」に改める。
一九二一	一〇年	聖史劇「佐渡」を創作、歌舞伎座で上演。国民劇研究会試演。
一九二二	一一年	国民劇研究会を発展し国性文芸会を創立。
一九二三	一二年	関東大震災で六〇日間救護班と慰問法話隊をひいて被災地巡回、救護。
一九二四	一三年	衆議院議員立候補落選。
一九二五	一四年	明治節制定請願運動開始。
一九二七	昭和二年	明治節制定なる。聖伝劇「社頭諫言」新作、帝劇上演。
一九二八	三年	新作舞踊劇「代々木の神風」帝劇上演。大菩薩峠上演指導。
一九二九	四年	文部省の教化総動員令により、明治会特別宣伝隊を率いて西下中、発病入院。
一九三一	六年	一之江国柱会本部講堂で日蓮上人六百五十遠忌法要。「君ヶ代」舞楽百人奏、経典劇「竜女成仏」、宗曲「船守」百人奏上演。
一九三二	七年	「天業民報」を「大日本」と改題、日刊。
一九三七	一二年	師子王全集三十六巻完成。
一九三八	一三年	脳溢血発病。
一九三九	一四年	十一月十七日示寂。

（大橋富士子「田中智学先生の碑」真世界社より一部語句表現を変え簡略にした。）

若し賢治が生きていたら、国柱会の会員として、やはり、侵略戦争の片棒を担いで、活躍したであろうか。早世によって、その厄を逃れたとも見られよう。

智学は、文久元年（一八六一年）江戸日本橋本石町で、町医者多田玄龍の三男として生まれ巳之助と名乗ったが、八歳で母を失い、九歳で父を失い、孤児となった。その年日蓮宗智境院日進上人に随身し妙覚寺で得度し、法名を智学と言った。十歳で下総の飯高檀林（仏教の学問所のこと）に入学、十四歳で日蓮宗の最高学府芝二本榎の日蓮宗大教院に入学したが、「三条教則」に基づく大教院の方針に反発し、大教院を十六歳で退学し、妙覚寺に戻り、独学で宗旨の在り方を研鑽したが、旧来の宗派と寺院の中に於いては、日蓮の本願を達成することは難しいと考え、十八歳のとき、宗門を離れ還俗し在家のまま活動することを決意した。

この頃、智学以外にも多くの在家仏教者が多く出現したが、これは旧来の教団仏教が、徳川時代以来の檀家制度に安住し、しかも神仏分離という大事件に対しても確たる対策を持たず、文明開化という新しい時代に即応できなかった為であろう。智学の他に、大道長安の救世教、古川勇の経緯会、境野黄洋の新仏教同志会など続々と旗あげしたのである。

明治十四年四月二十八日横浜で蓮華会を結成し、活動を開始し、九月十二日横浜常清寺で公開仏教大演説会を開き、明治十七年一月に東京へ進出し、立正安国会と改称した。いうまでもなく、日蓮が文応元年（一二六〇年）に前執権の北条時頼に献上した『立正安国論』に由来し、法華経に帰依することによってこの世を浄土にしようという願を込めての命名だと思われる。それ以来東京の浅草、千住、神田、日本橋、横浜、鎌倉、大阪で、各種の講演会を開き、法華経と日蓮主義の布教を精力的に展開していった。

その特徴は、檀家制度に反対することから教会制をとり、僧侶のための本山でなく、信徒のための本山とし、宗門の革新を目ざすものであった。これらの主張をまとめた著作が明治三十四年（一九〇一年）の「宗門之維新」である。智学の立場を明らかにし、仏教界のみならず思想界にも大きな影響を与えた。高山樗牛もその一人であった。その内容は日蓮宗の問題点として「宗法」「教育」「布教」「制度」の四点をあげ、その実践には「侵略的」「復古的」「進歩的」な態度をとることを述べている。「侵略的」というのは、布教に於て摂受的でなく折伏を主とするということであり、「復古的」というのは、日蓮の昔に返ろうということであり、進歩的というのは、時代の進展に即してゆこうとすることである。

問題は、日本を中心とした世界統一までを論じていることで、宗門の改革に止まらず、法華経の理想に則した日本国家を作り、その日本によって世界統一国家をめざそうとするもので、日本主義、国家主義を目標としていたことである。その一部を引用してみよう。

『……聖祖ハ、正シク世界統一軍ノ大元帥也、大日本帝国ハ正シク其大本営也、日本国民ハ其天兵也、本化妙宗ノ学者教家ハ其将校士官也、事観高妙ノ学見主張ハ其宣戦状也、折伏立教ノ大節ハ、其作戦計画也、信仰ハ気節也、法門ハ軍糧也斯ノ如クニシテ宇内萬邦霊的統一軍ノ組織ハ成画セラレタリ……』

この思想は、智学が二十年前に立正安国会を発足した当時からの思索の結果であると言うが、今読んでみてもその構想の大きさ、ユニークな発想、組織論など興味深いものがあり、新興宗教などに取り入れられているのではないかと思う点も見受けられる。

引き続いて明治三十五年（一九〇二年）「本化摂折論《ほんげしょうしゃくろん》」を刊行した。これも法華経的国家建設を理想とし、摂受ではなく折伏によって目的を達成すべきであると説いている点「宗門之維新」と同様であった。

この間に、日本橋に本部「立正閣」設置、「立正安国会報」発刊、磐梯山噴火（明治二十一年）の視察と写真撮影幻燈会演説会を開き、入場料を見舞金とするなど、ジャーナリスティックなセンスと、一種のパフォーマンス性などが見られた。又、教育面を重視し、鎌倉に師子王文庫開設、雑誌「妙宗」の発刊、これらを駅で施本したり、船舶へ寄付して備付けたりの文書伝道も試みた。又日清戦争勝利を願って明治二十七年（一八九四年）大阪桜島天保山で大国禱法会を行った。その他自活布教隊の牛乳店「醍醐館」を開業したり、明治三十九年頃（一八九六年）から芸術伝道を開始し、演劇、舞踊、音楽会などを開催し、自らも脚本を執筆した。また機関誌の「日蓮主義」の発刊、三保松原に「最勝閣」が完成し、明治四十五年（一九一二年）に「妙宗」「日蓮主義」を合併して旬刊「国柱新聞」を創刊し、大正三年（一九一四年）国柱会と改めた。「国柱」とは、いうまでもなく日蓮の三大誓願、

『我日本の柱とならむ
　我日本の眼目とならん

我日本の大船とならん』の「日本の柱」からとられたのである。改称は国家主義的志向が強まったことを意味するのではなかろうか。大正五年（一九一六年）東京鶯谷に国柱会館設立、同六年七月、国柱新聞は発売禁止処分となった。同年、国柱産業株式会社設立、同八年に思想雑誌「毒鼓」創刊、医療施設「師子王医院」設立、「毒鼓」は、大正九年（一九二〇年）天業民報に改められた。賢治はこれを読み、友人等にもすすめ、店頭に掲示もしたのであった。大正十年聖史劇「佐渡」を創作。歌舞伎座で上演した。賢治はこれを見ている。同十一年には文芸活動を盛んにするために「国性文芸会」を設立した。丁度賢治が国柱会の高知尾智耀から「法華文学ノ創作」をすすめられた時期と符合しているのが興味深い。

大正十二年（一九二三年）の関東大震災には、かつての磐梯山の大噴火の時と同様に、被災地を巡回し慰問救護にあたった。同十三年衆議院議員立候補落選、同十四年明治節制定請願運動を開始し、昭和二年（一九二七年）に制定された。ちなみに、「雨ニモマケズ」の冒頭に一一・三とあるのは、明治節制定の為に尽力した田中智学のことを想い出して、明治節の日に書かれたものであろうという考えもある。

昭和三年（一九二八年）新作舞踊劇「代々木の神風」帝劇上演、中里介山の大菩薩峠の上演指導をしたが、この影響から賢治は「大菩薩峠の歌」を作っている。依然として、国柱会との縁が切れていない事を物語っている。

同四年文部省の教化総動員に協力、西下活動中発病入院した。同六年日蓮上人

図表12　〈蓮華会から国柱会へ〉

明治14年（1881）	蓮華会
明治17年（1884）	立正安国会
大正３年（1914）	国柱会

六百五十年遠忌法要、舞楽百人奏「君ヶ代」、経典劇「竜女成仏」宗曲百人奏「船守」などを上演したがいわばこれが智学の残光となった。

昭和七年（一九三二年）に時流に副うて「天業民報」は「大日本」と改題日刊となった。同十二年に智学の文筆活動の集大成、師子王文庫全三十六巻完結、同十三年脳溢血発病、同十四年一月十七日示寂《じじゃく》した。七十八歳であった。

宮沢賢治の生涯の後半に強い影響を与えた田中智学と国柱会について概説してみた。賢治について考える時、田中智学と国柱会を無視できないことが、理解されたであろう。

田中智学自伝の人名索引には、宮沢賢治の名は、出ていない。智学は賢治没後六年も生きていたのだから、賢治の名を聞く機会は無かっただろうか。今は田中智学の名は忘れられても、宮沢賢治の名を知らぬ人はいない。

◉宮沢賢治の国柱会入会

既に賢治が法華経に、どのようにして触れたかを述べたが、その後国柱会入会するまでの法華経とのかかわりを見てみよう。

大正五年（一九一六年）賢治は盛岡高等農林学校二年生で寄宿舎自啓寮の南寮九室の室長であった。下級生の潮田豊の思い出によると、

『大正五年の早春、毎朝北寮二階から力強く読経の声が流れた。室長さんは、宮沢さんが法華経をあげているのだといわれた。』

また、同じく中嶋信は、

『オレは体が弱いから夜は十時以降は勉強しないというのが口ぐせで、試験の時も、早寝早起きを守っていました。そして試験場には、三〇分前から出かけてゆくんです。私は一体何をしているんだろうと思い、一度あとをつけて行ったことがあるんですが、そっとドアを開けてみると、宮沢さんはストーブのそばに立って合掌し静かにお経を唱えていました。私の方を見てニッコリ。けれども、そのままお経を続けて、今ではあの姿がたとえようもなく清い尊いものに思われるんです。』

と言っているが、此の頃はまだ国柱会への傾斜は認められず、日夜法華経に親しんでいる様子がうかがわれる。

大正七年（一九一八年）になると、父への折伏を始めた様子が書簡から読み取れる。

『万事は十界百界の依て起る根源妙法蓮華経に御任せ下され度候。誠に幾分なりとも皆人の役にも立ち候事ならば空しく病痾にも侵されず義理なき戦に弾丸に当たる事も有之間敷と奉存候』（二月二十三日付書簡46）

『私一人は一天四海に帰する所、妙法蓮華経の御前に御供養下さるべく』（三月十日付書簡48）

父からの信仰上の批判に対しても、頑として自分の信仰を変えず、自分の主張を繰り返しているが、今まで従順であった賢治が父へ反抗する最初であり、以後家庭内でも論争がしばしば行われた。

この頃は、友人への折伏も試みているが、同級生の成瀬金太郎への書簡を見てみよう。
『妙法蓮華経ハ私共本当ノ名前デスカラ之を譏《ソシ》ルモノハ自分ノ頸ヲ切ル様ナモノデセウ。至心ニ妙法蓮華経ニ帰命シ奉ルモノハヤガテ総テノ現象ヲ吾ガ身ノ内ニ盛リ、十界百界諸共ニ成仏シ得ル事デセウ。』（四月十八日付書簡55）
例の「漢和対照 妙法蓮華経」を送った友人であり、法華経への帰依を勧めていたのであった。
又一級下であったが、この三月学校を除名になった親友保阪嘉内には、除名という悲運を慰める為に多くの書簡が残されているのでそれを拾ってみよう。保阪嘉内も、成瀬金太郎と同様、「漢和対照妙法蓮華経」が贈られている。
『先づあの赤い経巻は一切衆生の帰趣である事を幾分なりとも御信じ下され本気に一品でも御読み下さい。』（三月二十日付書簡50）
『あなたみづからかゞやく波のたゞなかに進み入り深くその底をも究めやがては人天集ってあなたの説法を希ふやうにおなりになるのを祈ります。』（四月三十日付書簡59）
続いて六月二十日付書簡で嘉内の母が亡くなった事を知り、南無妙法蓮華経のお題目を楷書でていねいに二十八も書いて送った。（書簡74）
六月二十六日付書簡で母を失った慰めとともに法華経の教えを説いた。
『あなた自らの手でかの赤い経巻の如来寿量品を御書きになって御母さんの前に御供へなさい。あなたの書くのはお母様の書かれるのと全じだと日蓮大菩薩が云はれました。』（書簡75）

一日置いて六月二十七日には、

『保阪さん。諸共に深正に至心に立ち上り、敬心を以て歓喜を以てかの赤い経巻を手にとり静にその方便品、寿量品を読み奉らうではありませんか。南無妙法蓮華経　南無妙法蓮華経』（書簡76）

母を喪った友を慰め励ます賢治の真情が惻惻として私達にも伝わってくる。

大正八年（一九一九年）の正月は、母と共に東京で、昨年の十二月二十日から発病入院中の妹トシの看病をしながら迎えた。この年の二月十六日午後に上野国柱会館で田中智学の講演を聞く。演題は「承久の夕貞応の晨」で、承久三年（一二二一年）後鳥羽上皇が北条義時討伐に敗れて流され、一年後の貞応元年（一二二二年）に日蓮が誕生した因縁を説いたもので、賢治は二十五分程聞いて帰ったという。これが国柱会との始めての接触であった。

この前後から、田中智学の著作に親しんだものと思われ、田中智学「本化摂折論」（明治三十五年刊）及び「日蓮上人遺文」より抜き書きした「摂折《しょうしゃく》御文《ごもん》僧俗《そうぞく》御判《ごはん》」を編んだ。

大正九年（一九二〇年）保阪嘉内あてに、

『ソノ間私ハ自分ノ建テタ願デ苦シンデキマシタ。今日私ハ改メテコノ願ヲ九識心王大菩薩即チ世界唯一ノ大導師日蓮大上人ノ御前ニ捧ゲ奉リ新ニ大上人ノ御命ニ従ッテ起居決シテ御違背申シアゲナイコトヲ祈リマス。サテコノ悦ビコノ心ノ安ラカサハ申シヤウモアリマセン』（七月二十二日付書簡166）

この書簡によると法華経信仰によって賢治が一応安心立命の境地に到達したことがうかがわれる。

また夏のある夜、関徳彌の店頭で、阿部晁に会い、田中智学著「法華論争」（法華論争という著作は無いので、明治三十九年刊「法華経叢談」の間違いか）を呈して法論を行ったというが、田中智学の著作にいろいろ目を通していた事がうかがわれる。

保阪嘉内あての書簡によれば、十月二十三日に

『竜ノ口御法難六百五十年の夜（旧暦）私は恐ろしさや恥ずかしさに顫えながら燃える計りの悦びの息をしながら（その夜月の沈む迄座って唱題しやうとした田圃から立って）花巻町を叫んで歩いたのです。知らない人もない訳ではなく大低《ママ》の人は行き遭ふ時は顔をそむけ行き過ぎては立ちどまってふりかへって見てゐました。（中略）その夜それから讃ふべき弦月が中天から西の黒い横雲を幾度か潜って山脈に沈む迄それから町の鶏がなく迄唱題を続けました。』（二月中旬書簡181）

この時から花巻町を唱題しながら回る修行を始めたことがわかる。

またこのことがあった後で、嘉内へ

『今度私は、国柱会信行部に入会致しました。即ち最早私の身命は、日蓮聖人の御物です。従って今や私は田中智学先生の御命令の中に丈あるのです。謹んで此事を御知らせ致し　恭しくあなたの御帰正を祈り奉ります。（中略）

日蓮聖人は妙法蓮華経の法体であらせられ、田中先生は少なくとも四十年来日蓮聖人と　心の上でお離れになった事がないのです。

これは決して決して間違ひありません。即ち、田中先生に　妙法が実にはっきり働いてゐるのを

私は感じ私は信じ私は仰ぎ私は嘆じ今や日蓮聖人に従ひ奉る様に田中先生に絶対に服従に致します。御命令さへあれば私はシベリアの凍原にも支那の内地にも参ります。乃至東京で国柱会の下足番をも致します。それで一生をも終わります』（十二月二日付書簡177）

日蓮聖人即田中智学への熱烈な信仰告白である。そしてこの日から国柱会員となったのである。十二月上旬の嘉内あて書簡では、保阪に執拗なまでに帰正入信をすすめ『絶対真理の法体、日蓮大聖人　を無二無三に信じてその御語の如くに従ふことでこれはやがて無虚妄の如来、全知の正徧知、殊にも無始本覚三身即一の妙法蓮華経如来　即ち寿量品の釈迦如来の眷属となることであります。』（十二月上旬書簡178）また書簡の中で、智学の著作「日蓮聖人の教義」「妙宗式目講義録」をすすめている。

十二月信仰益々篤く、花巻町内を唱題しながら寒修行をして歩き町民を一層驚かせたのである。かくて年が明けて一月には、住み込みで国柱会の活動をしようと家出、上京することになるのである。

参考資料

◎廃仏毀釈の嵐と仏教
　柏原祐泉『日本仏教史　近代』吉川弘文館
　梅原正紀『日本の仏教』現代書館
　吉成勇編『日本宗教総覧 '93』新人物往来社
◎なぜ国柱会か

田中香浦監修『国柱会百年史』 国柱会
大橋富士子『田中智学先生の碑』 真世界社
田中芳谷『田中智学先生略伝』 師子王文庫
田中香浦『田中智学』 真世界社
田中香浦『日蓮主義ＡＢＣ』 真世界社
田中智学『日蓮聖人の三大誓願』 真世界社
田中智学『宗門之維新』 師子王文庫
田中智学『法華経魂魄』 天業民報社
田中智学『日本とは如何なる国ぞ』 天業民報社
田中智学『大国聖日蓮上人』 春秋社
田中智学『師子王瑣言』 天業民報社
田中智学『国業論』 天業民報社
『田中智学自伝』全一〇巻 真世界社
山川智応『本化聖典解題提要』 天業民報社
遠藤誠『法華経を読む』 三一書房

◎宮沢賢治の国柱会入会

堀尾青史編『宮沢賢治年譜』 筑摩書房
『校本宮沢賢治全集』第十三巻 筑摩書房
川原仁左エ門『宮沢賢治とその周辺』 刊行会出版
森荘已池『宮沢賢治の肖像』 津軽書房

◉第二章　上京中（大正10年）の賢治

◉家出上京

賢治の妹シゲさんの話（森荘已池『宮沢賢治の肖像』津軽書房）によると、『としさんの病気とお父さんとの口論で、家の中は、暗いもので、いっぱいでした。』『……こういう父と子が、一方では人生とか宗教について、つきつめて激しく論じ合うのでした。兄さんは「お父さんの信仰する真宗は、全く無気力そのものです」と難じました。また兄さんは、お父さんのいう世俗的な成功は、頭から否定しました。財産とか地位などは三文の価もないという調子で、あんまり二人で激しく毎日のように言い合うので、母をはじめみんな命がちぢむ思いでした。』

おそらく盛岡高等農林学校を卒業する頃までは、従順で親に逆らうことなど無かったと思われる賢治の最初の反抗は、卒業後の進路のこと、就中「徴兵検査」をどうするかについて、父親は延期するようにと説き、賢治は、検査を受けるとして、父あての書簡（『校本全集』第十三巻、書簡番号43・44・45・46・48以下『校本全集』第十三巻は省略する）でかなり激しい口調で、父の方針に異を称えた。

また国柱会に入会したことで、父との宗教上の問題について論争を始めた。田中智学は、青年時代に新居日薩の率いる日蓮宗大教院の教育にあきたらず、その摂受主義教学に反抗して、「折伏」こそ日蓮宗の心髄であると宗門を脱して独立し「蓮華会」を創設したのである。由来国柱会の真髄は、「折伏」である。賢治が国柱会員として、父親を説得し日蓮宗へ改宗させようと試みたことは理の当然であり、そのことで父親と激しい口論を展開し、それを見守る母親や家族達はどんな思いでそれを聞いたことであろうか、妹シゲの思い出話によりその片鱗をうかがうことが出来る。

父親を折伏しようとした賢治の念頭には、法華経の「妙荘厳王本事品《みょうしょうごんおうほんじほん》第二十七」に語られている「息子に導かれて信仰に入り菩薩になった『妙荘厳王』」のことがあったに違いない。それは昔、妙荘厳王という王様が居た。妃は浄徳《じょうとく》といい二人の王子を浄蔵《じょうぞう》、浄眼《じょうげん》と言った。二人の王子は修行を極め神通力を得た、母にも入信をすすめた。父王はバラモンを信じているので、入信するには、王子たちが神通力を発揮してみせなければならないということで二王子は、空中に浮かんだり、体から水を出したり、火を放ったりという不思議な力を示したので、王もついにその妃とともに出家して信仰の道に入り、父王は「華徳菩薩」妃は「光照荘厳相菩薩」二人の王子は「薬王菩薩」と「薬上菩薩」となったのである。

賢治もこの法華経の教えに従って、父政次郎を日蓮宗に改宗させることは子としての義務であると考え、それ故に劇しい宗論を戦わしたのである。また父が口に「南無阿弥陀仏」を唱えながら、質屋、古着屋として財を積む所業を許せなかったのであろう。

このように、自分の進路の行き詰まり、父親の処世法への疑問、折伏の失敗など、大正九年の末から大正十年の始めにかけて、賢治は二進も三進もゆかず、『進退谷まったのです』（書簡番号182〔一月二十四日〕保阪嘉内あて葉書）という心境であった。

突然二十三日に転機が訪れたそのいきさつは、同信の友人関徳彌あての書簡に示されているので長

いが全文引用しよう。（書簡番号185）

『一月三十日　関徳彌あて　封書

《表》岩手県花巻川口町上町　岩田金次郎様方

　関徳哉様

《裏》大正十年一月廿九日 三十日 東京市本郷区菊坂町七五　稲垣方　宮沢賢治［封印］緘

合掌。廿八日附お手紙ありがたく拝見いたしました。

今回出郷の事情は御推察下さい。拝眉の機会もありませう。色々御親切に家の模様などお書き下されまして誠にありがたうございます。本日迄の動静大体御報知致します。

何としても最早出るより仕方ない。あしたにしようか明後日にしようかと二十三日の暮方店の火鉢で一人考へて居りました。その時頭の上の棚から御書が二冊共ばったり背中に落ちました。さあもう今だ。今夜だ。時計を見たら四時半です。汽車は五時十二分です。すぐに台所へ行って手を洗ひ御本尊を箱に納め奉り御書と一所に包み洋傘を一本持って急いで店から出ました。

途中の事は書きません。上野に着いてすぐに国柱会へ行きました。「私は昨年御入会を許されました岩手県の宮沢と申すものでございますが今度家の帰正を願ふ為に俄かにこちらに参りました。どうか下足番でもビラ張りでも何でも致しますからこちらでお使ひ下さいますまいか。」やがて私の知らない先生が出ておいでになりましたからその通り申しました。

「さうですか。こちらの御親類でもたどっておいでになったのですか。一先づそちらに落ち着いて下さい。会員なことはわかりましたが何分突然の事ですしこちらでも今は別段人を募集も致しません。よくある事です。全体父母といふものは仲々改宗出来ないものです。遂には感情の衝突で家を出るといふ事も多いのです。まづどこかへ落ちついてからあなたの信仰や事情やよく承った上で御相談致しませう。」

色々玄関で立った儘申し上げたり承ったりして遂に斯う申しました。

「いかにも御諭し一一ご尤です。私の参ったのは決して感情の衝突でもなく会に入って偉くならうといふ馬鹿げた空想でもございません。しかし別段ご用が無いならば仕事なんどは私で探します。その上で度々上って御指導を戴きたいと存じます。お忙しい処を本当にお申し訳けございません。ありがたうございました。又お目にかかります。失礼ですがあなたはどなたでいらっしゃいますか。」

「高知尾知曜《ママママ》です。」「度々お目にかかって居ります。それでは失礼いたします。ご免下さい。」礼拝して国柱会を出ました。さうです。こんな事が何万遍あったって私の国柱会への感情は微塵もゆるぎはいたしません。けれども最早金は三四円しかないしこんな形であんまり人にも会ひたくない。まあ後は略します。

第二日には仕事はとにかく明治神宮に参拝しました。その夕方今の処に間借りしました。はじめの晩は実に仕方なく小林様に御厄介になりました。家を出ながらさうあるべきではないのですが本当に父母の心配や無理な野宿も仕兼ねたのです。その内ある予約の本をやめて二十九円十銭受け取りました。窮すれば色々です。

三日目朝大学前で小さな出版所に入りました。騰《ママ》写版で大学のノートを出すのです。朝八時から五時半迄座りっ切りの労働です。周囲は着物までのんでしまってどてら一つで主人の食客になってゐる人やら沢山の苦学生、辯（ベンゴシの事なさうです）にならうとする男やら大低《ママ》は立派な過激派ばかり主人　一人が利害打算の帝国主義者です。後者の如きは主義の点では過激派よりももっと悪い。田中大先生の国家がもし一点でもこんなものならもう七里けっぱい御免を蒙ってしまふ所です。さあこゝで種を蒔きますぞ。もう今の仕事（出版、校正、著述）からはどんな目にあってもはなれません。こゝまで見届けて置けば今後は安心して私も空論を述べるとは思はないし、生活ならば月十二円なら何年でもやって見せる。

一向順序もありません。ごめん下さい。

稽首本門三宝尊

合掌

南無妙法蓮華経

おからだお大切に。それからうちへは仕事が大変面白くそして時間も少いさうだと云って置いて下さい。

社会の富の平均よりも下の方に居る人はこゝでは大抵過激派で上は大抵国家主義者やなにかです。変れば変ります。』

この書簡で家出当日の状態や、夜行列車で上京し、国柱会へ住み込もうとして、剣もほろろに玄関払いを喰わせられ、途方に暮れ、その夜は、旧知の小林六太郎家に宿泊し、六太郎氏に「おとうさんを改宗させようたっていろいろ事情があって無理なことだ。早く花巻へ帰って安心させなさい」と諭されたが、次の日小林家を出て丸善書店へ行き、予約の本を取り消して、二十九円十銭を手にし、本郷の菊坂町の稲垣方に間借りをし、次の日二十七日に東大赤門前の文信社に勤めることにした。そして三十日に関徳彌あての手紙を書いた。徳彌は、父政次郎の従弟だが、賢治の三歳年下で、賢治に兄事していた。賢治の同信の友であり、歌人で、「宮沢賢治素描　正続」などがある。なお賢治家出の記事が岩手日報に掲載されているので、全文を紹介する。

『燃ゆる信仰から精進の一路へ
　高農を優等で卒業した宮沢賢治君
　聖日蓮生誕七百年の思ひ出深き日に
　　剃髪して深夜漂然家出す

花巻川口町に於ける素封家宮沢家の息宮沢賢治君は大正七年盛岡高等農林学校農学科を優等で卒業した秀才だが遂四五日前の深夜漂然と家出し爾来行衛不明なので仝町では此頃の話題として種々な取沙汰してゐる

×　×　×

仝君は小学校から県立盛岡中学校更に高農までの学歴でも常に最優等で同級生間に君子人の如く尊敬を拂はれてゐた

× × ×

それに酒も飲まず煙草は喫《ふか》さず女の話一つし無いと云ふ石部金吉派に属する人間だと高農在学当時から同級生間の「変人」として取扱はれてゐた
だが宮沢君にも一つの道楽があった。道楽と云っても前に述べたやうな八公熊公の亜流ぢゃない仝君は中学校時代から宗教上の研究に没頭し寝食を忘れて「経文」の誦唱に耽ってゐた
そして数年此来《このかた》聖者日蓮を信仰しその信仰日を遂ふて益々熱烈なものがあった
同君の信仰は現世によくある宗教屋の如□（くか?）浅薄なものではなかった、常に灼《やく》が如く燃え爛《ただ》れるるが如き焔の信仰と精進一路あるのみだった、そして彼は常に「日蓮主義」の為めならば身命も何かはと熱狂した口調で友人間で自己の主義を説いて止まなかったのである
　彼はこの数年間の勧行中、精進潔斎魚肉一切も口にせず生臭坊主共の心胆を奪ふ様な大修業大試練によく堪へた
然るに大正九年も暮れ十年を迎へたある日、それは丁度旧の寒に入るや、彼は単衣一枚で深更十二時頃、そっと家を抜け出し「寒行」をやり、吹雪が朔風に氷って雹となり彼の頬に血を染《にじ》ませる様な夜も泰然として町外れまで往復してゐたのであった
寒三十日間、彼は「南無妙法蓮華経」の七字を唱へ乍ら魂と肉の試練に打勝った

×　×　×
×　×　×

彼の信仰は日を経るに従ひ益々熱烈になって来たが、彼は当時俗悪な環境から脱して他郷の聖地に流れゆき其処で日蓮の教へに殉じ度いと思ってゐた。二月の半ば過ぎのある夜、チロチロと蛇の眼の様に光る星の下を、彼は着のみ着のまま漆黒の髪をすっぽり剃って今道心姿と化《な》り漂然家を脱け出て姿を晦《くら》ました。彼の家出は誰人も見た人はないと云ふ扨《さて》にも穢れた現世《うつしよ》の張《とばり》（帳か）を払って「法」の為めに敢然発心した年若き信徒よ…

×　×　×
×　×　×

仝人の家出した日は、たしか二月十六日であったらしい。其の日に日蓮上人生誕七百年の思い出深い日であったのである。彼はこの忘るべ可《べ》からざる聖者の此の世に生を享けた日を期して聖地身延山に駈け参じたものらしいそれとも房州小湊の日蓮生誕地…
昨日剃ったも今道心、一昨日剃ったも今道心、彼の主義信仰為めの門出に幸多かれと祝福せざるを得ない』

（「岩手日報」大正十年三月六日　岩手日報社）

この記事では、家出した日を『…二月十六日であったらしい、』としているが実際は、一月二十三日の午後五時十二分花巻発列車で、上京しているので、実地取材せず伝聞によってまとめた記事であると推定される。

また小学校と高等農林は優等生であったが、中学校の成績は不振であったので、修飾されていて真実を伝えていない。

ただ当時の一般町民や、新聞記者の賢治に対する理解などが、この記事によってうかがわれる。コピーが甚だしく不鮮明なため、判読してみた。□は判読できなかった文字である。

考えてみると、この家出上京について賢治が、いかに世間知らず苦労知らずの金持ちのお坊ちゃんであるかが分かる。

国柱会に行けば、その夜から泊り込みで、寝食の心配もせずに生活できると考えたふしがあるが、そんな甘い考えは通用せず、その晩から泊まる場所を探す破目になった。とどのつまり、旧知の小林家を訪れて一泊し、花巻に戻るようにと説得されている。

所持金が四円しか無いというのも、東京に行けば何とかなるのではないかという甘い考えであった。結局当座の生活資金として丸善書店へ予約していた書籍代金を解約して二十九円十銭を手にしたのである。家出するのに、そんなに周到な計画を樹てる人も居ないと思うが当座の生活費ぐらいは準備するものではないだろうか。

もっとも棚から御書が二冊落ちてきたから即家出決行という事情であったにせよ、それ迄、父の保護の下でぬくぬくと生活して来た賢治にとって世間の風はあまりにも厳しかったのである。

しかも宿を求めて行った先が父の旧知の小林家である。どんなに困ったにせよ、小林家に行けば、花巻の父の所に賢治の動向が直ぐに報告されるに違いない、所在が分かれば、家出の効果は半減するに違いない。敢えて言えば、小林家に泊まったことは、自分の消息を花巻の父にそれとなく教えて貰う意図があったとも言えよう。

また書簡185号で見られるように、上京後一週間たってから親戚の友人関徳彌へ、消息を知らせる手紙を出していることも、関徳彌へ手紙で知らせておけば、自分の家にも早速そのことを知らせられることが分かっていた。それかあらぬか、書簡の末尾に『……うちへは仕事が大変面白くそして時間も少ないさうだと云って置いて下さい。』と伝言を頼んでいる。どこに居て、なにをしているかが分かる家出などは、家出でない、唯の転居みたいなものである。だからこの出来事を家出と見ていない人も居るようだ。

またこの書簡によると、関徳彌から二十八日附の手紙を貰っているようだが、二十八日に手紙が届いたということは、その前に賢治が音信を出したということになる。宿に落ち着いて直ぐ関徳彌に手紙を出し、二十八日に関徳彌から返事が来て、それに三十日附の手紙を出したことになるのではないか、だとすれば、花巻とは常に連絡があったということになり、やはり家出というより転居という感じがする。この一週間の経過は、次（図表13）のようにまとめられる。

賢治にとっては、始めて父親の束縛から開放され、自分の脚で大地を踏みしめて立つ喜びが、『さあここで種を蒔きますぞ。もう今の仕事（出版、校正、著述）からはどんな目にあってもはなれません。ここまで見届けて置けば今後は安心して私も空論を述べるとは思はないし、生活ならば月十二円なら何年でもやって見せる。』という文面から伝わってくる。この時点で賢治が出版、校正、著述を仕事にしたいという決意が述べられているが、従来は将来の職業について、いわゆる実業方面を模索し、賢治の希望する職種と、父親が考えている仕事との折合いがつかずに苦しんでいたので、家を離れて独立し、自由に仕事が出来ることを喜んでいる様子がありありと見える。またここで出版、校正の仕事に携わったことが、後の『春と修羅』の自費出版や、童話集『注文の多い料理店』の出版につながっているし、賢治の生涯で結局残ったものは、多数の詩や童話の作品であり、著述から離れないという決意が活かされたことになったのである。

　また文信社に勤めて、いわば社会の底辺に暮らしている人達との接触があったことで賢治の眼から鱗が落ちた思いがしたであろう。「着物までのんでしまってどてら一つで主人の食客になっている人」「沢山の苦学生」弁護士になろうと

図表13〈大正十年一月上京後一週間の動静〉

日（曜）	動静
二三（日）	午後五時十二分、列車で上京（所持金三、四円）
二四（月）	午前八時三十分上野着、同級生鈴木延雄を訪ね袴を借用。午後国柱会訪問、住み込みを断られる。小林六太郎家訪問一泊。保阪嘉内あて葉書（書簡番号一八二）小林六太郎方出京の知らせ。
二五（火）	丸善書店で予約書籍を解約二十九円十銭受領。明治神宮参拝。夕方、本郷菊坂町稲垣方間借り。保阪嘉内あて葉書（書簡番号一八三）新住所の報知。二十四日か二十五日に関徳彌へ発信。
二六（水）	おそらく職探しに奔走。国柱会か日蓮宗関係の求人情報で文信社を見つけたものと思われる。
二七（木）	文信社に校正係として勤務。
二八（金）	保阪嘉内に葉書（書簡番号一八四）勤務先を知らせる。この日附で関徳彌が賢治あて発信。
二九（土）	不明
三〇（日）	二八日附徳彌よりの書簡届く。直ちに返信を記す。

している男など、いわば都会のルンペンを見たのである。この書簡の終わりに『社会の富の平均よりも下に居る人はここでは大抵過激派で、上は大抵国家主義者やなにかです。変われば変わります。』人々を「社会の富」というもので、平均以上と平均以下に区分し、平均以上が国家主義、平均以下を過激派ですと言う見方は、当時の社会主義運動の昂揚期で、資本家と労働者、ブルジョアと、プロレタリアという二大別の図式の反映であろうか。『変われば変わります。』という含蓄のある言葉は、賢治自身が、平均以上の身分から、平均以下の身分になったという意味でもあるし、あるいは、社会自体もやがて現在の状態から変化するという事も意味するのか、今となってみると興味深い。『可愛い子には旅をさせよ』という言葉通り、賢治も短い期間ではあったが、父の手を離れて独立し自活したこの経験は、後の賢治の思想や、実践、創作の上に、さまざまな影を落としているであろう。

国柱会での応対についての賢治の言葉は、この書簡で詳細に記されているが、相手になった高知尾智耀はどう述べているだろうか。

『私が初めて宮沢賢治に会ったのは、大正十年の一月二十四日で賢治が二十六歳の時であった。』

『……上野鶯谷駅のすぐ下にあった国柱会の中央道場国柱会館のことで、私は当時国柱会の常任理事で、国柱会館の主事のようなことをやっていた。ところで、突然一人の青年が来訪してきて、会館の玄関で応接したのが私であった。その時の賢治は頭は五分がり、紺ガスリの着物、羽織をつけたぼくとつそのもののような青年であった。』

『……国柱会の信行員であることはわかったが、親に無断で、家をとびだしてきたということであり、おたがいに詳しい事情もわからないので、即決的に決めかね、『東京に御親戚はありませんか』とたずねると『ある』というから、『それでは、一まず、そちらへ落ちついて下さい。そして、この国柱会館に毎夜講演といって、毎夜日蓮主義の講演があるから明晩からでも御来訪下さい。その際にたびたびお目にかかってゆっくり御相談致しましょう』といって別れたのであった。』

『ただこれは私が後に感じたことだが、せっかく遠方から非常な決意を抱いて来訪されたものに対して、玄関先の立話ですげなくかえしたことは、同情のない仕打であった。賢治も余程不満であったろうと思うが、その当時の国柱会館は日刊新聞『天業民報』の発行をやっており、行事も多く、非常に多忙な時であったので、そういうことになったのであろう。賢治が三、四円しか持ち合わせがなく、その後も無断で家を出たのであるから、親から金を貰うということは絶対にしなかったというような事情は全然わからなかった。』

（高知尾智耀「宮沢賢治の想い出」「真世界」昭和三十四年二月号　真世界社）

賢治の関徳彌あての書簡と、高知尾智耀の想い出は、ほぼ符合しているが十字屋版宮沢賢治全集の、書簡を掲載している別巻は、昭和十九年二月二十八日に初版が出版されているから、智耀は既にこれによって関徳彌あての書簡を見て記憶を呼びさまして、この文をまとめたようである。

家出上京で初めて国柱会を訪れた時の様子は、この通りであったに違いない。智耀にしてみれば、賢治のような父子の宗教上の対立から家出してくる青年はたびたび訪れていたことであろうから、それを一一迎え入れては居られなかったことは理解できる。

賢治が有名になって全集まで発行されるようになることは想像できなかったであろう。そういうことから『玄関先の立話ですげなくかえしたことは同情のない仕打ちであった。賢治も余程不満であったろう……』と述べているが、これは後の祭りである。賢治が国柱会に住み込み、会の活動に全精力を捧げたならば、あの三千枚と言われる童話は生まれなかったかも知れない。何が仕合せになるか分からない。

賢治にしてみれば、全幅の信頼と期待をもって訪れたのであるから、智耀の応対に、がっかりしない筈がない。『こんな事が何万遍あったって私の国柱会への感情は微塵もゆるぎはいたしません』と書いているのは、逆にこのように書かねばならぬ程精神的なショックを受けたことを物語っている。

同じ日付の保阪嘉内あての手紙（書簡番号186号）に『上野についたらお金が四円ばかりしか無く、あてにして来た国柱会には断られ散々の体でした。』と嘉内には赤裸々に告げている。この書簡に『尚、私は今後は出版関係の仕事からはなれません。』と述べている関徳彌への書簡については、内容が両親に告げられることを予期して弱音は書いていない。

高知尾智耀については、後に「雨ニモマケズ手帳」の一三五頁に、

『　高知尾師ノ奨メニヨリ

1　法華文学ノ創作

名ヲアラハサズ、

報ヲウケズ、

と記され、賢治の文学創作の動機を作ったとされている人である。智耀がどんな人であったか、原子朗編著『宮沢賢治語彙辞典』から引用してみよう。

『一八八三（明治十六）～一九七六（昭和五十一）千葉県生まれ、本名誠吉。国柱会講師、理事。一九〇六（明治三十九）年、東京専門学校（現早稲田大学）哲学科卒。在学中高山樗牛の文章に感銘し日蓮聖人の研究を志す。福島県磐城中学（英語、修身）の教師時代、静岡県三保の最勝閣で開かれた第一回本化仏教夏期講習会（一九一〇）第二回講習会（一九一一）に参加し入信を決意、一九一一年、立正安国会（国柱会の前身）に入会。一九一四年国柱会創設の機に山川智応の招きに応じ、八年間勤めた磐城中学を辞し、本化大学準備会教授として国柱会に奉職する。（中略）賢治の晩年における国柱会との関係はかならずしも定かではないが、高知尾とのつながりは一九三三年一月一日付の年賀状（簡〔441〕）が残されていることから推定される。日付不明の高知尾あて暑中見舞の下書き（簡〔不16〕）もある。』

智耀は、中学校の教師から日蓮の研究に入り、国柱会の講習会に参加してから入会したので、賢治との対応からみると融通のきかない、頑固ないわゆる教師タイプの人物のようであったが、賢治にとっては忘れられない人物であったようで、亡くなる年に智耀あての年賀状が残されている。年賀状の性質からして、前年の年賀状をみたり、住所録に従って出すのが普通であるから、この年だけということは考えられず、賢治が帰郷した後からも、細々としたつながりがあったと考えられる。暑中見舞の下書きがあることも、それを裏付ける。「法華文学ノ創作」については別項で触れることとして、賢治の上京中の生活はどうであったろうか。

◉上京中の生活

二月二十四日附父あての手紙（書簡番号189）によると、上京以来一ヶ月も過ぎてかなり落ち着いた様子が見られる。

『二十二日附のお手紙ありがたく拝誦いたしました。私は変りなく衛生にも折角注意して夜はいつも十時前に寝みますしお湯にも度々参りますしその他すべて仰せの様にして居りますからどうか御安心願ひます。殊に仕事の方は午前中四時間ですから一向一寸の間で疲れも何も致しません。』

これによると、家出後も父と連絡があり、いろいろと父が生活上のことで細々と心配を書き送ったのに対して、賢治は父親を安心させようとしてか、中学生が書くような文面で近況を報じている。このまま受け取ると、午前中だけ勤め、午後からは国柱会に出かけてゆくという生活をしていたようである。しかし信仰上のことについては自説を枉げず。

『一応帰宅の仰度々の事実に心肝に銘ずる次第ではございますが御帰正の日こそは総ての私の小さな希望や仕事は投棄して何なりとも御命の儘にお仕へ致します。それ迄は帰郷致さないこと最初からの誓ひでございますからどうかこの段御諒察被下早く早く法華経日蓮聖人に御帰依遊ばされ一家同心にして如何にも仰せの様に世諦に於てなりとも為法に働く様相成るべく至心に祈り上げます。』

とこの手紙の中に記し、一家が改宗するまでは、決して帰郷しないという固い決意を披瀝している。賢治が滞在したのは、本郷菊坂町七五（現在文京区本郷四 - 三五 - 五）稲垣方であった。これについては、奥田弘「宮沢賢治の東京における足跡」につぎのように書かれている。

『この稲垣家は、木造二階建てで、北側の細い通りに面している。家主は、同番地鈴木鉱太郎氏である。現在、経師屋、谷沢吉雄氏が住んでいる。当時稲垣家では、主人がすでに亡く未亡人が、お手玉づくりを内職にして、下宿人をおく生活をしていた。昭和四年四月か五月に転居して谷沢氏にかわった。二階は六畳、四畳の二間で四畳の方が細い通りに側面している。賢治はそのどちらを借りたか不明であるが、「うなぎの寝床のような部屋ということから想像するとおそらく、この四畳の方ではなかったかと思われる。……家屋の老朽がはなはだしく、家主鈴木氏が、近いうち取り壊して改築する由である……近くには、啄木や一葉の記念碑もあることだ。彼の文学開眼の場所として、盛んな童話文学創作の場所として記念すべき場所である』（「四次元」一九六七、七〜九　宮沢賢治研究会）

と記されているのが、その後在京の友人からの私信によると、旧居の後にマンションが建てられていたとのことで、その写真が送られてきた。井上ひさしの「イーハトーブの劇列車」では、この稲垣方と稲垣未亡人が、重要な場面と、重要な人物として登場しているので観劇された方は、思い出されるであろう。

賢治の住んでいた部屋について賢治自身の二月上旬の保阪嘉内への手紙（書簡番号187）によると、

『今月の十六日は大聖人御誕生七百年の大切な大切な日です。それ迄に一寸お出になれませんか。汽車賃は私が半分出します。失礼ご免下さい。ごはんは私の所では駄目ですがお出になる丈なら三畳の汚い処ですが何十日でも宜しうございます。ただ私の唯只《ママ》の生活は実に見すぼらしいものですからそこは充分ご承知下さい。　さよなら』

友人保阪嘉内が上京するなら汽車賃を半分負担するという、なんとも微笑

本郷周辺の図
参考資料「本郷付近の史跡地図」文京ふるさと歴史館

下宿先（稲垣方）の跡（正面）。現在はマンションが建っている。（撮影／渡里香）

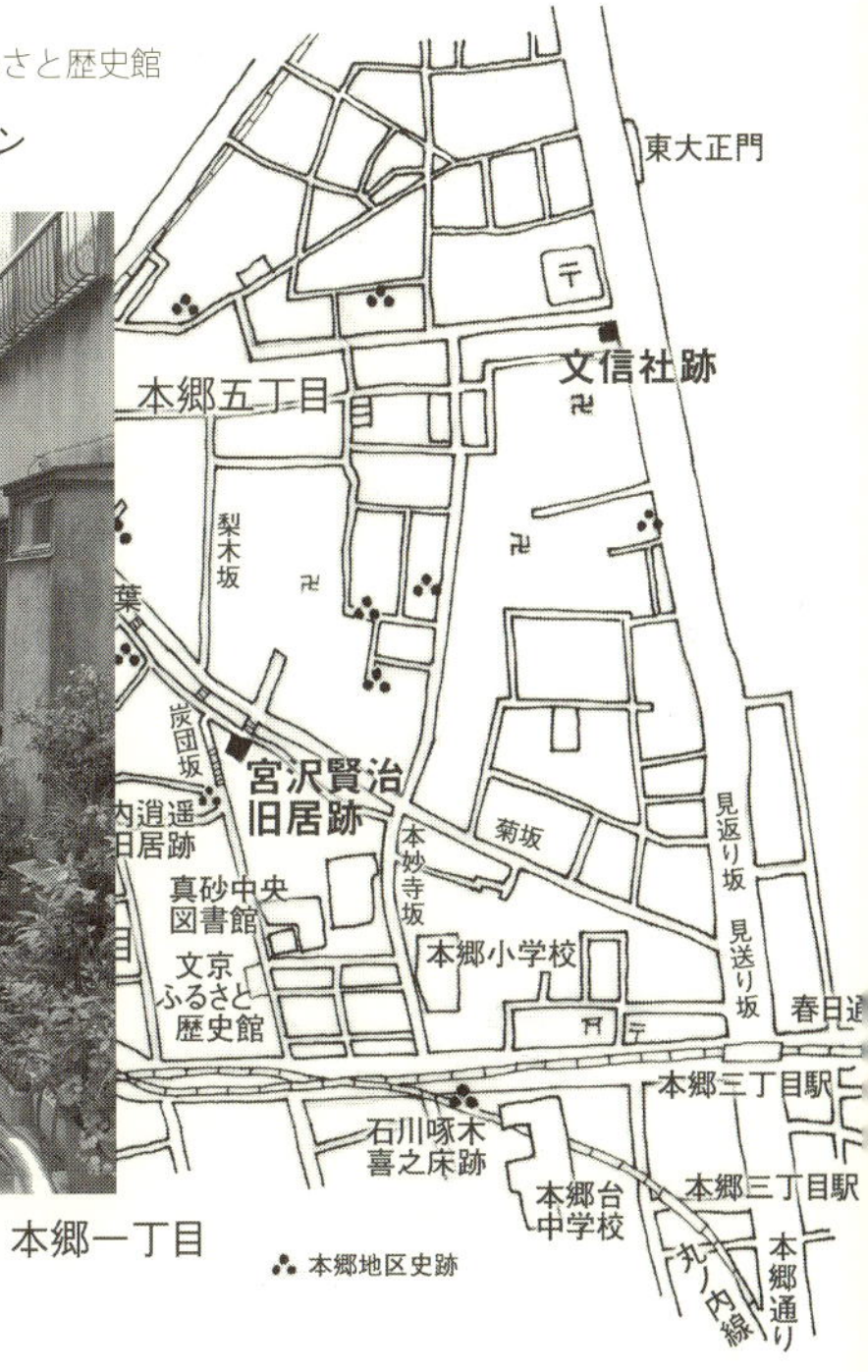

ましい手紙であるが、これは三畳と書いてある。三畳と六畳では倍も違うので間違えるわけはない。賢治の住んでいたのは四畳の方ではあるまいか。またいわゆる食事付きの下宿ではなく、自炊か外食であったこともはっきりする。

しかしこの後、父が賢治がどんな生活をしていたか心配でたまらず、四月に上京したときの感想では、『東京で賢しゅが間借りしていたのはナス、おかしな部屋だったすじゃ。六畳間なのに、六枚のタタミを一列にずーっと並べて敷いて、ウナギの寝床みたいだったんすじゃ』と森荘已池に語ったという。(森荘已池『宮沢賢治の肖像』津軽書房)父親は六畳と言っているが、稲垣家の六畳間は、普通のように畳が敷いてあり、一列に敷いてあったのは四畳の方であったというから、これは父親の記憶違いであろう。いずれにしても素封家の御曹子が考えてもみなかった粗末な部屋に住んでいたので父も驚いたことであろう。

食事も同書によると、金田一京助に会ったとき「馬鈴薯と水で生きています」と話したというし、従兄弟の宮沢安太郎が、賢治が馬鈴薯を煮て塩をつけて食べているのを見て、オヤツだろうと思った所が、それが主食であったのでびっくりしたという。このような切り詰めた生活と、粗食が賢治の丈夫な体をだんだん蝕んで行ったのであろうと思うと、痛ましい気持ちになるのは、私だけではあるまい。

◉上京中の生活(続)

上京中の賢治の生活について詳しく記されたものは数少ないが、貴重な証言のひとつは、朝日新聞記者で、後の釜石市の市長となった鈴木東民の証言である。長文であるが上京中の賢治の生活を活写しているので引用してみよう。（鈴木東民「筆耕のころの賢治」　草野心平編『宮沢賢治研究１』　筑摩書房）

『宮沢賢治と識ったのは、一九二〇年の初冬のころであった。そのころ東大の赤門前に、「文信社」という謄写屋があった。そこの仕事場でわたしたちは識り合ったのである。「文信社」は大学の講義を謄写して学生に売っていた。アルバイト学生だったわたしはそこへノオトを貸して一冊につき月八円、ガリ盤で切った謄写の原稿の校正をして、四ぺエジにつき八銭の報酬をうけていた。賢治の仕事はガリ盤で謄写の原稿を切ることであった。かれはきれいな字を書いたから報酬は上の部であったろうと思うが、それでも一ぺエジ二〇銭ぐらいのものだったろう。この仕事を専門の職業としている人でも、一日一〇ぺエジ切るのは容易でないといわれていた。

賢治もわたしもこの仕事場では新米であった。かれはわたしよりさきに上京していたのかもしれないが、ここのアルバイトをするようになったのは、わたしとほとんど同時だったのではないかと思う。わたしはこの年の夏に仙台の二高（旧制）を卒業し、十月に上京して「文信社」のアルバイトにありついたのであった。休憩時間にここの主人の居間兼事務所の八畳でお茶を飲んでいたときに、何かの話からかれが花巻の生れで土地で知られた旧家の宮沢家の息子さんであることをわたしは知った。そんなことからわたしたちは急に親しくなったのであった。そのころわたしの母は宮沢家のすぐ近所に、同じ町内に住んでいた。

宮沢家の息子が筆耕などしていることが、わたしには不思議に思われたが、かれはいつかわたしにそのわけを話してくれた。法華経を信仰しているかれが、郷里で托鉢をしたことがあるが、かれのお父さんが非常にそれをきらって、やめろといわれた。他のことと違って、自分の信仰を妨げられるのは耐えられないことだったので、家をとび出した。現在は妹と二人で間借り住居をしている。妹はよく自分を理解して助けてくれるので感謝しているとのことであった。

そのころかれは袴を必ずつけていたが、帽子はかぶらなかった。今でこそ無帽はあたりまえのことになったが、当時、袴をつけて無帽というのは異様に感じられたものだ。その袴の紐にいつも小さい風呂敷包がぶらさがっていた。最初、わたしはそれを弁当かと思っていたが、童

筆耕のアルバイトをしていた文信社跡。本郷通りに面している。現在眼鏡店。
（撮影／渡里香）

話の原稿だということだった。もしこれが出版されたら、いまの日本の文壇を驚倒させるに十分なのだが、残念なことには自分の原稿を引きうけてくれる出版業者がいない。

しかし自分は決して失望はしない。必ずその時が来るのを信じているなどと微笑をうかべながら語っていた。そういうときのかれの瞳はかがやき、気魄にあふれていた。

その翌年の夏休みが終ってわたしが上京したときは、もうかれは東京にいなかったのではないかと思う。……（中略）……

文信社の仕事場でも、かれはわたしの健康を気遣い、アルバイトはほどほどにしておくがよいといって、しばしば注意してくれた。しかしわたしの校正の仕事よりも、鉄筆で油紙に一字一字刻むかれの労苦の方が、比較にならぬほど辛いものであったろう。

文信社の主人は日蓮宗の信者であったから、法華経となると賢治との間に話がはずんだ。宗教に対しては何の感激も興味も感じることの出来ないわたしは、仲間はずれのさびしさを感じなければならなかった。

しかしそれにもかかわらずそうしたときのかれのひたむきな態度にわたしはつよくひかれた。日ごろ温厚なかれのどこから湧いてくるのかと疑われるようなつよい迫力にわたしはうたれるのであった。』

この追憶は、二・三の思いちがいがある。賢治が文信社に勤めたのは、一九二一年一月二十七日からで、『一九二〇年の初冬』には、賢治は花巻に居て、町内を唱題しながら歩いていたのであるから、文信社に居た筈はない。『その翌年の夏休みが終ってわたしが上京したときは、もうかれは東京にいなかったのではないかと思う。』この部分は、賢治が、一九二一年の夏中旬頃（八月二十日に花巻に居たという推定がある。）「トシビョウキスグカエレ」の電報で文信社をやめて花巻に帰っているから、この部分は正確である。賢治の一年間の出来事を、鈴木東民は、足かけ二年の出来事と思いちがいしていたのではないだろうか。また『この夏に仙台の二高（旧制）を卒業し、十月に上京して……』とあるが、当時は、新学期が九月に始まっていたので、このように記されたものと思う。山住正己の「日本教育小史」によると、一九二〇年（大正九年）七月七日東京帝国大学年始期を四月に変更（一九二一年度、全官立大学・高校で実施。）とあるので丁度新学期が九月から四月に変更になる移行期であった。自分の卒業した時期を忘れる人は居るまいから、一九二〇年の卒業が正しいとすれば、賢治と同職したのは、その年を越した、一月から八月までの期間になると思われる。そうすれば夏休みが終ってから上京した時は、文信社に賢治が居なかった事実と符合する。

次に『現在は妹と二人で間借り住居をしている。妹はよく自分を理解して助けてくれるので感謝している』も事実に反する、この時期に妹のトシは花巻高等女学校の教師であり、妹と二人の間借り生活は不可能である。後段の『妹はよく自分を理解して助けてくれる。』の部分は、確かにその通りであるが、前段の『妹と二人で間借り』というのは、どこから出たのであろうか。鈴木東民の記憶ちがいか、思い込みであろうか、或いは賢治が東民に真実を語らなかったのであろうか、今にしては確かめることが出来ない。以上の点を除くと、文信社時代を語る貴重な証言である。

ガリ盤を一頁二十銭で十頁切ると、二円となる。一ヶ月二十五日働いて五十円の収入である。この年の十二月農学校教師となり、その年に五円の賞与を得ているし、退職する一年前の大正十四年の月給が百五円であったことから見ても、賢治の生活は容易でなかった事は想像できる。

ただ賢治は父への手紙（書簡番号189、二月二十四日）では『私の所では主人夫婦がやきもき十二時間も働いて月純益三百円位、九時間筆耕するものは月百二十円にはなりみんなの捧《ママ》給は五百円を越えませう。』と書き、父を安心させる為であろうが収入についてかなりの「サバ」を読んでいるのが分かる。

またこの書簡で『私は変りなく衛生にも折角注意して夜はいつも十時前に寝みますしお湯にも度々参りますしその他すべて仰せの様にして居りますからどうか御安心願ひます。殊に仕事の方は午前中四時間ですから一向一寸の間で疲れも何も致しません。』と書いて馬脚を現している。一日四時間ならば、一時間に一枚として、四枚、四枚では八十銭にしかならない、そうすると一ヶ月二十円にしかならないから、かなり切り詰めて馬鈴薯と水で毎日過ごしたという話も真実味を帯びてくる。

午前中の筆耕が終ってから昼休みに、上野公園などで国柱会の道路布教をしたり、夜の「毎夜講演」を聴講したり、会場の手伝いをし、下宿に帰ってから、童話を書く。その合間には上野図書館へ行って読書をするという生活を続けていたようである。この道路布教を目撃したのが、かの金田一京助で、次のように述べている。

『賢治は、法華経の信者でその苦心の「国訳妙法蓮華経」の一本は私なども恵投に預ったが、それよりも、盛岡高等農林卒業後、上京して田中智学師の法華経行者の一団に投じ、ある日上野の山の花吹雪をよそに、清水堂下の大道で、大道説教する一味に交わり、その足で私の本郷森川の家を訪ねて見えた。中学では私の四番目の弟が同級で、今一人同じ花巻の名門の瀬川君と三人、腕を組んで撮った写真を見ていたから、顔は知っていたのだが、上野でよもやその中に居られようとは思いもかけず、訪ねて見えたのは、弟がその頃法科大学にいたから、それを訪ねて見えたかと思ったが、必ずしもそうではなかった。一、二語、私と啄木の話を交えたようだったが、外に大して用談もなし、また、私から下宿はと聞かれて、しかとした答はなく、寝るくらいはどこにでも、といった風で、結局、田中智学先生を慕って上京し、あの大道説教団の中にいたということだったのには、私の顔が、定めしけげんな表情をしたことだったろうと恥かしい。』(「四次元」一九五七年九月号外　宮沢賢治研究会)

賢治が街頭布教をしなかったのではないかという考えの人も居るが、賢治の卒業した盛岡中学校の先輩であり、且つ自分の弟と同級であることを知っていた金田一京助の証言は、賢治が街頭に出て布教をしていたことを実証するもので疑う余地は無い。またその後賢治は金田一家を訪問した。大都会で孤独な生活をしていた賢治は、大道で偶然会った同郷の先輩を見て、懐かしかったに相違ない、ただ会って四方山話をするだけで心安らぐものがあったのでは無かろうか、だから用件もなしで突然訪れた賢治を、いささか、もてあましたような感じがこの文章から伝わってくる。下宿はと聞かれて、はぐらかしたような返事をしたのも、そういう雰囲気が響いたからでは無いかと思われる。

所詮、金田一京助にとっては、賢治を理解できなかったということだ、そのことは、『賢治の処女詩集「春と修羅」が出た時にも著者からはるばる一本送られて、「あこがれ」と並べて書棚に今もあるが、これはまた、「あこがれ」以上の高踏的なもので私には奇人の奇書のようにしか踏めなかった。』（「四次元」一九五七年九月号外　宮沢賢治研究会）

と、金田一京助の文章に明らかである。「あこがれ」は石川啄木の詩集である。賢治が『春と修羅』を贈呈したのは、言語学者、国語学者である金田一京助ならば、その価値を正当に評価して貰うことができるのではないかと考えたのではあるまいか、しかし学者としての金田一京助には、破天荒な賢治の詩集『春と修羅』の内容には、ついてゆくことも理解することも出来なかったのである。賢治の試みは、あまりに時代に魁《さきがけ》ていて、賢治が出現するのが「百年早かった」と言われる所以である。ただ賢治の遺言によって出版された、「国訳妙法蓮華経」が後に金田一京助にも贈呈されたことは、そこには未だ、なにがしかのつながりがあったことを示している。

また上田哲によると、この大道布教の際には、参加した国柱会員の氏名などは、会の機関紙「天業民報」に掲載されるのが常であったが、その一月から八月迄点検したが、その中に宮沢賢治の名は一度も出ていないと述べて居られる。（上田哲　『宮沢賢治』　明治書院）賢治の名が出ていないのは、賢治の性格として麗々しく表面に出るのを好まず、蔭の黒子役に徹して、表面に出なかったのか、或いは氏名が掲載されぬ程の下端役であったか不明であるが、全く街頭布教しなかったとは思われない。ただ家出当初の熱意が、最初の国柱会訪問で水をさされ、熱意がだんだん希薄になって行ったことは否めないであろうし、従ってそれ程熱心に街頭布教をしなかった可能性はあると思う。

家出の後半からは、良く上野図書館通いをしているが、その様子は、関徳彌あての書簡の中に書き

留められている。（書簡番号195）

『七月十三日　関徳彌あて　封書

（表）岩手県花巻川口町　岩田金次郎様方

関徳彌様

（裏）封印　〆

……私は書いたものを売らうと折角してゐます。それは不真面目だとか真面目だとか云って下さるな。愉快な愉快な人生です。

おゝ妙法蓮華経のあるが如くに総てをあらしめよ。私には私の望みや願ひがどんなものやらわからない。なるほど祈禱とかいふものも悪いこともあるでせうな。

近頃は飯を二回の日が多いやうです。あなたなんか好い境遇に生れました。親と一所に苦しんで行けますから。うちから金も大分貰ひましたよ。左様十五円に二十円に今月二十円来月二十円それからすりに十円とられましたよ。

図書館へ行つて《ママ》見ると毎日百人位の人が「小説の作り方」或は「創作への道」といふやうな本を借りようとしてゐます。なるほど書く丈けなら小説ぐらゐ雑作ないものはありませんからな。うまく行けば島田清次郎氏のやうに七万円位忽ちもうかる、天才の名はあがる。どうです。私がどんな顔をしてこの中で原稿を書いたり綴ぢたりしてゐるとお思ひですか。どんな顔もして居りません。これからの宗教は芸術です。これからの芸術は宗教です。いくら字を並べても心にないものはてんで音の工合からちがふ。頭が痛くなる。同じ痛くなるにしても無用に痛くなる……（以下略）』

賢治が博学で、その作品は、洋の東西を問わず、自然科学は勿論、宗教、哲学、歴史、文学、芸術からの博引旁証さに、ちりばめられ、その為に難解であるとされているが、その知識は、図書館に行って読書をしたことから来ているようである。この書簡にも、賢治が図書館に行っていること。図書館には、多くの文学青年が来館して、自分では買えない、小説の作り方の本を借りようとしていること。そして、当時のベストセラー作家の島田清次郎（長篇小説「地上」第一部から第四部迄を書いた。）にあやかろうとしていること。などが記されている。

また賢治が作品の原稿を必ずしも下宿で書くだけでなく、図書館の中で原稿を書いたり綴じたりしていることが分かる。

七月十三日と言えば、花巻に戻る、約一ヶ月前であり、高知尾智耀に「法華文学ノ創作」を奨められてから、本格的に童話を書き始め、油の乗ってきている時期である。そして小説を書くぐらいは簡単だ島田清次郎のような作品なら直ぐ書けると言外に自負している点が普段謙虚な賢治なだけに興味深い。また宗教は芸術で芸術は宗教と言う考えは、後々まで賢治の思想の中核となったものである。

書簡番号185で、『生活ならば月十二円なら何年でもやって見せる』と啖呵を切った賢治であったが、現実は厳しく、実家から毎月十五円～二十円の仕送りを受けていたことが分かる。街頭布教、図書館通い、童話創作などに熱中すると、文信社の筆耕の仕事が、おろそかになり、収入も減ってくるので最初は、実家からの送金小切手を受け取らず送り返していた賢治も此の頃になると、きれい事を言っては居られなくなり、仕送りを受け、しかもその、お金の中から、掏摸《すり》に狙われて、みすみす十円も掏摸取られると言うヘマをしている。仕送りを受けるのは心苦しかったと思われ、『書いたものを売らうと折角してゐます』と書かずには居られなかったのだが、この時期、賢治の原稿を買って出版しようとする出版社は無かった。

賢治の弟の宮沢清六は、『兄のトランク』（筑摩書房）の中で、次のように記している。

『……あれは茶色なズックを張った巨きなトランクだった。大正十年七月に、兄はそいつを神田あたりで買ったということだ。……（中略）……一ヶ月に三千枚も書いたときには、原稿用紙から字が飛び出して、そこらあたりを飛びまわったもんだと話したこともある程だから、七ヶ月もそんなことをしている中には、原稿も随分増えたに相違ない。だから電報が来て帰宅するときに、あんなに巨きなトランクを買わねばならなかったのであろう。

さて、そのトランクを二人で、代りがわりにぶらさげて家へ帰ったとき、姉の病気もそれほどでなかったので、「今度はこんなものを書いて来たんじゃあ」と言いながら、そのトランクを開けたのだ。

それがいま残っているイーハトーヴォ童話集、花鳥童話や民譚集、村童スケッチその他全集三・四・五巻の初稿の大部分に、その後自分で投げすてた、童話などの不思議な作品群の一団だった。

「童児《わらし》こさえる代りに書いたのだもや」などと言いながら、兄はそれをみんなに読んでくれたのだった。

蜘蛛やなめくじ、狸やねずみ、山男や風の又三郎の話は、私共を喜ばせたし、なんという不思議なことばかりする兄だと思ったのだ』

賢治の作品「革トランク」で、カリカチュアライズされて、その情景が活写されている。賢治が家出上京中に、童話を書いたこと、その童話の原稿は、大きなトランクに一杯あったこと、それを取り出して弟達に朗読して聞かせたことは事実であろうが、現在残されている作品の原稿は、不思議なことに殆んど無いのである。賢治自身が破棄したのか、別の原稿用紙に清書した為に、元の原稿は捨てられ、清書したものだけが残ったのか、戦災によって失われたのか、はっきりこの期間の大正十年一月から八月二十日までの作品とされるものは、「月夜のけだもの（大正十年上京中）」「電車（大正十年六月）」「床屋（大正十年六月）」「蒼冷と純黒（大正十年八月十一日）」「竜と詩人（大正十年八月二十日）」の五篇のみである。八月二十日には、花巻に戻っていたと言う説もあるので、「竜と詩人」を除くと僅か四篇で、「蒼冷と純黒」は、関徳彌宛の書簡の裏に書かれていた、と言うよりは、書き損じの裏を利用して手紙を書いたということで（便箋を買うことが出来なかったのか）、トランクには入っていなかったから、トランクに入っていて、残っている原稿は三篇だけということになり、それ以外のトランクに入っていた原稿の行方は、謎というより他ない。一応大正十年頃と推定される作品は、次の十八篇しか無いのである。（続橋達雄「賢治童話全作品目録」「国文学解釈と教材の研究」

一九八六・五月臨時増刊号、学燈社）

1、いてふの実、大正十頃
2、馬の頭布、大正十頃
3、カイロ団長、大正十又は大正十一
4、かしはばやしの夜、大正十、八、二十五
5、気のいい火山弾、大正十頃
6、クンねずみ、大正十又は大正十一
7、さるのこしかけ、大正十頃
8、十月の末、大正十又は大正十一
9、十力の金剛石、大正十又は大正十一
10、種山ヶ原、大正十頃
11、ツエねずみ、大正十頃
12、とっこべとら子、大正十又は大正十一
13、鳥箱先生とフウねずみ、大正十頃
14、畑のへり、大正十頃
15、葡萄水、大正十又は大正十一

図表 14 〈賢治散文作品数の年度別推移表（他に推定不能五篇有）〉

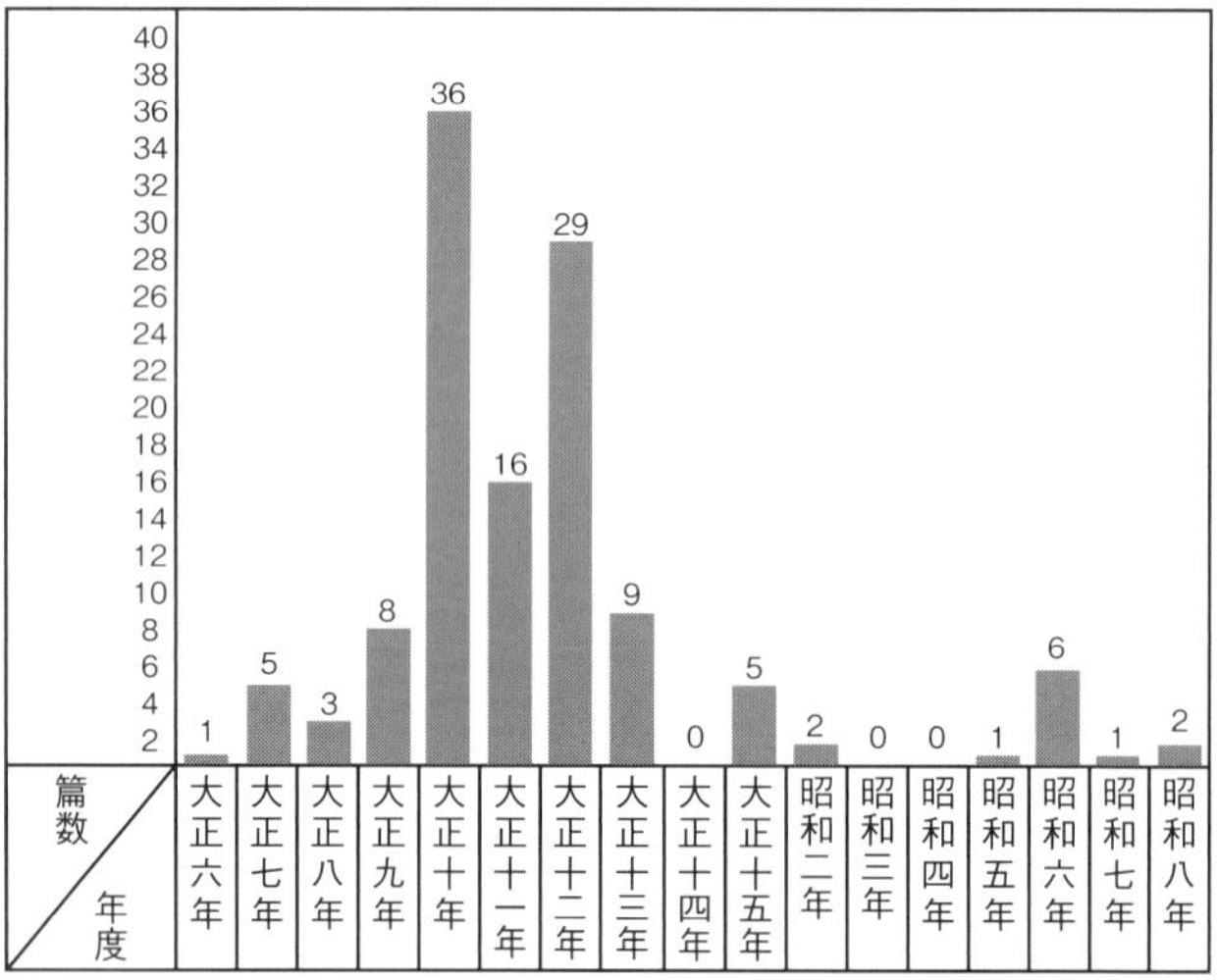

16、よく利く薬とえらい薬、大正十又は大正十一
17、よだかの星、大正十頃
18、青木大学士の野宿、大正十か大正十一

賢治の散文作品を続橋達雄「賢治童話全作品目録」から拾ってみて、年度別の作品数の推移を調べたのが（図表14）である。これは現在の原稿から推定したもので、雑誌、新聞に発表したものは、その年度に入れてあるので、実際に最初に書かれた時期とは必ずしも一致しないであろうが、一応の傾向として、とらえることができよう。これによると、時期推定不能の作品五篇を含めて、大正十年の作品数は、生涯のピークの三十六篇となり、全体の二十八パーセントでほぼ三分の一を占め、最も作品が多かったことが分かる。しかしこの作品だけでは、大トランクの一杯になったか、どうか疑問である。なおこの後の大正十一年では十六篇と少く、大正十二年には二十九篇となり、この三ヶ年で実に八十一篇に達し、全散文作品の六十三パーセントを占めていることが分かる。賢治の生涯で、この大正十年という年は、画期的な年であった。ただ一ヶ月三千枚の原稿を書いたとすれば、八ヶ月の間で二万四千枚となるから、これは幾分誇張した話であろう。

このように創作に熱中すると、収入が減少するから、実家からの仕送りはあっても、生活を切り詰めねばならない、そのうちでも食費が切り詰められたようで、食事が馬鈴薯と水であったということが知られているが、書簡によって、この間の事情を推定してみよう。

書簡番号193　六月二十九日　宮沢イチあて　封書

『（表）岩手県花巻川口町　宮沢政次郎様方
　宮沢いち様　御直披
（裏）六月廿九日　東京ニテ　宮沢賢治拝　封印　〆
……私は変りございません。こちらは、大変物価が廉くなりました。魚や青物なんかは、おどろく程です。食事も十二、三銭出せば、実に立派なものです。図書館の中は、どうも高くて困ります。
……以下略』

母に心配させまいとしてか、最初に物価が安くなったこと、食事も十二、三銭で立派なものが食べられることを書きながら、その後で図書館の中では、高価で困るということを書いているわけで、こちらが本音かと思われる。仮りに一食十三銭で三食で約四十銭、一ヶ月で十二円という食費が必要であろう。

三月十日の友人宮本友一宛の書簡（書簡番号191）では、『夜十時迄は国柱会で会員事務をお手伝ひし……』とあるが、その四ヶ月後の七月三日の友人保阪嘉内宛の書簡（書簡番号194）では、『…私は夜は大低《ママ》八時頃帰ります』とあるから、賢治の生活が、国柱会奉仕から、童話執筆へと中心を移し、筆耕時間も少なく、収入が減り、生活が逼迫してきていることを、暗に匂わせているようだ。

その二週間後には先に紹介した書簡番号195、七月十三日付の関徳彌宛の書簡の中で『……近頃は飯を二回の日が多いやうです。……（以下略）』と書いているのも、食費を切り詰めて二食にしていたのである。

更にその約一ヶ月後書簡番号197、八月十一日付、関徳彌宛の書簡では、粗食を続けた結果、体調を崩した様子が記されている。

『……又脚気のお薬を沢山お送り下さいまして重々のお思召し厚くお礼申しあげます。……（中略）……先日来股引をはいたり蕎麦掻きや麦飯だけを採ったり冬瓜の汁（みんな脚気向きの飯屋にあります）を食ったりして今はむくみもなくほんの少し脚がしびれて重い丈で何の事もありません。……七月の始め頃から二十五日頃へかけて一寸肉食をしたのです。それは第一は私の感情があまり冬のやうな工合になってしまって燃えるやうな生理的衝動なんか感じないやうに思われたので、こんな事では一人の心をも理解し兼ねると思って断然幾片かの豚の脂、塩鱈の干物などを食べた為にそれをきっかけにして脚が悪くなったのでした。然るに肉食をしたって別段感情が変るでもありません。今はもうすっかり逆戻りをしました。……以下略』

脚気はビタミンBの欠乏によって生ずる病気で大正十二年には、二六、七九六人の死者を出しているが、そのビタミンBを発見した鈴木梅太郎は、賢治の盛岡高等農林学校時代の恩師であった。明治四十四年に、三共製薬からビタミンBは、オリザニンとして発売されていた。だから賢治はビタミン

Bの欠乏によって脚気になることを知っていた。自分が脚気の症状が出たことから関徳彌に知らせて、脚気の薬を送って貰ったことが分かる。ビタミンB欠乏は、白米食によって米糠の中でビタミンBが失われるためであり、当時は恐るべき病気であった。

雑穀や蕎麦、麦飯はそれを防ぐ、大正時代に脚気を防ぐための食事を提供する食堂があったらしい。ただこの書簡にあるように肉食をしたから脚気になったというのは首肯できない。寧ろこの書簡からは、賢治が粗食によって栄養失調になっていたのではないかと考えられる。私なども戦後の食糧不足の時代に体験したが、食物の絶対量の不足からのカロリー不足、特に蛋白質の摂取量の不足により、浮腫・徐脈・貧血・痩削・下痢などになり、無気力・無感動状態になる。今まで見てきたように賢治は生活費の不足から食費を節約し、一日二食で、その上菜食だったから、当然総カロリーも、蛋白質も不足していたに違いない。脚気と栄養失調は似ている点があり、賢治は自分が脚気になったと信じたが、或いは他人には脚気と告げたのか分らないが、豚の脂は、豚の脂肉と考えた方が良いと思うし、塩鱒の干物なども、栄養失調を防ぐために、動物蛋白質を摂取する試みであったと思われる。

いずれ、このまま東京での生活が続けば、賢治は発病し、二十五歳で寿命が尽きたのかもしれないが、それを救ったのは、妹トシの発病であった。賢治の生命を救うためのようにこの時期に病臥したということに、不思議な縁を感ずるのは私ばかりではあるまい。妹思いの賢治は、「トシビョウキスグカエレ」の電報に接するや、一月以来八ヶ月の東京生活を切り上げて、取るものも取り敢えず花巻に帰ったのであった。

◉上京中の法華経の布教活動

国柱会についての活動は、国柱会の高知尾智耀が次のように記している。『そのころは、国柱会では、おひる休みに外へ出て道路布教というものをやっていて、たいてい近くの上野公園でだれかれなしに会の者がやる、それに賢治君も参加してやっているということを聞きました』また『その後、毎夜国柱会館に通い、講話を聞かれるばかりでなく、いろいろ会合の斡旋をしてくれた。』『この間に、私はしばしば賢治に会って信仰談を交したように思う』（「宮沢賢治の思い出」「新世界」一九六五年九月号）

賢治は折角意気込んで上京したが、お昼の道路布教や、施本、毎夜講演の聴講や会場の手伝い、それが終わってから最初のうちは夜十時頃まで会員事務の応援など、これは主に天業民報の地方購読者への宛名書きのような仕事であったらしい。国柱会の仕事の他に、この時期に知友に、天業民報を始め、国柱会のパンフレットなどを送り届けていたらしい。そのひとつのケースとして、盛岡高等農林学校農学科第一部大正七年卒業（宮沢賢治と同期）の宮本友一あての三月十日付け書簡191がある。

『（表）青森県庁　勧業課内　宮本友一様

（裏）大正十年三月十日　東京

本郷菊坂町七五

稲垣方　宮沢賢治　封印　緘

合掌

お手紙ありがたく拝見いたしました

別冊勅教玄義に研究案内がありますからその順序によりなさったらいいかと思ひます　差し当り一番緊要なのは天業民報でせう

信さんにも宜しく願ひます　只今は大切の時です　切にあなたの憤《ママ》起を望みます

はやくお取り掛り下さい。

どの宗教でもおしまひは同じ処へ行くなんていふ事は断じてありません。間違った教による人はぐんぐん獣類にもなり魔の眷属にもなり地獄にも堕ちます。

　今回は私も小さくは父母の帰正を成ずる為に家を捨てゝ出京しました　父母にも非常に心配させ私も一時大変困難しました　今は午前丈或る印刷所に通ひ　午后から夜十時迄は国柱会で会員事務をお手伝しペンを握みつゞけです。今帰った所ですよ。

冗談ではありません。しっかりしっかり頼みますぜ。

大正十年三月十日夜』

この手紙の文面からみると、最初に宮本友一から、国柱会への問い合せがあり、それに賢治が答えている、国柱会の教義を学ぶ方法・順序についての質問のようで、「天業民報」を読むことが第一であること、更に勉強するには、明治三十八年一月一日師子王文庫から出版された、田中智学著「勅教玄義」の研究案内によるが良いと言っている。この二人の間には、この事について、かなり詳細な連絡があったように推察されるが宮本友一は大正十一年二月に死亡している。

文中の「信さん」という人は、盛岡高等農林学校、農学科第一部大正八年卒業で青森県の出身である。（賢治の一期後輩にあたる）

また盛岡中学校一年先輩の工藤祐吉へ、天業民報を送っていたことが、工藤祐吉の手帳に「日蓮宗の大知識／田中智学師の新聞が／一年有余彼れから送られた」と記されていることから、賢治が友人達に、国柱会の活動と、日蓮宗への帰依を勧めるため、その機関紙の天業民報や、パンフレット等を送っていたことが、はっきり分かるのである。更に賢治の親友保阪嘉内への執拗なまでの折伏がある。

保阪嘉内は、賢治と同じ明治二十九年（一八九六）山梨県の生まれで、大正四年三月札幌の農科大学を受験し、不合格となり、翌年盛岡高等農林学校農学科第二部に合格し、四月寄宿舎に入ったがその部屋の室長が宮沢賢治であった。

嘉内は入学の動機を「トルストイを読んで百姓の仕事の崇高さを知り、それに浸ろうと思った」と述べていたように、将来卒業すれば農村に戻って農業に従事し、農村を発展させようという確固とした意志をもっていた。この点賢治が家業を嫌って、逃避的に進学して来たのとは大きな違いがあった。嘉内は、文芸や演劇に強い関心があり、短歌の創作などをしていたから、同様に作歌をしていた賢治と肝胆相照らす仲となった。

大正六年（一九一七年）七月に宮沢賢治、保阪嘉内の他、河本義行、小菅健吉を主要同人として、同人誌「アザリア」を創刊した。

　賢治は「アザリア」に短歌六十二首、短篇（散文）三篇を載せたが、賢治の文学的出発は、この「アザリア」に始まったと言って良いであろう。所が「アザリア」第五号（大正七年二月発行）に掲載した保阪嘉内の『……おれは皇帝だ。おれは神様だ。おい今だ、帝室をくつがえすの時は』という文章が原因と思われるが、嘉内は、学校当局の忌避に触れ、理由を告げず、本人への通知もなしに校内掲示のみによって退学処分となった。事件を隠密裡に処理しようと学校が配慮したものと思われる。

　嘉内が入学した大正六年から、大正十四年まで、賢治が嘉内宛に多くの書簡を送り、その数は全部で七十三通※編注にも及んでいる。（※編注　新校本全集では72通だが原稿どおりとする）

　賢治は嘉内を日蓮宗に誘うべく、書簡の中で、熱心に入信を奨めているが、結局嘉内は最後迄入信しなかった。

　大正七年三月十三日付の書簡には、法華経如来寿量品の中の偈を記して、失意の嘉内を慰めている。その偈は次の部分である。

　『衆生見劫盡　大火所焼時
　我此土安穏　天人常充満
　園林諸堂閣　種々寶荘厳
　諸天撃天鼓　常作諸技楽
　雨曼陀羅華　散仏及大衆』

坂本幸男・岩本裕 訳注『法華経』（岩波文庫）によると、

『衆生の、劫尽きて　大火に焼かるると見る時も／わがこの土は安穏にして、天・人、常に充満せり。／園林・諸の堂閣は　種種の宝をもって荘厳し／※編注（宝樹には華・菓多くして衆生の遊楽《ゆらく》する所なり。）／諸天は天の鼓《つづみ》を撃ちて　常に衆《もろもろ》の伎楽《ぎがく》を作し／曼陀羅華《まんだらけ》を雨《ふら》して仏及び大衆に散ず。』

（※編注　法華経（岩波文庫）原文には種々寶荘厳の後に、寶樹多華菓　衆生所遊楽の一行あり）

傷心の親友を慰めようと、書き送ったものであり、その後度々執拗なまで繰り返し信仰の道へ入るようにと奨めたのであった。

大正十年一月から、八月までの家出期間中の書簡を書簡集から拾うと、十八通あり、その中に嘉内宛が十一通と、大部分を占めている。それを整理すると次（図表15）のようになる。

簡単な事務的な打ち合わせや連絡の書簡番号180、182、184、192、193以外の六通は、いずれも日蓮宗への入信に触れていて、自分自身が家出上京中で、難局にありながら、友人嘉内を何とかして信仰の道へ誘おうと熱心に奨めているが、この期間中に、嘉内は入信を断り、二人の間が決裂したのであった。

この間の事情を、書簡で見てみよう。書簡番号181（一月中旬）の中では、

『まづは心に兎にもあれ
甲斐の国駒井村のある路に立ち
数人或は数十人の群の中に

正しく掌を合せて十度高声に
南無妙法蓮華経
　と唱へる事です
決して決して私はあなたにばかり申しあげません。実にこの様にして私は正信に入りました。竜ノ口御法難六百五十年の夜（旧暦）私は恐ろしさや恥づかしさに顫へながら燃える計りの悦びの息をしながら、（その夜月の沈む迄座って唱題しやうとした田圃から立って）花巻町を叫んで歩いたのです。知らない人もない訳ではなく大低《ママ》の人は行き遭ふ時は顔をそむけ行き過ぎては立ちどまってふりかへって見てゐました。……（中略）
保阪さん　どうか早く
　大聖人御門下になって下さい。
一緒に一緒にこの聖業に従う事を許され様ではありませんか。憐れな衆生を救はうではあ

図表15〈保阪嘉内宛書簡（大正十年一月〜七月）〉

番号	書籍番号	日付	内容
1	180	一月中旬	『私にできる仕事で何かお心当りがありませんか。』
2	181	一月中旬	『どうか早く大聖人門下になって下さい。』
3	182	一月二十四日	出京の知らせ。
4	183	一月二十五日	『切に大兄の御帰正を奉祈上候』
5	184	一月二十八日	文信社入社の知らせ。
6	186	一月三十日	『日蓮門下の行動を少しでもいゝですからとって下さい。』
7	187	二月上旬	『すべてはすべては大聖人大悲の意輪に叶はせ給へ。』
8	188	二月十八日	『どうか世界の光栄天業民報をばご覧下さい。』
9	192	五月四日	嘉内からの便りに問い合わせ。
10	193	七月三日	嘉内との面会の打ち合せ。
11	196	七月下旬	嘉内が入信しないのを責める。

りませんか。何かお考がありましたらばりばり私へ云って下さい。済んだら一束にしてお返しします。この手紙も焼いて下さい。

南無妙法蓮華経

合掌』

なかなか入信しようとしない嘉内に、心はともかく、まず形でも信者になって、街頭に出て唱題してみるようにと勧めている。賢治自身が街頭に出て唱題して歩いた時の感動を嘉内に伝えているが、賢治が花巻町内を唱題して歩き、町内の人達を驚かし、父政次郎を呆れさせた事実を本人が、この書簡ではっきりと証言している。

自分一人だけが信者になって救われるだけではなく親友の嘉内も共にその喜びに浸らせたいという熱意が、この書簡から、ひしひしと伝わってくるのである。しかしその気持ちが無い嘉内にとっては、迷惑な話であったのかも知れない。とかく宗教的な強い信仰の持主は、自分の信仰が最善のものとして、他人にも同じ信仰に入るようにと強く奨めることが多い、まして国柱会では、摂受より折伏を重んじていたことから、賢治は親友である嘉内を折伏して、日蓮宗の信仰に導くのが、自分の義務であると信じていたであろう。

またこの中で『憐れな衆生を救はうではありませんか』と述べているが、共に力を合わせて困窮している人々を救わねばならないという気持ちが、此の頃から兆していたことを示すもので、後の羅須地人協会の実践や肥料相談、東北砕石工場の技師としての挺身などの賢治の一連の行動が一本の線で、この頃の決意とつながっているのである。
上京してから一週間後の書簡番号186（一月三十日）には、次のように記されている。
『曾って盛岡で我々の誓った願
　我等と衆生と無上道を成ぜん、これをどこ迄も進みませう
今や末法救主　日蓮大聖人に我等諸共に帰し奉り慈訓の如く敢て違背致しますまい。辛い事があっても大聖人御思召に叶ひ我等一同異体同心ならば辛い事ほど楽しいことです。』

この文面によると、嘉内と賢治は盛岡高等農林学校在学中に、日蓮宗への入信について何等かの盟約を共に交していたらしいことが分かる。従って賢治が嘉内へ入信を奨めるにも、その約束を違えるなという強い調子が出てくるのも無理が無い。この書簡が上京後一週間という時期に書かれたということは、この苦難の時期に、嘉内と苦しみを分ち合いたい。慰籍と励ましの言葉を嘉内から得ることを期待していたのではあるまいか。その後また、

『それでは、心はとにかく形だけでそうして下さい。国柱会に入るのはまあ後にして形丈けでいゝのですから、仕方ないのですから。

　大聖人御門下といふ事になって下さい。

全体心は決してそうきめたってそう定まりはいたしません。

形こそ却って間違いでないのです。日蓮門下の行動を少しでもいゝですからとって下さい。』

この書簡では、賢治は嘉内の強硬さに手を焼いたのか、賢治が気弱になったのか、『形だけでもそうして下さい。』と、本心はどうとも形だけでも日蓮の信徒になってほしい、形だけの信徒でもやがて本心から信仰に至る。国柱会に入るのも後廻しにしてもいいとまで折れて、へり下って、方便といおうか、懇願し、哀願している、どうしても嘉内を日蓮宗の信者にして、共に二人で信仰の道を進みたいと切望していたのだ。

大正十年七月一日に、嘉内は、近衛輜重兵大隊に、甲種勤務応召した。（大正十一年三月小尉に任官）七月三日に、書簡番号194で賢治は面会を申し出て、待合わせ場所を指定するように連絡している。その後賢治は保阪と再会したと思われるが、七月十八日の嘉内の日記には、

『七月十八日　晴／宮沢賢治／再会来』と頁いっぱいに大きく書いた字を斜線で抹消してある。斜線で抹消した意味は、面会したが、宗教上の論争があり、嘉内は賢治と信仰を共にすることは出来ない、今後一切の関係を絶ちたいという、訣別の意味を込めた「斜線」であったと思われ、その後の書簡番号196（七月下旬）に、そのいきさつが書かれている。

『まことにむかしのあなたがふるさとを出づるの歌の心持また夏に岩手山に行く途中誓はれた心が今荒び給ふならば私は一人の友もなく自らと人とにかよわな戦を続けなければなりません。

今あなたはどの道を進むとも人のあわれさを見つめこの人たちと共にかならずかの山の頂に至らんと誓ひ給ふなら何とて私とあなたとは行く道を異にして居りませうや。

仮令しばらく互に言ひ《ママ》事が解らない様な事があってもやがて誠の輝きの日が来るでせう。

どうか一所に参らして下さい。わが一人の友よ。しばらくは境遇の為にはなれる日があっても、人の言の不完全故に互に誤る時があってもやがてこの大地このまゝ寂光土と化するとき何のかなしみがありませうか。

或はこれが語での御別れかも知れません。既に先日言へば言ふ程間違って御互に考へました。然し私はそうでない事を祈りまする。この願は正しくないかもしれません。それで最後に只一言致します。それは次の二頁です。

次の二頁を心から御読み下さらば最早今無限の空間に互に離れても私は惜しいとは思ひますまい。若し今までの間でも覚束ないと思はれるならば次の二頁は開かんで置いて下さい。

あなたは今この次に、輝きの身を得数多の通力をも得力強く人も吾も菩提に進ませる事が出来る様になるか、又は涯無い暗黒の中の大火の中に堕ち百千万劫自らの為に（誰もその為に益はなく）封じられ去るかの二つの堺に立ってゐます。間違ってはいけません。この二つは唯、経（この経）を信ずるか又は一度この経の御名をも聞きこの経をも読みながら今之を棄て去るかのみに依って定まります。かの巨なる火をやうやく逃れて二度人に生れても恐らくこの経の御名さへも今度は聞き得ません。この故に又何処に流転するか定めないことです。保阪さん。私は今泣きながら書いてゐます。あなた自身のことです。偽ではありません。あなたの神は力及びません。この事のみは力及びません。私とても勿論力及びません。信じたまへ。求め給へ。あゝ「時だ」と教へられました。「機だ。」と教へられました。今あなたがこの時に適ひ、この機ならば一道坦直、この一つが適はなかったら未来永劫の火に焼けます。私は愚かなものです。何も知りません。たゞこの事を伝へるときは如来の使と心得ます。保阪さん。この経に帰依して下さい。総ての覚者（仏）はみなこの経に依て悟ったのです。総ての道徳、哲学宗教はみなこの前に来って礼拝讃嘆いたします。この経の御名丈をも崇めて下さい。そうでなかったら私はあなたと一緒に最早、一足も行けないのです。さうであったら仮令あなたが罪を得て死刑に処せらるゝときもあなたを礼拝し讃嘆いたします。信じて下さい。』

この書簡でも、嘉内と賢治が岩手山登山の時に、将来の生き方や、信仰について何等かの誓約を交したことが明らかであり、嘉内丈が心を許すたった一人の友であること、だから共に日蓮宗に入信しようと、真情を哀切窮りない言葉で語りかけているのである。切々たる訴えに、私達は感動なしに読むことは出来ない。

またこの書簡では、嘉内との別離の予感と、互に歩む道が違うに至ったことを、賢治は自分自身に納得させせようとしている。それでもいつかは互に理解し合える日が来ることを信じよう、信じたいとする気持ちが仄かに見える。

このような信じている友人との別離は、たとえば「銀河鉄道の夜」のジョバンニとカムパネルラの場合などに投影されているし愛するものと分かれるというテーマは、賢治の童話の特徴のひとつと思われ、この嘉内との別離が後々まで心の傷として残されたのであった。

また先に述べたように、この書簡の前に嘉内と賢治の間に論争があったことが、はっきり示されている。

この書簡は、大学ノートの破片二枚に書かれ、内側の縁はアラビア糊で貼り、外側二枚を読んだ後に、いい加減な気持ちでなく、覚悟ができたら開いて読むようにと『……覚束ないと思はれるならば次の二頁は開かんで置いて下さい。』と指示してあった。そして、その中には、日蓮宗を信じて菩提を得るか、それとも信仰しないで地獄の炬火に焼かれるか、二つに一つだからと、最後迄嘉内に日蓮宗への帰依を奨めたのだが、その願いは空しくついに、嘉内は賢治の下を去り、賢治の心には深い傷跡を残したのであった。

この後十月十三日（書簡番号198）には、そっけない帰郷の挨拶、十二月（書簡番号199）に農学校就職の挨拶、その後はずっと後の、大正十四年六月二十五日（書簡番号207）で来春教師をやめる知らせと三通しか無い、大正五年から、熱烈な交友関係と、日蓮宗への帰依を奨めた賢治の書簡は、196番の書簡（嘉内宛の七十通目）で事実上の終止符を打ったのである。

賢治と嘉内は、このような別れ方をしたが、嘉内は、これらの書簡を、青春の日の友情の記念にと、年月日順にきちんと整理して、スクラップブックに貼り付けてあった。書簡のようなものをスクラップブックに貼って保存するという事はなかなか出来ることでは無いが、嘉内は、それを捨てるに忍びなかったのではあるまいか、そしてこの書簡集によって賢治のひたむきに生きた青春時代の人間像も、まざまざと私達に伝えられたのである。

その後嘉内は、山梨日々新聞社、農業自営、青年訓練所、村会議員、日本青年協会などの職を転々とし、昭和九年から農村副業の研究に従事したが、賢治に遅れること四年、昭和十二年に胃癌で死亡した。

その後昭和四十三年に、子息保阪庸夫と、小沢俊郎によって、『宮沢賢治友への手紙』（筑摩書房）として上梓され、また『校本宮沢賢治全集』十三巻（筑摩書房）にも納められ、今、吾々は二人の青春の日の出会いと別離の後を辿る事が出来る。

◉父の来訪と上方旅行

大正十年四月になって早々に父政次郎が上京して来て賢治の借りている、本郷菊坂七五の稲垣家を訪れた。

政次郎が後に森荘已池に次のように語った。

「東京で[1]賢しゅが間借りしていたのはナス、おかしな部屋だったすじゃ。六畳間なのに六枚のタタミを一列にずーっと並べて敷いて、ウナギの寝床みたいだったんすじゃ」

しかし実際に賢治の借りていた稲垣家の二階は四畳と[2]六畳で、六畳は普通の畳敷きであったので、実際は賢治の借間は六畳ではなく四畳の方だったであろう。政次郎の記憶違いと思われるが、財産家の長男である賢治が、あまりに粗末な部屋に住んでいたため、びっくりして部屋の詳しいことなど覚えていなかったというのが真相であろう。

賢治自身も布団など持参したわけでは無く、貸布団を利用したと思われ、この時も賢治自身か稲垣夫人が政次郎のために布団を借りたようだ。ここは賄付きでは無かったので近くの食堂で食事を取ったらしい。

政次郎出京の目的は二つあったと思われる。そのひとつは、長男賢治の生活ぶりを知ることである。賢治が出奔してから四ヶ月も過ぎようとし、心配して送金しても直ぐに返されてくるしどんな暮らしをしているか親の目で確かめること。

その二つは、若し説得できれば、和解して花巻に連れて帰ることである。

その方便として、丁度この年は比叡山伝教大師一一〇〇年遠忌（三月十六日～四月四日）と磯長村叡福寺で聖徳太子一三〇〇年遠忌（四月八日～四月十七日）がこの四月上旬に引き続き行われることから、この参詣と、更にお伊勢参りを兼ねた関西旅行にと賢治を誘ったのである。賢治も故郷を離れてから暫くたち、気持ちも落ち着いていたこともあって喜んで行くことにした。その夜は久しぶりに親子が同室に寝《やす》んだ。

政次郎出京の日と出発の日については、はっきりした資料がないが、次のように推定される。

この時の短歌「旅中草稿」の中の一首に、

「父とふたりいそぎて伊勢に詣るなり、雨と呼ばれしその前のよる」

があり、雨の降る前日の夜に出発したと歌っている。この時の東京の天候は、

四月二日　晴のち雨
四月三日　風雨
四月四日　風烈し
四月五日　晴

となっているから、四月二日の出発ではないだろうか。これから逆算すると、父政次郎は四月一日に花巻を出発したことになり、その日の夜に上野に着く。（もし前日三十一日の夜行で出発すると四月一日の朝到着するが、商家では、月末でしかも年度末であるとすれば三十一日の夜か一日の朝花巻を出発したと考えても無理ではないだろう。）

以上の推理から、次のような日程が考えられる。

四月一日（金）　稲垣方泊。
四月二日（土）　関西旅行に出発。
四月三日（日）　名古屋から伊勢神宮参拝、二見ヶ浦泊。
四月四日（月）　二見ヶ浦から比叡山参詣、京都泊。
四月五日（火）　法隆寺参詣から奈良泊。
四月六日（水）　奈良から名古屋へ夜行で東京へ。
四月七日（木）　午前東京着、上野駅より帰花。

第一日目（四月二日？）

夜行列車で東京駅から父子二人が出発した。この夜は、雨が近い気配であった。賢治は後にこの時の情景を先にも記したが次の短歌に残した。（番号は歌稿番号）賢治は日記を残さなかったが、制作時期が記されている短歌は、賢治の動静を知るために重要である。

父とふたりいそぎて伊勢に詣るなり、雨と呼ばれしその前のよる　八〇一

賢治は既に大正五年三月二十八日に盛岡高等農林学校二年生の修学旅行で二見を訪れていた曾遊の地であり、政次郎も関西地方に商用の為度々訪れているので伊勢には訪れていたかもしれないが、父子の二人旅は、それまでと違って格別な感慨を催したであろう。

当時伊勢参宮というのは庶民の夢であった。生涯に一度伊勢神宮に参拝したいと熱烈に願いながらそれを果たせない人も沢山いたのだ。

我が家の先祖の残した資料の中に「維時明治十四年十二月一日、出立神参餞別録、己ノ新一月九日」というのがあり、その中に最高一円から最低十銭まで村内の六十一名から十八円六十銭の餞別を貰って伊勢参宮に出かけた。残念ながら、旅日記は残されていないが、東北の僻地から伊勢参りに行くのは、一村を挙げての出来事であったにちがいない。

日蓮宗の国柱会の信仰に夢中であった賢治が家出上京の二日目の一月二十五日には、明治神宮に参拝しており、此度の父子二人旅でも最初に伊勢を目指したのは、父政次郎が、日蓮宗以前に伊勢神宮

図表16　〈賢治と父の上方旅行経路図〉

というものがあるということを、賢治に悟らせ、賢治の国柱会傾倒を反省させ、冷静になることを陰ながら願っていたのではないかと思われる。

第二日目[3]（四月三日？）

朝名古屋駅について乗り換え、関西線、参宮線を経て山田駅についた。天気は途中から雨となっていた。雨の中先ず外宮を参拝した。

外宮を参拝してから徴古館や農業館を見学した後、電車で内宮に向かい、宇治橋を渡って雨で増水した五十鈴川を見ながら内宮を参拝し、ここから電車で二見ヶ浦に出て、海辺の旅館に宿泊した。

日蓮宗の信仰について、対立していた父親とこの宿でどんな問答が交わされたであろうか。
私の父は明治二十九年生まれで奇しくも賢治と同年であるが、私にとっては威厳があって近より難い存在であった。父が家にいる時は家族は、息を殺していた。父と一緒に泊まったのは、盛岡農林専門学校（盛岡高等農林学校の後身）入学の時、盛岡市材木町の伊藤仙旅館に泊まった時だけであった。その時物心ついてから唯一度枕を並べて寝た。しかしどんな話をしたかは覚えていないし、一緒に旅をしたいとも思ったことが無かった。賢治が喜んで父と旅に出たのは、父と融和したいという気持ちが働いていたからであろう。この時の状況は、「[4]大正十年四月　伊勢　八首、内宮　三首、二見　一首、合計十二首の短歌に残されている。この短歌によって動静を知ることが出来る。

伊勢

杉さかき　宝樹にそゝぐ　清《せい》とうの　雨をみ神に謝しまつりつゝ　七六三
かゞやきの雨をいたゞき大神のみ前に父とふたりぬかづかん　七六四
降りしきる雨のしぶきのなかに立ちて　門のみ名など衛士は教へし　七六五
透明のいみじきたまを身に充てて五十鈴の川をわたりまつりぬ　七六六
五十鈴川　水かさ増してあらぶれの人のこころもきよめたまはん　七六七

みたらしの水かさまして埴土《はに》をながしいよよきよきとみそぎまつりぬ　七六八
いすず川　水かさ増してふちに群るるいをのすがたをけふは見ずかも　七六九
珪岩のましろき砂利にふり注ぐいみじき玉の雨にしあるかな　七七〇

これ等の短歌から、外宮では、雨に打たれた参拝であることが分かる。八首の中四首までが雨を歌っている。

七六三　清とうの　雨を
七六四　かがやきの雨
七六五　降りしきる雨
七七〇　いみじき玉の雨

「清《せい》とう」は「清透」であろう、「透」はすきとおることで、「透明」くもりなく明らかなことであり、七六四の「かがやきの雨」に通じる。また七七〇の「いみじき玉の雨」とも対応する。身も心も洗われるような透き通った雨に打たれたのである。またその雨は、かなり激しく降っていたに違いない。それは七六五「降りしきる雨」で、それと知られる。七六六の「透明のいみじきたま」と言うのも、直接「雨」と歌っていないが、玉のような大粒の「雨」のことである。

次に五十鈴川についても四首触れている。

七六六　五十鈴の川をわたりまつりぬ
七六七　五十鈴川　水かさ増して
七六八　みたらしの水かさまして
七六九　いすず川　水かさ増して

七六八の「みたらしの水」は「御手洗」で五十鈴川が「御手洗川」であるから、やはり五十鈴川のことである。七六七、七六八、七六九はいずれも五十鈴川が雨で増水していることを歌っているし、七六六も大きな玉のような雨粒のことを歌っているから、これらは雨の外宮をうたったものと言えよう。

七六八の埴土の埴《はに》は一字でも「はに」と言い、黄赤色の粘土のことであるが、賢治の専攻した土壌学では、細土百分中五十パーセント以上を埴土《しょくど》と称しているので、雨で五十鈴川が粘土で濁っているのを見て咄嗟の間にこのような言葉が閃いたものであろう。

七七〇の珪岩も、石英を主成分とする岩石が風化されてできたいわゆる玉砂利のことでこのような専門用語が口を突いて出る程土壌学の知識が身についていたのである。

七六四の「父とふたりぬかづかん」は、激しい宗教論で家族の者をはらはらさせた父子が並んで参拝をしている和やかな場面が想像される。七六五も引き続いて警護の衛士に並んで門の名称などを聞いている様子が目に浮かぶ。

七六九の「いをのすがたをけふは見ずかも」は、前述のように、五年前の修学旅行の時には、ここで魚の姿を見たが、今日は雨で水も濁っているせいか魚を見ることが出来ないということである。

七六七の「あらぶれの人」と言うのは、賢治自身のことであろう。父と信仰上のことで論争したときの自分のことを、このように客観的に形容したのではないか、雨の中の伊勢神宮の参拝で、身も心も清められ、幼子のような素直な心に、賢治の心が変わっていったと見て良いだろう。

このことは、伊勢参りが終わって東京に帰ってから、やがて四ヶ月後に、花巻に帰ることになる伏線ともなったようだ。

内　宮

大前のましろきざりにぬかづきて、たまのしぶきを身にあびしかな　七七一

五十鈴川　水かさ増してはにをながし天雲ひくく杉むらを翔く　七七二

雲翔くるみ杉のむらをうちめぐり　五十鈴川かもはにをながしぬ　七七三

内宮は、外宮にもまして森厳である。まして人の心を洗うような雨の中である。父子二人が神前に額衝いている様子が目に浮かぶようだ。この三首も「たまのしぶき」「五十鈴川」「はに」など外宮の歌と共通の情景が歌われている。「天雲」でも意味が通ずるし、神域にふさわしいとも言えようが、実際此の場面では雨雲のことであろう。雨雲が杉木立の梢まで下ってきて、雨を降らせながら、どんどんと流れてゆくのが目に見えるように歌われている。

二　見　　　　　　　　　　　　　　　　七七四

ありあけの月はのこれど松むらのそよぎ爽かに日は出でんとす

この歌は、内宮から、二見ヶ浦に出て海辺の旅館に宿泊し一夜明けて、明け方に海岸に出て有明の月が残っている暁に夫婦岩の間から出てくる朝日を拝んだ時の歌であろう。

前日の車中泊、前々日の東京の「うなぎの寝床」と強行軍の二人は、この宿屋で枕を並べて寝て、どんな夢を見たであろうか。

第三日目（四月四日？）

此の日は宿で朝食を済ませてから、二見駅に行き草津線経由で京都行の列車に乗り大津駅で下車した。正午を過ぎていたので急いで琵琶湖岸に出て石場浜から湖南汽船に乗り、昼食は船中で取った。比叡山に登って延暦寺参詣を志したのである。下坂本で下船し、登り道を上坂本の比叡山登山口まで約一キロメートル、更に根本中堂まで約三キロメートルを徒歩で登り午後三時頃根本中堂に詣で、大講堂を経て、大乗院から暮れかかる「白河越」の山道を約八キロメートル下って白川の里に辿りつき、その夜は京都三条小橋の旅館布袋屋に泊まった。政次郎は四十七歳、賢治は二十五歳で馴れない道を、時間に追われるような強行軍であった。この日は合わせて約二十キロメートル、そのうち半分近くは山道だった。後日政次郎は「よく歩いたもんですよ」と語ったという。さもありなんと思われる。

賢治は、この時の印象を短歌「比叡」十二首に残した。時間の経過と共に作歌しているので、この手法は後の「心象スケッチ」に引き継がれていったようである。

比　叡

根本中堂

ねがはくは　妙法如来正偏知　大師のみ旨成らしめたまへ　七七五

大講堂

いつくしき五色の幡《ばん》はかけたれどみこころいかにとざしたまはん　七七六
いつくしき五色の幡につゝまれて大講堂ぞことにわびしき　七七七
うち寂む大講堂の薄明にさらぬ方してわれいのるなり　七七八
あらたなるみ像かしこくかゝれども、その慕はしきみ像はあれど　七七九
おゝ大師たがひまつらじ、たゞ知らせきみがみ前のいのりをしらせ　七八〇
みづうみのひかりはるかにすなつちを掻きたまひけんその日遠しも　七八一

われもまた大講堂に鐘つくなりその像法の日は去りしぞと　七八二

みづうみは夢の中なる碧孔雀まひるながらに寂しかりけり　七八三

随縁真如

みまなこをひらけばひらくあめつちにその七舌《しちぜつ》のかぎを得たまふ　七八四

同

さながらにきざむこゝろの峯々にいま咲きわたす厚朴の花かも　七八五

暮れそめぬふりさけみればみねちかき講堂あたりまたたく灯あり　七八六

七七五は、「妙法」は釈迦の教えた真理、「正偏知」は、正しく偏《あまね》く知らしめるということで仏のこと、「如来」も仏だから、釈迦の教えた真理を伝えた伝教大師の悲願が達成されるようにという、賢治の思いを述べたものである。

この歌は後に、根本中堂の傍の小高い築山の上に昭和三十二年九月二十一日に賢治二十五年祭を記念して「宮沢賢治の歌碑を建てる会」によって歌碑が建立された。それ以来毎年の命日九月二十一日には有志による碑前祭が行われている。

文字は、当時中学生で宿坊に来た可児肇が書き、宮沢賢治の署名は、賢治の書いたペン字の拡大したもの、石材は水戸石（白御影石）で大きさは一〇五×一三五センチメートルである。この歌碑は宮沢賢治を記念すると共に、かげで賢治を支えた父政次郎をも記念するものであり、賢治に転機をもたらした父子旅行を記念するものでもある。

その昔十九歳の最澄が「我れ今宿植深厚にして仏門に入り乍ら徒らに時流に泥みて将た何かせん、彼の天下の伽藍固より我が望む処にあらず、紫衣金冠亦我が願ひに非ず、哀れいかにして正法の狂瀾を既倒に翻しへし、国家を泰山の安きに置かん」と五箇条の悲願を誓い人跡希な山里深く分け入り草庵を構えて修行に専念した。二十二歳の時延暦七年（七八八年）日枝山寺となり二十八歳延暦十三年（七九四年）の秋に根本中堂が完成した。

延暦二十三年（八〇四年）求法入唐し翌年帰

根本中堂歌碑

撮影／吉川睦

朝し、法華一乗思想に基く、天台法華宗を弘めた。最澄は大乗戒壇建立を目指して、南都諸宗と対立したが、弘仁十三年（八二二年）に逝去し、死後七日目にして勅許が下りた。貞観八年（八六六年）に伝教大師と諡《おくりな》されたが、わが国大師号の始で他に叡山大師、根本大師、山家大師とも言う。

鎌倉仏教の始祖親鸞・日蓮・道元達も一度はここで学んだ由緒ある聖地である。賢治にとっては日蓮宗の日蓮、政次郎にとっても浄土真宗の親鸞を思い感無量なものがあったであろう。日蓮宗も浄土真宗もこの比叡山根本中堂から分かれていったのだということを目のあたりにして賢治の日蓮宗への熱狂的な信仰もこの時を堺にして恐らく冷静に考えることが出来るようになったと思われる。

七七六、七七七、七七九は、いずれも一一〇〇年遠忌で、五色の幡（飾りの下に乗れる旗）や、新しいみ像で飾られていても、仏教が衰えているわびしさ、かなしさを歌っている。

七七八、七八〇では賢治父子が共に祈っている様子を歌っているが、「さらぬ方してわれいのるなり」「きみがみ前のいのりをしらせ」に賢治の内面の心のゆらぎが現れているように見える。

七八二の「像法の日」というのは、仏教の三時のうちのひとつで正法・像法・末法・仏滅後の千年が正法、その後の千年が像法で、像法は、正法に似た教えで正しい修行が行われないため悟りを開く者が出ない時期のことを言い、像法が終わると末法の時間に入るという。だからこの歌では像法の時期が終わって末法の時期に入り、仏教は衰微してゆくことを憂えているのである。

七八一、七八二は琵琶湖を見下ろしながら歌ったもので、七八一では最澄が、この地を選んで草庵を建て、「阿耨多羅三藐三菩薩の仏たち我が立つ杣に冥加あらせ給え」と祈った故事を遥かに偲んでいる。七八三では比叡山を訪れた喜びよりも、仏法が衰微していることの嘆きを歌っているようで「寂しかりけり」がそのことを端的に示している。

七八四の「七舌のかぎ」は、伝教大師の伝説によれば、最澄が根本中堂建立のときに地中から八舌の鑰《かぎ》が得られ、唐の天台山を訪れた時、開かずの蔵の錠に差し込んだ所、ぴたりと合い扉が開いたという。博学な賢治はその事を知っていたが、八舌を七舌と思いちがいしていたと考えられる。その故事を歌ったのである。

七八五と七八六は、日暮れ方下山にあたっての光景を記したもので、「厚朴の花」は、賢治の好きな花で、童話「マグノリアの木」などにも登場するが、早くから注目していたことが分かる。

賢治は後に「春と修羅・第二集」に比叡を記している。

一四五　比叡（幻聴）

一九二四、五、二五

黒い麻のころもを着た
六人のたくましい僧たちと
わたくしは山の平に立ってゐる
　それは比叡で
みんなの顔は熱してゐる

雲もけはしくせまってくるし
湖水も青く湛へてゐる
（うぬぼれ　うんきのないやつは）
ひとりが所在なさそうにどなる

この作品が、この時の旅行と直接関連するかどうかは分からないが「比叡」というイメージから導かれた幻覚、又は夢の中の情景であるかも知れない。

いずれ、この日程によれば、四月四日は一一〇〇年遠忌の最終日にあたることになり、遠忌の行事が荘厳に華麗に行われているのとは裏腹に、最澄の教えは地に墜ち、僧侶は堕落し、仏教界の衰微を嘆かずにはいられなかったであろう。仏教の革新を称える国柱会の会員としては、痛嘆の極みあったに違いない。

第四日目（四月五日？）

朝、旅館を出た後七条大橋東詰下ルの中外日報社を訪れた政次郎は、この新聞の愛読者であり、用件は大阪府南河内郡磯長村の叡福寺にある聖徳太子墓参のために道順をたずねるためであった。

新聞社の玄関で道を教えられると、そのまま京都駅に向かった。途中には政次郎の信仰する浄土真宗大谷派の東本願寺や又西本願寺もあり、又京都見物などには目もくれず一路京都駅からひたすら大阪に向かった。

梅田の大阪駅から関西線始発駅の湊町へ着いたが、当時磯長に行くには、関西線柏原駅に下車して大阪鉄道に乗り換え、更にもう一度道明寺で乗り換えて太子口喜志に下車し、そこから約四キロメートルを歩かねばならない。前日の強行軍の後でもあり、馴れない道の度々の乗り換えるのが面倒でもあったのでそのまま柏原駅で下車せず法隆寺駅まで直行したのである。

叡福寺に行けなくとも、聖徳太子ゆかりの法隆寺に参詣すれば、それでもいいのではないかと、二人で語りあったことであろう。

法隆寺では十日夜蜂起の儀、十一日大遠忌が行われるが、その前ということになる。聖徳太子は、深く仏教に帰依し、仏教の興隆に力を尽くし、多くの寺院を建立し、法華経義疏《ぎしょ》、維摩経《ゆいまきょう》義疏、勝鬘経《しょうまんきょう》義疏のいわゆる三経義疏を撰した。冠位十二階、憲法十七条を制定したことでも知られていた。

ここでは次の短歌を作った。

法隆寺

摂政と現じたまへば十七ののりいかめしく国そだてます　七八七

いかめしく十七珠を織りなすはとはのほとけのみむねやうけし　七八八

おほみことなくてはたへの瓔珞もうけまさざりし、さ仰ぎまつる　七八九

法隆寺はやとほざかり雨ぐもはゆふべとともにせまりきたりぬ　　七九〇

七八七・七八八・七八九は、いずれも聖徳太子を礼賛する歌で、比叡山の十二首のような、詩情が感ぜられない。旅の疲れからか、それとも伝教大師の事蹟程感銘を受けなかったのか分からない。七九〇ではここでも旅路を急ぐ父子二人の姿が思い浮かぶ。法隆寺から奈良に向かった時はもはや夕暮れで、雨ぐもの訪れと共に法隆寺の五重塔もだんだん遠ざかっていた。

法隆寺で父政次郎は賢治に次[5]のように語ったという。「千三百年も前に聖徳太子がお建てになったこの寺が日本仏教発生の地として、そのまま残っていることは有り難いことだ。太子は釈迦をまつり、その脇に観音をまつり、御母の冥福のためといって阿弥陀仏をまつっておられる。これは太子の仏に対する信仰のあり方であろう。」と。

奈良駅についた二人は、三条通りに出て、興福寺門前の宿に入った。奈良には大正五年三月二十四日に盛岡高等農林学校の修学旅行で訪れた所である。その時は次の三首の短歌を作っている。

たそがれの
奈良の宿屋ののきちかく
せまりきたれる銀鼠ぞら

にげ帰る
鹿のまなこの燐光と
なかばは黒き五月の月と

かれ草の
丘あかるかにつらなるを
あわたゞしくも行くまひるかな

この夜は念願の伝教大師の一一〇〇年忌・聖徳太子の一三〇〇年忌の参詣を済ませて、心やすらかに、修学旅行の想い出話や、今回の旅のあれこれ、花巻の家族のことなど語り合ったことであろう。旅も終わりに近く宿屋泊りは最後で後は車中泊となるのである。

第五日目（四月六日？）

朝から奈良公園をめぐり、興福寺から春日神社、若草山、東大寺と回った。興福寺では「阿修羅像」を見ただろうか、後に詩集に『春と修羅』と命名するとき、大正十年春の奈良の父子二人旅や、興福寺の阿修羅像が思い浮かんだのではあるまいか。この日の午後に奈良駅から関西線上り列車に乗って名古屋で乗り換えて東京行夜行列車に乗ったのである。

奈良では、短歌十首を作った。

奈良公園

月あかりまひるの中に入り来るは馬酔木の花のさけるなりけり　七九一

あぜみ咲きまひるのなかの月あかりこれはあるべきことにあらねど　七九二

春日裏坂　六首

朝明《け》よりつつみをになひ園《その》をよぎり春日の裏になれは来るかも　七九三

ここの空気は大へんよきぞそこにてなれ、鉛の鹿のゼンマイを巻き　七九四

その鹿のゼンマイを巻きよろこばんことふさはしきなれにしあるを　七九五

おおそれにて鉛の鹿は跳ねる踊るなれは朝間《ま》をうちやすらへよ　七九六

さかしらのおとなに物を売るなれをいとゞほとけはいとしみまさん　七九七

さる沢

さる沢のやなぎは明くめぐめども、いとほし、夢はまことならねば　七九八

さる沢のやなぎはめぐむこたびこそ　この像法の夢をはなれよ　七九九

さる沢の池のやなぎよことし又むかしの夢の中にめぐむか　八〇〇

七九一・七九二は奈良公園に咲き誇る馬酔木《あせび》の花が真昼の月明かりのようであると歌っている。あせびは、高さ三メートルにも達する常緑樹で、春に白い小さい壺型の花を総《ふさ》のように開く、有毒で食べれば中毒する。牛馬が食うと麻痺するというので馬酔木と書く。あしみ、あしび、あせぼ、あせみとも言う。七九二では「あぜみ」と表現しているが、あせびのことである。

興福寺から春日大社に向かう道にはあせびの古木が多い。恐らく鹿が有毒であることを知って食べないことから生き残って繁茂したものであろう。春の奈良公園を彩る景観のひとつで、賢治は、神社仏閣よりもこれに感動したのである。

春日大社から若草山の麓をまわって東大寺の方に歩を進めたようであるが、「春日裏坂　六首」は、この辺りは今でも土産物店や休憩所が点在するがその中で露店で、荷物を背負ってきて、ゼンマイ巻きの鹿の玩具を売る少年に目を止めて七九三・七九四・七九五・七九六・七九七を作った。（六首とあるが実際は五首しかない。）

賢治の眼は壮大な伽藍とか、その中の由緒正しい仏像などに向かわず、道端の露店商の少年に目を止めているのである。社会の底辺にある弱者に対する暖かい眼差しは、賢治の終生変わらぬものであった。七九七にあるように、こういう人達にこそ「いとゞほとけはいとしみまさん」ということである。

「さる沢」の三首は、猿沢池の衣掛柳《きぬかけやなぎ》の伝説に基づくものである。この池の(6)岸に「采女祠」があり、ある采女が平城京のさる天皇の寵愛を得たが、後それが失われたのを悲しみ、衣を柳にかけて池に身を投じたことから「衣掛柳」と称したと言う。その天皇の歌に「猿沢の池もつらしなわぎもこが王藻かづかば水ぞひまなし」と歌い、柿本人麿が「吾妹子が寝くたれ髪を猿沢の池の玉藻と見るぞ悲しき」と記し、近代になってから会津八一が「わぎもこがきぬかけやなぎみまくほりいけをめぐりぬかささしながら」と歌っているが、賢治も衣掛柳を念頭に置いてこの三首をまとめたものであろう。奈良では興福寺も春日大社も東大寺も賢治の心に何のインパクトも与えなかった。

第六日目（四月七日？）

名古屋からの夜行列車の車中で赭ら顔で黒衣の若者を見て歌を作っている。それは「旅中草稿」の中の一首である。

旅中草稿

父とふたりいそぎて伊勢に詣るなり、雨と呼ばれしその前のよる　八〇一

赭ら顔、黒装束のそのわかものいそぎて席に帰り来しかな　八〇二

コロイドの光の上に張り亙る夜の穹窿をあかず見入るも　八〇三
品川をすぎてその若ものひそやかに写真などとりいだしたるかも　八〇四

八〇一については既に検討したが、八〇二・八〇三・八〇四は、車中の一人の若者について、何故か注目している。奈良の「春日裏坂」の中で鹿の玩具売りの少年に注目したように、一緒に乗っていた政次郎は何も気がつかなかったというが、賢治の敏感な感受性は、この若者について何か感じとったに違いない。後日これが文語詩の中に再び登場したのである。

隼　人　（文語詩未定稿）

あかりつぎつぎ飛び行けば
赭ら顔黒装束のその若者
こころもそらに席に帰れり
衢《まち》覆ふ膠朧光や
夜の穹窿を見入りつゝ
若者なみだうちながしたり

大森をすぎてその若者ひそやかに
写真をいだし見まもりにけり

　げに一夜
　写真をながめ泪ながし
　駅々の灯を迎へ送りぬ

山山に白雲かゝり夜は明けて
若者やゝに面をあげ
田原の坂の地形を説けり

　赭ら顔黒装束のその隼人
　歯磨などをかけそむる

夜汽車の中で、たまたま合った一人のわかものに異常なまでの関心を寄せていることが分かる。それを解く鍵は「隼人」である。隼人は古代に九州南部に住み大和政権に反抗した種族のことで、東北の蝦夷と似ていたが、後に朝廷に帰属した。又「田原の坂」というのは西南戦争の西郷軍と政府軍が激しく闘った「田原坂」のことであるから、この二つが結びつくと、九州出身で、西南戦争に何等かの関係を持った若者ということで、賢治と対話があったように思われる。八〇二と詩の第一節、八〇三と第二節は殆ど同じで八〇四も第三節と似ていることが分かろう。

ともあれ、このようなエピソードがあったが翌朝東京に着き、花巻に帰る父を上野駅に送って丁寧に別れを告げたのである。政次郎としては、あわよくば、そのまま賢治と共に花巻に帰りたいと考えたと思うが、そうは問屋がおろさなかった。

後に政次郎は賢治のことを「あんなことには並はずれて丁寧な男でございました」と語っている。

このようにして賢治生涯のひとつの転回点ともなるべき、五泊六日の旅行は終わった。

この親子旅行で、賢治は直ぐに花巻に帰ることにはならなかったが、その下地が出来たと思われる。八月に「トシビョウキスグカエレ」の電報で直ぐに花巻に抵抗なしに飛んで帰ることが出来たのは、この四月の旅行で、いわば父と子の和解が成立していたからであろう。

また賢治が伊勢や比叡から、京都、奈良、法隆寺と、修学旅行とは別の観点から日本仏教の根元を探り、そのよって来る所を知り、熱烈な日蓮宗の信仰から冷静に客観的に判断することが出来るように変化して、過激な言動が鎮静化したことであろう。この旅行以来折伏的な活動は無くなって、日蓮宗を表面に出さない活動に向かっていくのである。そういう意味では政次郎の狙いは成功したと言えよう。

もうひとつ特記すべきは、短歌との訣別である。賢治の歌稿では、この大正十年四月以降まとまった短歌の創作はなされなかった。(この後は東京と題する雑詠十首のみ)この後は、一転して詩の創作へと向かったのである。

従って賢治の短歌作品のうち、この父子旅行で作られたものは、短歌から詩へと方向を転換してゆく、いわゆる「歌のわかれ」的作品だったのである。

参考資料

◎父の来訪と上方旅行

1　森 荘已池　『宮沢賢治の肖像』　津軽書房

2　奥田 弘　「東京に於ける賢治の足跡(3)」「四次元」一九七号　一九六七、九　宮沢賢治研究会

3　堀尾青史編　『宮沢賢治年譜』　筑摩書房
小倉豊文　「旅に於ける賢治」「四次元」十六号　一九五一、二　宮沢賢治研究会
(以下の旅程は、この資料による)

4　『新修宮沢賢治全集』　第一巻　筑摩書房
(以下短歌の引用はこれによる)

5　関 登久也　『宮沢賢治物語』　岩手日報社

6　宮川寅雄・編　写真・入江泰吉『カラー会津八一鹿鳴集奈良』　淡交社

その他次の二著も参考にした。
渡部芳紀　『宮沢賢治名作の旅』　至文堂
川原仁左エ衛門編・発行　『宮沢賢治とその周辺』刊行会出版

◉ 第三章

農学校教師時代

◉花巻へ帰宅し稗貫農学校教諭となる

八月中旬、妹トシが喀血し、賢治の所へ「トシビョウキスグカエレ」の電報が届いた。妹思いの賢治は書きためた童話原稿を茶色のズックをはった大きなトランクに詰め込んで花巻駅頭に降り立った。

賢治は父が日蓮宗に改宗するまでは帰らぬつもりでの上京であったが、最初の希望のように国柱会に住み込みで活動することもできず、茹でたじゃがいもと水だけという粗食で体調を崩していたことが八月十一日付の關徳彌あての書簡(1)（書簡番号197）に示されている。賢治は脚気と考えていたようだが、脚気よりは栄養失調になっていたのではなかろうか。花巻からは度々帰宅するようにとの便りがあったようだが、賢治は帰るきっかけをつかめないでいた。幸か不幸かトシの発病によって賢治が救われたのである。

花巻駅には中学五年生の弟清六が迎えに出ていた。賢治はきまり悪げに「やあ」と言って一緒に家に向かった。

家ではトランクをあけ「こんなものを書いてきたんじゃあ」「わらしこさえるかわりに書いたのだもや」と家族に告げた。

妹トシの病状も一応落ち着いていたので、妹達や弟に、その童話を読んで聞かせたと言う。それ等は蜘蛛やなめくじやねずみ、山男や風の又三郎の話であったと言う。[2]
この後稗貫郡立稗貫農学校教諭となる十二月三日までの間に「竜と詩人」「かしはばやしの夜」童謡「あまの川」（愛国婦人四七三号）「月夜のでんしんばしら」「鹿踊りのはじまり」「どんぐりと山猫」「注文の多い料理店」「狼森と笊森、盗森」「図書館幻想」「雪渡り（一）」（愛国婦人十二月号）など旺盛な創作活動をした。これ等は大正十三年十二月に刊行された童話集『注文の多い料理店』に納められたものも多い。
また国柱会との縁が切れたわけではなく、国柱会機関紙「天業民報」（三三五四号）大正十年十一月十五日付の「虔祝田中先生之還暦」祝賀広告に、賢治の名が關徳彌と共に掲載されている。

◉農学校教師時代

農学校教師時代に、賢治は、日蓮宗の布教活動をした形跡はないが、日蓮宗の信仰を捨てたわけでは無く、折にふれて法華経を唱え、または唱題をしていたことが、当時の教え子たちの証言に残されている。

『……岩手山[3]への登山を開始したのは夕方六時ごろ。滝沢の方からだった。旧暦八月十五日といえば、山止めになってからもう半月以上たっていたが、先生は平気だった。確かこれで十六回目だと話していた。九合目まで登ったところでひとまず山小屋で寝ようということになった。翌十七日午前三時頃だったと思う。ふと目を覚ますと先生がいない。そばではみんなぐっすり寝ている。頂上の方角から声が聞こえたので、わたしはちょうちんをつけ、登って行った。八月（旧暦）でも頂上付近は極端に寒い。

先生は頂上の近くで法華経を唱えていた。よく晴れた夜で、その声は深く遠く朗々と響いていた。わたしはちょうちんを持ったまま、先生のうしろに立っていたが、先生は読経が終ると、やおらスケッチ・ブックを取り出して何か書き込み始めた。……』

（藤原健太郎　大・十二卒）


賢治は霊峰岩手山、別名岩鷲山ともいい、釈尊が法華経などを説いたという霊鷲山とは一字違いでもあり、岩手山頂で法華経を唱えたときは無我の境にあり、教え子の声で我にかえって、啓示されたことを、やおらスケッチブックに記録したことであろう。

この時同行した照井謹二郎（大・十二卒）も次のように記している。

『……ここで仮眠をとることになるが、(4)日の出を拝むのが待ち遠しい。先生は少し離れた岩蔭でリンリンとお経を唱えている。荘厳に響き渡ってくる読経の声……』

詩集『春と修羅』の中にこのときのスケッチを元にした作品「東岩手火山」が入っている。

学校でも読経したのを聞いた生徒がいる。

『トシさんのお葬式がすんで、(5)もう冬も間近だったと思いますが、ある放課後、私は先生が学校の蚕室で読経しているのを聞きました。生徒が帰ったあと、冬は使わない蚕室に一人で入って、何度かやっていたらしく、職員室では、ああやっているなと言うんです。私は何かの用事で教室に残っていたんですが、蚕室から聞こえてくる読経は、思う存分の声というか、ハリがあって朗々と響いていました。……』

（鈴木操六　大・十二卒）

『声は実に立派で自作の歌を歌うときよりも経文を読誦するときの声はたとえようもない。りんりんとして底の方から魂をゆすぶるもので清浄無類、深みがあり抑揚があり、力がこもっていた。美しい音量といい力といい、響きといい聞くものだれ一人として、感動しないものはなかった。』

（松田奎介　大・十三卒）

これによると、生徒や職員の前で読経するということは無かったが、時によっては、校内でも、人蔭のない所では読経することがあったのだ。

農学校在職中の賢治と法華経について、「花農六十周年記念誌」の中に「宮沢賢治を語る」という座談会が掲載されているが、その中に「賢治と法華経」という一節がある。貴重な資料であるが、その性質上多くの人の目に触れないと思われるので、その部分を引用してみよう。

（発言者は略称で示す）

照井＝照井正吉、本校教諭

堀籠＝堀籠文之進（大・十四～昭・二十一在職）

根子＝根子吉盛（大・十五卒）

松田（浩）＝松田浩一（大・十四卒）
松田（清）＝松田清見（大・十五卒）

『照井　宮沢賢治先生の人生観は、宗教とくに法華経が根本になっていたといわれる。それを職員室での話題になさったものかどうか。その辺を堀籠先生からどうぞ。

堀籠　宮沢先生は直接宗教を吹き込むということはなかった。しかし宗教について白藤先生とはよく討論していたものだった。一般的には、法華経は絶対的なものであるとか、またこれを信じなさいということはしなかった。このように日常は直接宗教にふれるということはなかった。ただ時折「法華経のここは読んでみなさい。」ということはあった。従って生徒もそうだったと思う。

根子　それについてであるが、先生が亡くなられる前に面会謝絶中だったが、許されて十五分ずつ面会したのでしたが、その時先生は「君の家では何を信じているか。」ということを尋ねられた。わたしは「親鸞上人を信じている」と申し上げたら、先生は「どこがよくて」とさらに尋ねられるので、わたしはただ「偉い人の話を素直に聞けばよい。」という親鸞上人の言葉に魅力があるので、真宗のここが好きなんだと申し上げると、先生は「そうか、それでは君には法華経をくれる必要がないね。」と言われた。

松田（浩）　生徒の時は、法華経の話を聞いたことがないね。わたしなんか、毎日のように賢治先生のところに遊びに行った。般若心経や仏教の本がたくさんあっても、宗教にはふれることはなかった。
　また先生は法華経を自分のものだけにしていたのではなかろうかと思う。従って職員室でも法華経を奨めることはなかったようだ。

松田(清)　ある日、実習に出た時、先生は「幽霊」を見たことがあるかと話された。わしらはそんなものはない。いやあるという有様だった。その時は「あるもんか」という考えであったが、いつか先生がわしらの家を訪問されるようになってから、そうかなと思うようになった。

堀籠　先生は、学校で夜大きな声でお経を唱えていることはよくあった。これはまことに荘厳なものでしたね。結局先生は、「態度で示す」ということだったようだ。

松田(浩)　農学校の先生になる前に身延山に行ったことがある。太鼓が鳴ると「宮右かまどが寒行している。」と言って人々は外を見るのでした。先生は各町内を太鼓をうすく叩いて、静かに誰にも頼まれないで町内を歩く、自分だけで何年か寒行をした。先生のお母さんは泣いて止めたがきかなかったという。

先生の家に、いつだったか三人で遊びに行ったときのことだった。花巻の宗青寺の佐藤太峰さんと言えば、ナンバーワンの坊さんだったが、この坊さんが宮沢賢治先生から般若心経を教えられていたのであった。これを見て、わたしは、宮沢先生はたいしたものだとさらに思いました。

堀籠　宮沢先生は外の宗教も研究していましたね。

松田(浩)　生臭坊主の多かった時に、とにかく宗青寺の坊さんは偉い人でした。その偉い坊さんが賢治先生に師事したのですからね。』

根子吉盛は、賢治が法華経の信者であるということを知らなかったのではなかろうか、瀕死の賢治に、その心も知らず堂々と浄土真宗が良いと答えているのだ。どうして賢治は生徒に法華経を教えなかったのだろうか。公立の学校ということでさし控えたのか、待機説法ということで、生徒にはまだ機が熟されないと考えていたのであろうか。「法華経をくれる必要がないね」ということから既にこの頃から死後に法華経千部を印刷して配ることを考えていたのか、それにしても賢治が教え子達に積極的に法華経を説かなかったことは納得できる。

賢治は法華経の行者として「態度で示す」のであったと思う。

職員室では、浄土真宗の白藤先生と討論したり、堀籠先生とも対話を交わしたようであるが、これは後に触れたい。

松田浩一によると、学校の外、自宅でも生徒に日蓮宗や法華経のことについて一切触れなかったと言う。自宅で寛いだ時に生徒が訪問すれば、教師としての関心のあることや、得意な分野について口を滑らせるのが普通であろうが、意識してその話題を避けていたとしか思われない。

松田清見の「幽霊問答」は興味深い。賢治は心霊的なものに感応できたと思われるので、その体験から幽霊を話題にしたと思う。松田清見は最初は信じなかったが、賢治が後に家庭訪問に来て、そのことについて詳しく話したので、信ずるようになったらしい。

松田浩一の賢治が教師になる前に身延山へ行ったというのは事実ではなく東京の国柱会に行ったことを身延山と間違った伝聞の誤である。また賢治が町内を何年も寒修行したというのも正確ではない。

大正九年十月二十三日に国柱会へ入信し、その年の冬、寒修行したが翌年の冬には、農学校の教師となっていたので、寒修行は、なされなかったのだから実際寒修行を実行したのは一年間だけだった。「宮右かまど」というのは、賢治の祖父の喜助が、宮沢右八家から分家になったので、宮右の分家ということから「宮右かまど」と称したもので、本家も花巻有数の財産家だったのでその曾孫の賢治の行動も町民の注目を引いたのであった。

天巌山・宗青寺[7]は、南部二十七代利直公の三男政直の菩提を弔うために、寛永二年に創建された。政直公の戒名〝海潮院殿天巌宗青居士〟にちなんだ寺名で、曹洞宗であったが、賢治は大蔵経を読破したと言われ、日蓮宗以外の多宗派にも詳しく、たまたま宗青寺の住職と問答したので、生徒もびっくりしたものであろう。

参考資料

◎花巻へ帰宅し稗貫農学校教諭となる

1　『校本全集』第十三巻　筑摩書房

2　宮沢清六『兄のトランク』　ちくま文庫

◎農学校教師時代

3　読売新聞社盛岡支局編集発行『啄木・賢治・光太郎』

4　照井謹二郎「岩手登山」—詩〝東岩手火山〟「イーハトーブ短信」第十五号　財団法人宮沢賢治記念会

5　佐藤成『宮沢賢治 地人への道』川嶋印刷株式会社

6　読売新聞社盛岡支局編集発行『啄木・賢治・光太郎』

7　テレビ岩手編集発行『いわてのお寺さん—花巻とその周辺』

◉同僚達と法華経

農学校の同僚たちの中で、もっとも親しく交際したのは堀籠文之進である。

文之進(1)は、明治三十二年生まれで、賢治の三歳年下で、宮城県黒川郡大衡村出身、宮城県立仙台二中を卒業して、盛岡高等農林学校農学科に入学し大正十年に卒業した。高等農林学校では、三年後輩であり、賢治とは入れ違いに入学したことになるが、採用されたのは、賢治より一足早い大正十年四月であった。賢治は出身校では先輩であるが、勤務校では後輩である。担当科目は英語、土壌、肥料、作物、虫害で十四時間担当であった。賢治は自分は結婚しなかったが文之進には結婚を奨め、文之進の結婚の世話をし、大正十三年一月の結婚式には、新郎の介添え役を務めたと言う。

この文之進宅へ大正十年十二月下旬から週に一、二度(2)時には三夜も四夜も連続して訪れ、日蓮宗聖典(柴田一能・山田一英編、無我山房版、一九一二年二月十日刊)を贈呈し、法華経の寿量品を一緒に唱えたり、英語の原書で「アラビアン・ナイト」を読み合ったりしたと言う。入信を奨めた保阪嘉内とは決裂状態だったので、新しく、文之進にも入信を奨めたものであろうが、結局この試みは成功しなかった。

このことは後に、大正十二年の三月に一関へ出かけての帰りに、たまたま信仰の話となり、「どうしてもあなたは私と一緒に歩んで行けませんか。わたしとしてはどうにも耐えられない。では私もあきらめるから、あなたの身体を打たせてくれませんか」といい堀籠の背中を打った。「ああこれでわたくしの気持ちがおさまりました。痛かったでしょう。許して下さい」と言ったという。

保阪嘉内に続いて堀籠文之進への折伏もまた成功しなかった。心を許したと思っていた文之進からも入信を断られた落胆は、いかばかりであったろうか。右の行動にその嘆きが示されている。

文之進は後に岩手県千厩高等学校長となり、昭和二十六年学校創立五十周年記念の生徒会雑誌「黎明」に「賢治さんの思い出」[3]として次の六つを述べているが、その中に日蓮宗との関連を示す言葉がひとつも無い、文之進にとっては、心に残る出来事ではなかったのだ。

(一)　時間を無駄なく惜しんで使はれたこと
(二)　読書力の旺盛であった事
(三)　礼儀正しいこと
(四)　親御さんに孝養をつくされたこと
(五)　趣味の豊富であったこと
(六)　正義につよいこと

また、賢治の全体像については次のように述べている。

『……それでは賢治といふ人は、聖人といふ型の、こちこちにこりかたまった、近づき難い人であるかといふと、決してそふではなく、稚気まんまん、茶目気分が多分にあり、ユーモアな話題を沢山投げ出すといふ風で、自づと人々は、賢治さんを取り囲むといふ、人々に好まれる型の人であった。』

と、教師時代に、賢治と寝食を共にした人の言葉は、世間に誤り伝えられている「賢治像」とは異なって、真実の姿を伝えていると思う。文之進は花巻農学校に昭和二十一年三月まで在職して、転出後昭和六十年八月二十四日に没した。賢治の詩「小岩井農場」の下書稿などに文之進が登場している。

もう一人、同僚として忘れてならないのは白藤慈秀(本名林之助)である。慈秀は明治二十二年生まれ、花巻川口町出身で岩手県師範学校本科一部を卒業し、京都平安仏教専修学校を卒業し、盛岡尋常高等小学校、湯口尋常高等小学校を経て、大正十年三月に賢治より前に農学校に転じた。教諭兼舎監で国語、算術、幾何、物理、博物、体操を担当した。賢治の七歳年上で、花巻出身で仏教に詳しく、賢治と親しく交際した。

慈秀は九人兄弟であったが半数が幼くして死去したので、慈秀は出家して生き永らえるようにと花巻の光徳寺の小僧となったが、乞われて願教寺に引き取られたのであった。農学校教師は、賢治と同様大正十五年に退職し、浄土真宗本願寺派の盛岡市の願教寺(住職は島地大等)の院代となった。その他岩手県社会教育主事補、札幌本派本願寺別院副輪番、岩手県盛岡職業補導所主事、京都本派本願寺親授一等布教使などとなり、昭和五十一年十二月二十六日死去した。著書に『こぼれ話　宮沢賢治』(トリョーコム発行)があり、賢治と共に過ごした五年間の、身近に居た人でなければ分からない数々のエピソードを記している。

慈秀と賢治のかかわりについて、慈秀自身が次のように述べている。

『宮沢さんは法華経に熱心すぎたんだと思う。学校に来る前、うちわ太鼓をたたきながら花巻の街を歩いたというわさがあったんです。宮沢の賢さんは気が狂ったのではないかとひそひそ話をする者もいた。学者だということはみな知っていたが、そんな人が先生になるというんだから問題にならないはずがない。畠山校長が私のところへ来て、宮沢さんは適任者だろうかと聞く。私は、日蓮宗の信者というものは南無妙法蓮華経の意味を人々に知ってもらうために、そういうことをするものです。とにかく熱心すぎるのだというふうに答えたんです。』

畠山校長が賢治を採用するにあたって、宗旨は異なるが同じ仏教信者の慈秀に、賢治を採用しても大丈夫かと意見を求めているが、当時の花巻での評判は、あまり芳しいものではなかったことが分かり、また慈秀が自分は浄土真宗でありながら、日蓮宗の賢治を排斥しないで、寧ろ好意的に見ていたことが分かる。また次のようにも語っている。

『私は小さいころ(4)から父親の政次郎さんとは親しかった。政次郎さんは熱心な浄土真宗の信者で……毎年夏になると、大沢温泉で夏期仏教講習会というのを開いていた。東大の先生や中央の高僧を呼んでくるわけです。都合十五、六回も聞きましたか。私も子供のころから、よく聴講していました。農学校の先生になる前、宮沢さんの家では、政次郎さんと賢治の間に何がしかの宗教的対立があったらしい。賢治は政次郎さんを法華経の方へ引っ張ろうとしたんですが、賢治は自分の救済だけを目指す小乗的な考え方の持ち主だ、というのが政次郎さんの見解でした。小乗と大乗、自力と他力の対立です。こういうことがあって、宮沢さんはうちわ太鼓を持って街に出たのかも知れません。

政次郎さんは真宗でも日蓮宗でもその人が心から帰依しているなら、けなすことはあるまいという見解を持っていました。政次郎さんは、賢治の死後、法華経に改宗するんですが、それは賢治が死ぬ前、南無妙法蓮華経と唱えて下されば私はいつでも出て来ますと言い残したからなんです。政次郎さんは、親子関係を断ちたくない、賢治よ、お前が法華経で成仏するなら私もそれで一緒に行こうということで改宗したのでした。』

慈秀は、父親の政次郎とも親しかったこともあって、畠山校長に好意的な発言をしたようだ。又改宗問題について、賢治側の考えは分かっていたが父親側の考えが、この発言から理解される。信仰より強い親子の情愛に、心を打たれる。また政次郎もこちこちの浄土真宗の信者ではなく、かなり大らかな心の広い仏教信者であり、ある程度賢治の信仰も認め、時には、賢治の日蓮宗の信仰の強さを、誡めてみた節があるように思えてならない。賢治は慈秀の生き方を認め、最初から強引に日蓮宗へと折伏するようなことはしなかった。そして慈秀も賢治の生き方に対して暖かく理解していた。また賢治のことを次のように語っている。

『彼の親切と愛情(5)はよく生徒の心理を洞察して、適切な指導を行い、生徒の冷たい心を温め、正邪曲直の道理を示し、ねじけた心を本心に立ち返らせることに不思議な指導力をもっていた。

宮沢さんの指導は、口数少なくしかも柔軟な態度で接している中に自然に感応道交し善心に向かわせるという一種の感化力をもっていた。宮沢さんの前に立った生徒は自ら反省の色をあらわし、自己の非をさとり、一言半句の言葉のうちに生徒の魂をゆさぶり起こされたのである。いわゆる無為にして化すという威力のそなわった人であった。』

『自ら孤独の生活を好んで、無碍《むげ》自在に奔放することを好んでいる。物欲をはなれ、虚栄を捨て、社会的名声や地位や財欲に心を奪われることなく、虚心淡々として大道を歩むので少しも屈託がない。喜怒哀楽の情をあらわすことも少ない人であった。

宮沢さんは一面には自由奔放意のままに猪突する性格をもっているが、他面には頗る几帳面に些細な事に対しても軽々しくないという性格をもっている人であった。』

慈秀と文之進の見る賢治像は共通しているようで、農学校教師時代に賢治は、法華経を他人に説くというよりは、法華経の精神を実践によって周囲に示していたのである。法華経の教えが、賢治の内面深く沈潜し、日常の行動の端々にそれが現れ、心ある人が見れば、賢治の背後にあるものを察知することができたのである。言葉で法華経への帰依を勧めるのではなく、実践と、作品の中でそのことを明らかにしようとしたようである。

慈秀についても、詩の中に実名で、またはそれと分かる変名で、登場させているのである。

参考資料

◎同僚達と法華経

1　佐藤成『証言宮沢賢治先生』農文協

2　堀尾青史編『宮沢賢治年譜』筑摩書房

（いちいち断らなかったが、この本を沢山参照した）

3　吉田精美『宮沢賢治と千厩町周辺のかかわり』千厩町立図書館

4　読売新聞社盛岡支局編集発行『啄木・賢治・光太郎』

5　白藤慈秀『こぼれ話宮沢賢治』トリョーコム

◉妹トシの死と法華経

詩集『春と修羅』を私は妹トシに捧げた挽歌集と見ている。そしていうまでもなく、その中核となっているのが「無声慟哭」の五編の詩である。

永訣の朝……一九二二、一一、二七
松の針……一九二二、一一、二七
無声慟哭……一九二二、一一、二七
風　林……一九二二《ママ》、　六、三
白い鳥……一九二三、　六、四

「永訣の朝」「松の針」「無声慟哭」は一九二二、一一、二七（大正十一年）の日付があり、風林は一九二三、六、三でなければならず誤植であろう。またトシの死の衝撃は、あまりに大きく、一九二二、一一、二七から一九二三、六、三まで、ほぼ半年間は、詩作が跡絶えている。中断の後再び詩作を始めたのは最初の作品が「風林」であることに深い感銘を受ける。

また一九二二年十一月二十七日の日付についても、妹の死の直後にこのような詩作ができるものかどうか、私が肉親を失った時などは気持ちが動転して、到底文章を綴る余裕などはなかった。まして賢治が最愛の妹を失って直ちに、このような作品にまとめたとは考えにくい。だからこの日付は、トシの死の日付であって、作品は死後しばらく経ってからまとめたものであろうと推察される。

「永訣の朝」をはじめこの挽歌群は、賢治の妹の死にあたっての賢治の清らかで美しい愛情を歌っていることで、多くの人々に知られているが、実際その死にあたっては、悲惨と言おうか、凄惨な光景が展開されたもので、決して美しく、ましてやロマンチックなものなどでは無かったことは確かである。法華経の行者である賢治は、この間どのような行動を取っていたか、堀尾青史編『宮沢賢治年譜』(筑摩書房)から、トシの病臥から死に至るまでを辿ってみよう。

一九二一年(6)(大正十年)八月中旬、出京中の賢治は「トシビョウキスグカエレ」の電報で急いで花巻に帰った。この時は小康状態であった。

一九二二年(大正十一年)七月六日トシの病気は快方に向かわず、自宅では商売をしているので人の出入りも多いということで祖父喜助の隠居所であり、そこで死去した下根子桜の別宅にトシを移した。(この家で賢治は農学校退職後羅須地人協会を開いた。)妹シゲはこの頃のことを次のように回想している。

『だんだん姉の病状がよくなく、七月には弱かった母が看病疲れで床につくようになったので、桜の方に姉をうつしました。私は岩田の人たちの思いやりで桜の家で看病することになりました。極度に食欲のない姉の食事と、看護婦の藤本さん、付添いのおきよさん、せんたくなどの太田のばぁさん、また学校から帰ってきて泊まる賢治の食事をこしらえるのが私の役目だったようです。』

妹シゲは、この年の一月二日従兄の岩田豊蔵と結婚したが、婚家の了解を得て、実家で姉の看病にあたった。財産家だけに、看護婦の他、付添婦、洗濯婆さん、文面によればシゲは炊事担当のようで、これだけの人数で手厚く看護したが病状は、はかばかしく回復しなかった。また賢治は、ここに泊って学校に出勤したもののようで、賢治はかつて一九一八年（大正七年）にトシが東京で発病し入院した際にもその年の十二月二十七日から年が明けた二月下旬まで付添って看病したことがあったので、トシも心強かったであろう。

十一月十九日に、寒さが厳しくなり、道の悪い所を食料その他を運ぶにも不便ということで、豊沢町の本宅にトシを戻した。

病室は粗末な建物で雨漏りがし、すき間風が吹き込み、窓が高く小さく採光が悪く病室には不向きでトシは「あっちへいくとおらあ死ぬんちゃ寒くて暗くて厭な家だもな」と呟いたと言う。すき間風を防ぐために、冬でも蚊帳を吊り屏風を立てていたと言う。

十一月二十七日みぞれのふる寒い朝、トシの脈拍が結滞し、主治医藤井謙蔵の来診を求めた。医師から危篤状態であることを告げられ、皆で悲しく見守った。

トシは賢治に「あめゆじゅとてきてけんじゃ」とみぞれを取ってきてもらって食べ、そえられた松の針で頬を刺し「ああいい、さっぱりした、まるで林のながさ来たよだ」と喜んだ。

政次郎は思わず「とし子、ずいぶん病気ばかりしてひどかったな。こんど生まれてくるときは、また人になんぞ生まれてくるなよ」となぐさめた。トシは「こんど生まれてくるたて、こんどはこたにわりゃのごとばかりでくるしまなあよに生まれてくる」と答えた。

母イチには「おら、おかないふうしてらべ」と問い、母は「うんにゃ、ずゐぶん立派だぢゃい／けふはほんとに立派だぢゃい」と答えると、トシは「それでもからだくさえがべ？」と問い、母は「うんにゃ、いっこう」と答え、夜、母の手で食事したあとトシは「耳ごうど鳴ってさっぱり聞けなくなったんちゃい」と言い、呼吸がとまり脈がうたなくなった。

呼ばれた賢治は走り寄って、なにかをさがし求めるようにうごく目を見、耳元へ口を寄せて「南無妙法蓮華経」と力いっぱい叫ぶ。トシは二へんうなずくように息をして、午後八時半逝く。享年二十四歳であった。

賢治は押し入れをあけて頭をつっこみ号泣した。母は足元のふとんに泣きくずれ「トシさんをおよめにしないでくやしい」と呟いた。

やがて賢治はひざにトシの頭をのせて、乱れてもつれ合った黒髪を火箸でゴシゴシと梳いてやった。

十一月二十八日弔問客でごった返し、家族は通夜の食事の準備で忙しかった。賢治は二階にある日蓮宗の仏壇の御曼陀羅に終日祈り続けた。（一階には宮沢家の浄土真宗の仏壇があった。）

十一月二十九日宮沢家の菩提寺の安浄寺で、葬儀が行われた。賢治は宗旨が違うということで葬儀には参列しなかったが柩が火葬場に向かうとき、町角からあらわれて人々と一緒に柩に手をかけて運んだ。安浄寺の僧侶がかんたんな回向をしたあと賢治は柩の焼け終わるまで法華経をりんりんと唱え続け、そこに居た人々に恐ろしいような、ふるえるような強い感動を与えた。

賢治は持ってきた丸い小さな缶に分骨してお骨を入れ、自分の仏壇に持って行った。

弟の清六は十二月初旬に上京して、本郷切通し坂下、龍岡町に下宿し、研数学館で数学・科学を勉強していた。年が明けて一月四日に賢治も上京した。原稿を持参して、弟に出版社と出版について交渉させた。（失敗に終わった。）また鶯谷の国柱会館で、田中智学作の国柱劇「林間の話」「凱旋の義家」「函谷関」の三本が上演され、弟清六と共に観劇した。

その後静岡県三保の国柱会本部に行き、国柱会妙宗大霊廟に行きトシの分骨を合祀した模様である。合祀の記録に一月と記され、トシの戒名「教澤院妙潤日年善女人」が一月九日に授与されている。そして十一日に帰花している。

ただ合祀の日時については妹シゲによると、この年の春の終り頃、シゲと父が納骨に行ったと言う記録があるが、私は最愛の妹トシの納骨は、賢治自身で行ったと信じたい。この頃は父政次郎も改宗していないので、浄土真宗の信者であるから、宗旨の違う国柱会本部に納骨に行ったとするのは考えられないからだ。合祀された後で、参拝に行ったと考える方がより妥当であろう。

いずれにせよ、賢治は、農学校教師時代に日蓮宗の信仰を固く守り、国柱会会員として行動したことは明らかである。しかし学校内では、おもてだったおおっぴらな布教活動をしなかったことは確かである。

◉「法華堂建立勧進文」について

花巻農学校在職中の法華経とのかかわりについて、あまり知られていない事実であるが、「法華堂建立勧進文」を書いている。

花巻には日蓮宗の寺院がなかったが、大正八年頃から信者があらわれてきて佐々木源吉宅に集まって、その信仰を語り合うようになってきた。賢治はその頃盛岡高等農学校の研究生であったが、この集まりに参加したという証拠は無いが、花巻に日蓮宗の信者が出てきたというのも時勢と言えよう。

大正十三年頃から私宅で集会を持つのは手狭になり花巻にも法華堂を持ちたいという話が出てきたので花巻銀行行員、岸根栄太郎、菊地吉雄、賢治の叔父宮沢恒治等を中心として花巻銀行に積立をして、花巻銀行から資金を融通して貰い、当時の花巻農学校の前の畑地千坪を購入し、木材は花巻営林署から払い下げて貰うことにした。(1)

そこで広くこの企てを世に知らせて、浄財を寄進したい人の参加を求めるために勧進文を書くことになった。「勧進」というのは、「社寺・仏像の建立・修繕などのために金品を募ること」（広辞苑）で、弁慶の勧進帳などが有名である。この花巻法華堂建立の勧進文を賢治が書いたのである。そのいきさつは、この勧進文の表紙に宮沢恒治の筆で次のように記されている。

『[2]勧進文の由来――大正年間の末或る日の夕方銀行（花巻銀行）の仕事を了へて帰宅すべくドアを開けて外へ出た処たまたま賢治が農学校から家へ帰るのに出会（た→ひ）二人で銀行に戻り日蓮宗花巻教会所の事に付て話し合ったところお世話をして上げて下さいとの賢治の話だったので教会所を建てる事となり其後幾日かを経（た→削→て）再び賢治に会った時法華堂建立の勧進文（芳嘉帳を持ち廻って寄附を集めるつもりではなく単に此の企てのある事を発表して、進んで喜捨する人があれば難有之を受けるつもりで）を書いて見て下さいと云った処一両日後朝、農学校へ登校の際比《ママ》の勧進文を私の宅へ持って来てくれた。其後一度岩手日報へ之を掲載した事があった。なおこの「法華堂」は実際に「日蓮宗花巻教会所」として昭和三年に建立された（賢治の現在の菩提寺である身照寺の前身）。』

叔父宮沢恒治は明治十九年生まれで、賢治は明治二十九年生まれなので丁度十歳の差があるが、同じ日蓮宗の信仰に結ばれており、日蓮宗花巻教会所の設立について賢治は叔父恒治の相談を受け、それに賛同し、賢治に文筆の才能があることを見込んで、恒治は賢治に勧進文の起草を依頼したことが分かる。

賢治は大正三年九月に初めて島地大等編『漢和対照 妙法蓮華経』（大正三年八月二十八日明治書院発行）を読んだが、それから十年間の研鑽を積み、勧進文を書くまでに達したということである。法華堂勧進文は、賢治の法華経の理解を示す到達点であり、賢治作品の原点であり重要な文章であるが、今まであまり注目されなかったのである。

　この原稿が存在することは長く忘れられていたが、昭和二十一年に（賢治死後十三年目）宮沢恒治宅から発見された。賢治の父政次郎は、これを見て表紙に次のように書き加えたのである。

『是ハ《ママ》大正年間の末頃《ママ》宮沢賢治の製作せるものを適々昭和弐拾壱年〔ナシ→の〕春に至り宮沢恒治氏の宅より発見せられたるものなり』

　賢治と法華経を語るに法華堂建立勧進文は無視できないが、一般に流布せず、全集本等に掲載されているが目にする機会も少ないと思うので長文であるが引用する。

（各行の数字は筆者）

『法華堂建立勧進文[3]

図表 17　〈恒治との関係〉

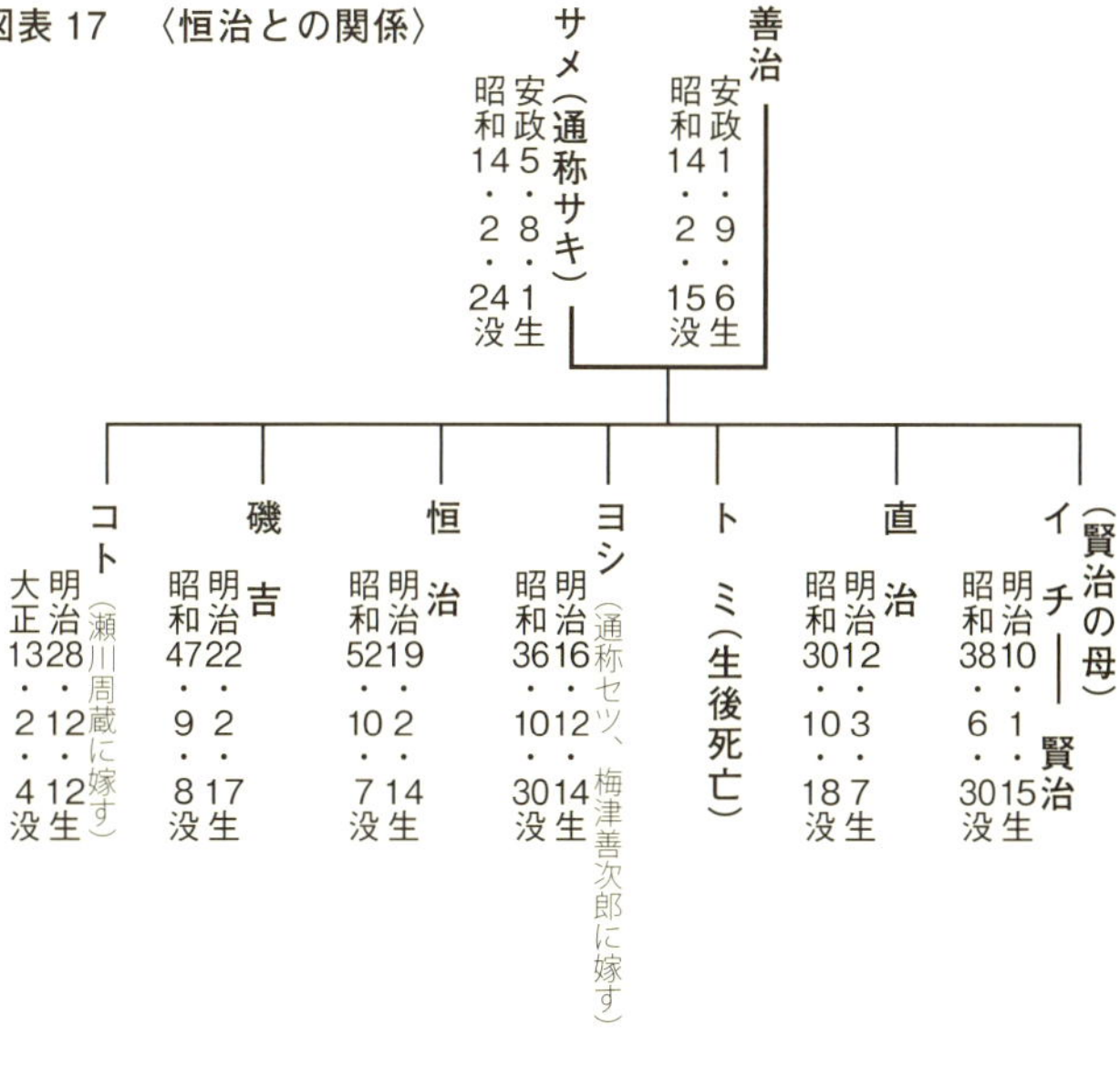

1 教主釈迦牟尼正遍知《けふしゅしゃかむにしゃうへんち》
2 涅槃《ねはん》の雲《くも》に入《い》りまして
3 正法《しゃうぼう》千は西《にし》の天《そら》
4 余光《よかう》に風《かぜ》も香《かぐ》はしく
5 像法《ざうぼう》千は華油燈《ともしび》の
6 影堂塔《かげだうたう》に照《て》り映《は》えき
7 仏滅《ぶつめつ》二千灯《ひ》も淡《あは》く
8 劫《ごう》の濁霧《ぢょくむ》の深《ふか》くして
9 権迹《ごんしゃく》みちは繁《しげ》ければ
10 衆生《しゅじゃう》ゆくてを喪《うしな》ひて
11 闘諍堅固《たうじゃうけんこ》いや著《しる》く
12 兵疾風火《へいしつふうくわ》競《きそ》ひけり
13 この時《とき》地《ぢ》涌《ゆ》の上首尊《じょうしゅそん》
14 本化上行大菩薩《ほんげじゃうげうだいぼさつ》
15 如来《にょらい》の勅《ちょく》を受《う》けまして
16 末法救護《まっぽうくご》の大悲心《ひしん》
17 青蓮華《しゃうれんげ》咲く東海《たうかい》の

18 朝日《あさひ》とともに生《あ》れたもふ
19 百《もも》たび開《ひら》く大蔵《だいぞう》は
20 久遠《くおん》に契《かな》ふ信《しん》の鑰《かぎ》
21 諸山《しよざん》の雑《ざう》は精進《しやうじん》の
22 鏡《かがみ》に塵《ちり》の影《かげ》もなし
23 正道《しやうどう》すでに証《しやう》あれば
24 法鼓《ほつく》は雲《くも》にとどろきて
25 四箇格言《しかかくげん》の判高《はんたか》く
26 要法下種《やうぼうげしゆ》の旨深《むねふか》し
27 街衢《かいく》に民《たみ》を誨《をし》へては
28 刀杖瓦石《たうじやうぐわしやく》いと甘《あま》く
29 要路《やうろ》に国《くに》を諌《いさ》むれば
30 流罪死罪《るざいしざい》も尚楽《なほたの》し
31 色身《しきしん》に読《よ》む法華経《ほけきやう》は
32 雪《ゆき》のしとねに風《かぜ》の飯《いひ》
33 水火審《すゐくわつぶ》さにそのかみの
34 勧持《くわんじ》の識《しん》を充《み》てましぬ

35 三度《みたび》諫《いさ》めて人昏《ひとくら》く
36 民《たみ》に諸難《しよなん》のいや増《ま》せば
37 いまは衢《ちまた》の塵《ちり》を棄《す》て
38 ひたすら国《くに》を祷《いの》らんと
39 領主《りやうしゆ》の請《こひ》をそのままに
40 入《い》るや甲州《かうしゆう》波木井《はぎり(ママ)》郷《がう》
41 霧《きり》は不断《ふだん》の香《かう》を焚《た》き
42 風《かぜ》とことはに天楽《てんがく》の
43 身延《みのぶ》の山《やま》のふところに
44 聖化末法万年《しやうけまつぽうまんねん》の
45 法礎《ほうそ》を定《さだ》め給《たま》ひけり
46 そのとき南部実長郷《なんぶさねながきやう》
47 法縁《はうゑん》いとどめでたくて
48 外護《げご》の誓《ちかひ》のいと厚《あつ》く
49 或《ある》ひは饌《せん》を奉《たてまつ》り
50 或《ある》ひは堂《だう》を興《おこ》しつつ
51 供養《くやう》を励《はげ》み給《たま》ひしが

52 やがては帰《かへ》る本誓《ほんぜい》の
53 墨《すみ》の衣《ころも》と身《み》をなして
54 提婆《だいば》の品《ほん》もそのまゝに
55 給仕《きうじ》につとめおはしける
56 帰命心王大菩薩《きめうしんわうだいぼさつ》
57 応現化《おうげんけ》をば了《を》へまして
58 常楽我浄花深《じやうらくがじやうはなふか》き
59 本土《ほんど》に帰《かへ》りまししより
60 向興諸尊《かうこうしよそん》ともろともに
61 聖舎利《せうしやり》を守《も》り給《たま》ひつゝ
62 法潤《はうにん》いよよ深《ふか》ければ
63 流《なが》れは清《きよ》き富士川《ふじがは》の
64 み末《すゑ》も永《なが》く勤王《きんわう》と
65 外護《げご》に誉《ほまれ》を伝へけり
66 后事《のちこと》ありて陸奥《みちのく》の
67 遠野《とほの》に封《ほう》を替《か》へ給《たま》ひ
68 辺土《へんど》の民《たみ》も大法《たいはう》の

69 光《ひかり》隈《くま》なき仁政《じんせい》の
70 徳化《とくくわ》四辺《しへん》に及《およ》びつゝ
71 永《なが》く遺宝《ゐほう》を伝《つた》へしが
72 当主日実上人《たうしゆにつじつしやうにん》は
73 俗縁《ぞん(ママ)ゑん》法縁《はうゑん》相契《あひかな》ひ
74 祖道《そだう》を茲《ここ》に興起《こうき》して
75 末世《まつせ》の衆生救《しゆうじやうすく》はんと
76 悲願《ひぐわん》はやがて灌頂《かんてふ》の
77 祖山《そざ(ママ)う》に修《しゆう》を積《つ》み給《たま》ふ
78 奇《く》しき縁《えにし》は花巻《はなまき》の
79 優婆塞《うばそく》優婆夷《うばゐ》契《ちぎり》あり
80 法筵《はうゑん》数《かず》も重《かさ》なれば
81 諸人《もろびと》ここに計《はか》らひて
82 新《あらた》に一宇《いちう》を建立《こんりう》し
83 たとへいらかはいぶせくも
84 信楽衆《しんげふしゆう》は質直《しつぢき》の
85 至心《ししん》に請《しやう》じ奉《た(ママ)つま(ママ)》り

86 聖宝《せうぼう》ともに安《やす》らけく
87 この野《の》の護《まも》り世《よ》の目《め》ざし
88 未来《みらい》に遠《とほ》く伝《つた》へんと
89 浄願茲《じやうがんこゝ》に結《むす》ばれぬ
90 いま仏滅《ぶつめつ》の五五を超《こ》え
91 劫《ごう》の濁《にご》りはいや深《ふか》く
92 われらは重《おも》き三毒《どく》の
93 業《ごう》の焔《ほむら》に身《み》を灼《や》けり
94 泰西成《たいせいな》りし外《げ》の学《がく》は
95 口耳《こうに》の証《しやう》を累《かさ》ね来《き》て
96 傲《おご》りはやがて冥乱《めいらん》の
97 諸仏菩薩《しよぶつぼさつ》を詐《さ》と誹《そし》り
98 三世因果《ぜいんぐわ》を撥無《はつむ》しぬ
99 阿僧祇《あそうぎ》《ママ》法《はう》に遭《あ》はずして
100 心耳《しんに》も昏《くら》く明《めい》を見《み》ぬ
101 罪《つみ》の衆生《しゆじやう》のみなともに
102 競《いそ》ひてこれに従《したが》へば

103 人道疾《じんだうはや》く地《ち》に堕《お》ちて
104 邪見鉄囲《じやけんてつゐ》の火《ひ》を増《ま》しぬ
105 皮薄《ひはく》の文化《ぶんくわ》世《よ》に流《なが》れ
106 五慾《ごよく》の楽《らく》は日《ひ》に増《ま》せど
107 本《もと》を治《おさ》めぬ業疾《ごうしつ》の
108 苦悩《くのふ(ママ)》はいよよ深《ふか》みたり
109 さればぞ憂悲《うひ》を消《け》さんとて
110 新《あらた》に憂苦《うく》の具《ぐ》を求《もと》め
111 互《たがひ》に競《きそ》ひ諍《あらそ》へば
112 こは人界《じんかい》か色《いろ》も香《か》も
113 鬼畜《きちく》の相《さう》をなしにけり
114 菩薩衆生《ぼさつしゆじやう》を救《すく》はんと
115 三悪道《さんあくどう》にいましては
116 たゞひたすらに導《みちび》きて
117 辛《から》く人果《にんくわ》に至《いた》らしむ
118 衆生《しゆじやう》この世《よ》に生《う》まれ来《き》て
119 虚仮《こけ》の教《をしへ》に踏《ふ》み迷《まよ》ひ

120 ふたたび三途《づ》に帰《かへ》らんは
121 痛哭誰《つうこくたれ》か耐《た》ふべしや
122 法滅相《ほうめつさう》は前《まへ》にあり
123 人界生《にんがいしやう》はいや多《おほ》し
124 仏弟子《ぶつでし》ここに逸《やす》ければ
125 慳貪《けんどん》とがは免《まぬが》れじ
126 信士女《しんしによ》なかに貪《むさぼ》らば
127 諸仏《しよぶつ》の仇《あだ》と身《み》をなさん
128 世界《せかい》は共《ぐう》の所感《しよかん》ゆゑ
129 毒重《どくおも》ければ日《ひ》も暗《くら》く
130 饑疾風水《きしつふうすゐ》しきりにて
131 兵火《へいくわ》も遂《つひ》に絶《た》えぬなり
132 正信《しやうしん》あれば日《ひ》も清《きよ》く
133 地《ち》は自《おのづ》から厳浄《ごんじやう》の
134 五風《ふう》十雨《う》の世《よ》となりて
135 招《まね》かで華果《けくわ》の至《いた》るなり
136 世《よ》の仏弟子《ぶつでし》と云《い》はんひと

137 この法滅《ほうめつ》の相《さう》を見《み》ば
138 仏恩報謝《ぶつおんほうしや》このときと
139 共《とも》に力《ちから》を仮《か》したまへ
140 木石《ぼくせき》一を積《つ》まんとも
141 必《かなら》ず仏果《ぶつくわ》に至《いた》るべく
142 若《も》し清浄《しやうじやう》の信《しん》あらば
143 永《なが》く三途《づ》を離《はな》るべし

處みて需文の諸士に曰ふ　小輩
外学薫習既に久しく　心口尽く相応せず　所作冥誤多く蕪辞推敲に耐えず　殊に史伝之を審にせず忽卒の間之を作る　必ず仏罰を蒙らん。
諸賢希くは憚ることなく諸過を正し名分を明にし辞句を洗練して　小輩　の罪を治し給へ
若し幸に聖業に資せば　作者は　七面講同人　或は　東都文業某　となして　小輩　の名を出すなからんことを。　必嘱！』

文中のママは賢治の誤記と思われるものであり、漢字の間違いと、振り仮名の間違いがある。恐らく賢治の念頭には法華経の偈があったと思われ、七五調の流麗な格調の高い文であり、仏教語を駆使し釈迦の入滅から日蓮上人の誕生とその生涯、南部氏が日蓮上人に奉仕したこと、その後遠野に移り、その子孫の南部日実の縁で花巻に法華堂を建立するに至ったことを述べ、更に当時の仏教に対する批判を述べ、最後に法華堂への寄進を募っているのである。

それぞれについて区分して大要[4]を説明してみよう（便宜上行数を数字で示すことにする。）

（一）釈迦の滅後（1〜12行）

釈迦が入滅されてから千年までの正法の時代は教えが生きていたが、その次の像法の千年は真実の教えが行われず法燈の光もうすくなり時代も昏迷を深め空理空論に走り人々は自分の進むべき道を見失い、争い事に走り、戦争や悪疫、天災が次々と生じた。

（二）日蓮上人の誕生と説法（13行〜34行）

法華経従地涌出品で示された大地から出現した第一の菩薩である上行菩薩の生まれかわりとして末法の世を救うために東海の安房の国（千葉県小湊）に日の出と共にお生まれになった。

その後十二歳で仏門に入り大蔵経を百回も読破する程の研鑽を積み、法華経こそが仏教の正しい道であることを知り、他は鏡につく塵程の価値もないとし四箇格言（念仏無間、禅天魔、真言亡国、律国賊と称えた）で他宗を説破し、人々にこのことを徹底させようと街頭に出て説教したが、この不軽菩薩のように刀杖瓦石の難を受けた。

また鎌倉幕府の要人に「立正安国論」を提出し政治のあり方を諫言したが入れられず迫害を受け流

罪や死罪の罪を受け果ては佐渡へ流罪されるなどのさまざまな苦難を受けましたが色身に法華経を読むとそれは勧持品に記されている予言の通りであった。

（三）三度目の諫言と身延退隠（35行～65行）

佐渡から赦免され鎌倉に戻った日蓮上人は三度目の諫言をしたが聞き入れられず、故事に「三度諫めても用いられない時は、身を山林へかくす」とあるので信者の波木井の領主南部実長公の住む甲斐国（山梨県）身延の里に移り、今は只ひたすら国と民のために祷ろうとしました。そこは霧が断えることのない香を焚くようで、風は天の音楽をいつまでも奏でているようでした。そこで身延の里に末法万年にわたる教化の礎を定められた。

南部実長卿は信仰心に厚く、仏法を守護しようとし、日蓮上人のため食事を捧げ供養し、法華経提婆達多品の阿私仙の故事のように努めた後出家した。日蓮が此の世の教化を終えて仏国土に帰られた後は、日向や日興等と共に日蓮上人の教えを拡げ、聖なる舎利を守りながら富士川の清い流の様に勤王と仏教守護に励み、その栄誉を伝えたのでした。

（四）南部公遠野移住と花巻に日蓮宗伝わる（66行～89行）

その後裔の南部公は、その後なにかの事情で、岩手県の遠野に移られたが、そのため都から遠く離れたみちのくの辺地の人々も、すぐれた仏の教えが光が隈なく照り渡るように伝えられ、なさけ深い政治の恩恵が周囲に行き渡り、その後永くその遺宝が伝えられました。南部実長公三十六代の遠野の男爵南部日実上人は、血族の縁と信仰の縁が共に一致し、先祖の開いた道を再興して末世の衆生を救おうとの悲願を立て身延山で修業し、やがて灌頂を受けられた。その後花巻にも布教に来られるなどの不思議な縁で、花巻の在家の男女が日蓮宗信仰の約束を結び、たびたび法座を開いていましたが人々は新たに一軒のお堂を建てようと計画しました。たとえむさくるしくとも、教えを信ずる人々は法華経で説く「質直柔軟」のこころでお迎えし、聖宝共に安らかにこの地の守りとし、またこの世の眼目となって未来に伝えようという浄らかな願いをここに成就することになりました。

(五) 賢治の当時の仏教に対する批判（90行～135行）

現在は仏滅後二千五百年以上たちました。時代と共に此の世の濁りは益々深くなり私達は貪・瞋・癡の三毒によって火の中で身を灼くのです。西洋で完成した外道の学問は、表面上の実証主義を重ねてきて増長し真理は次第に暗く乱れ諸仏菩薩を偽りと誇り、三世因果のことわりを排斥してしまった。そのため長い間正しい教えに会わなかったので心が暗くなり、明るいものをみられなくなり、罪ある人々が皆共に競って外道に従い人道は地に落ち、道理を無視する考えが鉄囲山の業火のように拡がった。

そして薄っぺらな文化が盛んになり、感覚的な欲望は満たされても、根本の真理を考えない人間の業と苦しみは益々深まるばかりです。それを無くそうと努めれば、又あらたな憂いや苦しみを得るばかりです。人々は互いに競い合い人間界も餓鬼・畜生の世界のような有様です。菩薩は人々を救おうと、地獄・餓鬼・畜生の三悪道で、ひたすら教え導き、やっと人間界に復帰するという果報を得させましたが人々はこれに気づかず、真実でない教えに踏み迷って再び三悪道に戻ろうとするのを見てはその嘆きは耐えられないことです。仏の教えが滅びようとする時、それに安住する人々は増えるばかりです。

このとき仏弟子が安逸を貪っているならばその罪は許されないでしょう。男女の信者が同様であれば諸仏の敵となってしまうでしょう。世界は皆一つなので、人の心を傷つける行為が増えると、毎日が暗く、飢餓・疾病・風害・水害がしきりにやってきて、戦争も絶えないのです。正しい信仰があれば世の中は明るく清く大地も自然と浄らかに厳かで、五風十雨の太平の世となるでしょう。そうすれば努力しなくても、花咲き実り豊かな世の中となることでしょう。

(六)法華堂への寄進を募る（136行〜143行）

世の中の仏法を信仰する仏弟子ならば、この仏法が滅びようとする世相を見たら、仏恩に報いて感謝するのは、この時とばかり協力して下さい。一本の木材、一個の石材を寄進しても必ず悟りへ到達できるでしょう。もし清らかな信仰があるならば、永く地獄・畜生・餓鬼への道、三途から離れることができるでしょう。

(七)あとがき

この文章を書くことを需めた皆さんに謹んで申し上げます。小生は西洋の学問を永く学び、心も表現もふさわしくなく、文章には誤も多く、辞も粗末で推敲しても、どうもなりません。殊に歴史や伝記に詳しくない上急いで書いたので、仏の罰を受けるでしょう。

皆さん遠慮せずに、多くの誤を正し、本文を明らかにし、辞句を修飾して小生の罪を直して下さい。

もし幸にも修正の上、法華堂創建に役立つようならば、作者を「七面講同人」か「東都文業某」という匿名にして、小生の名前を決して出さないように必ずお願いします。

これについて宮沢賢治の弟宮沢清六は次のように語っている。

『勧進文について[5]　宮沢清六

この勧進文はいつ頃書かれたものかよく解らない。また最近これが宮沢恒治氏の宅から発見されるまでは、誰もこのやうなものがあったことを知らなかったが、花巻に日蓮宗の教会が設立されたのは昭和三年であるから、多分その前年か或いはその年に書かれたものであらう。

当時羅須地人協会の事と肥料の設計とに懸命になってゐた賢治が、この詩形の勧進文を花巻町の小新聞に匿名で寄稿した由であるが、これは殆ど誰の注意も惹かないで葬り去られ、その掲載誌も散佚してしまって二十五年間〔完〕全に忘れ去られてゐたのであった。

さて此の文は、堂宇建立寄附金を募集する為に書かれたものではないといふことは明らかで、そのほんとうの目的は仏教、特に法華経の勧奨と、此の地に日蓮上人の法縁がある意味を書いたものと思ふ。

実にこの文の後半は、仏教用語を生まのままに用ひることを嫌がつた賢治の唯一の宗教論稿と見られるもので、特にそれが匿名で成されてゐる所に作者の意のあるところを見るべきものと考へる。

世界が共《ぐう》の所感であって、この世が容易に修羅から抜け切れず、遂に悲しむべき結果に至るかも知れない予感に迫られてゐる現在、突然これが二十五年も過ぎた今頃発見され、「四次元」に発表されるといふことは深い意味のあるところと思ふのである。

昭和二七・六・二七……』

この中で書かれた時期については、依頼した宮沢恒治が大正年間賢治が農学校から帰宅の途中依頼したということなので、賢治は大正十五年三月三十一日付で花巻農学校を退職していることから、昭和三年かその前年に書かれたというのは当たらないであろう。また花巻町の小新聞に発表したと言うが、これも宮沢恒治が岩手日報に掲載したといい、大正十四年十二月に「岩手日報」に送稿したとのことなので、岩手日報発表説を取りたい。

葬り去られた理由については、著者が匿名であり、文章自体が難解であり読者に理解できなかったのではないか、また仏教関係者で理解できたとしても過激な批判を見て黙殺するに如かずとした事も考えられる。

私は「寄附金を募集する為に書かれたものではない」という所説には反対で、当時の事情からやはり、これは寄附金を集める意図があったと認めるべきである。ただ「唯一の仏教論稿」ということについては真実であると思う。特に九十行から一三五行までは賢治の仏教に対する考えが明瞭に示されており、当時の仏教者の在り方を鋭く告発しているように思われる。その片鱗は作品「一九三一年度極東ビヂテリアン大祭」「蜘蛛となめくぢと狸→洞熊学校を卒業した三人」などでうかがうことができる。

なおこの下書きが、残されている「手帳断片D」の表頁に34行から45行の、裏頁には1行から3行までに関連した文章が記されているので賢治が書いたことには相違ないが、手帳記載の年月日が不明なので、これから「勧進文」の記された日時を推定できない。

◉花巻教会所[6]の創立から身照寺へ

昭和三年に宮沢賢治が願っていたように、南部日実上人を主管者として日蓮宗花巻教会を岩手県稗貫郡花巻町大字南万丁目第十二地割字鼬弊二十六番地の参（現在の花巻市石神町三八九番地）に設立し昭和五年十二月二十四日に岩手県知事の認可を得ることができた。その後益々隆盛に赴き、昭和十六年二月二十五日に敷地内に百五拾坪の墓地の敷地を付け加えることを地方長官から許可され、始めて寺院としての体裁を具えるに至ったので南部実長六百五十遠忌の昭和二十一年九月六日に日蓮宗遠光山身照寺が誕生したのである。

身照寺の由来については、南部家文書に、

『自　甲州　移　糠部郡　之時誘　―来法華宗之僧日崇　建―立精藍於八戸根城辺　号　遠光山身照寺　使　彼僧　住―持之　寄進田料百斛然後歴　三年　住僧遷化其後為　廃寺　云云』

とあり、日蓮上人に身延山を寄進した南部実長の後裔南部政光が、南北朝争乱の時に南朝側に付いたため北朝方の足利幕府に降伏せず奥羽八戸市の根城に移った。南部氏はここに天領地を所有していた。移動するにあたり、政光は先祖実長以来の法華経信仰を受け継ぎ甲州身延山久遠寺より法華宗の僧、日崇上人を招き応永元年（一三九四年）に一寺を建立して遠光山身照寺と号した。日崇上人はみちのくの布教に勤めたが僅か三年で亡くなってしまい、廃寺となったのである。

そこで政光公は新たに成就院日学上人（のち身延山久遠寺九世となる）を招き応永三年（一三九六年）九月二十五日先祖実長公の命日に円公山（遠光山にちなむ）身延寺を開堂したのであった。

この寺院は身延山の最古の別院であり、南朝の勅願所として代々の貫主は大僧上に叙せられる由緒ある寺院であったというがその百九十五年後天正九年八月二十三日に焼失し再建出来ず、身延山との関係も絶えていたが、南部実長の末裔である南部日実上人によって、先祖より伝えられていた寺院を、実に三百五十五年ぶりに花巻の地に復興することが出来たのである。遠光山は円公山にちなみ、身照寺はそのまま受け継いだもので「身」は「身延山」より一字を頂き照は北辺の地を法の光で普く照らすの意であろうと推察される。

従って南部日実上人を中興の開基と仰ぎ、牛崎海勇を中興初代住職として、身照寺、身延寺の南部家菩提寺としての由緒沿革を継承することになったのである。

本尊は日蓮上人奠定の大曼荼羅であり、寺宝として日蓮上人弟子六老僧の一人日興上人の作と伝えられる木彫の日蓮上人像がある。この像は明治の廃仏毀釈で東京の古物商の店頭にあったものをドイツ医学者で来日し、日本の医学の進歩に貢献したベルツ博士が、そのすばらしいことに感嘆し入手したが、その後霊夢と凶兆に恐れて、ドイツに持ち帰ることを断念し身延山清水房内野日運上人に寄進され、日運上人に厚く尊崇されていたものを昭和三年愛婿の日実上人が身照寺、身延寺再興のため先ず日蓮宗花巻教会に寄進され身延山から奉還して今日に至っているものである。

　宮沢家は熱心な浄土真宗の信者であったが賢治が大正三年の九月頃島地大等編「漢和対照　妙法蓮華経」（明治書院発行）を読んでから日蓮宗の信仰に入り、父政次郎としばしば法論を闘わし、父を日蓮宗に改宗するように説得したが入れられず遂に大正十年一月二十三日家出上京したのであった。

　賢治は[7]死の直前に昭和八年九月二十一日遺言として「国訳の妙法蓮華経を一、〇〇〇部つくってください」「どうか全品をおねがいします。表紙は朱色で校正は北向さんにおねがいしてください。それから、私の一生の仕事はこのお経をあなたのお手許に届け、そしてあなたが一番より、正しい道に入られますようにということを書いておいてください」と述べ、その直後亡くなった。又ある時父に亡くなった後私に会いたくなったら、お題目を称えて下さいとも言っていたと言うが、九月二十三日宮沢家菩提寺である安浄寺（真宗大谷派）で葬儀が行われた法名は真金院三不日賢善男子であった。

　父政次郎が賢治の願いを入れて実際に改宗したのは、昭和二十七年頃であった。宮沢清六と岩田豊蔵（賢治の従弟）が今までの菩提寺の安浄寺と、新しい菩提寺身照寺に、そのことを告げに行った。その後宮沢

図表18〈南部家と身照寺〉

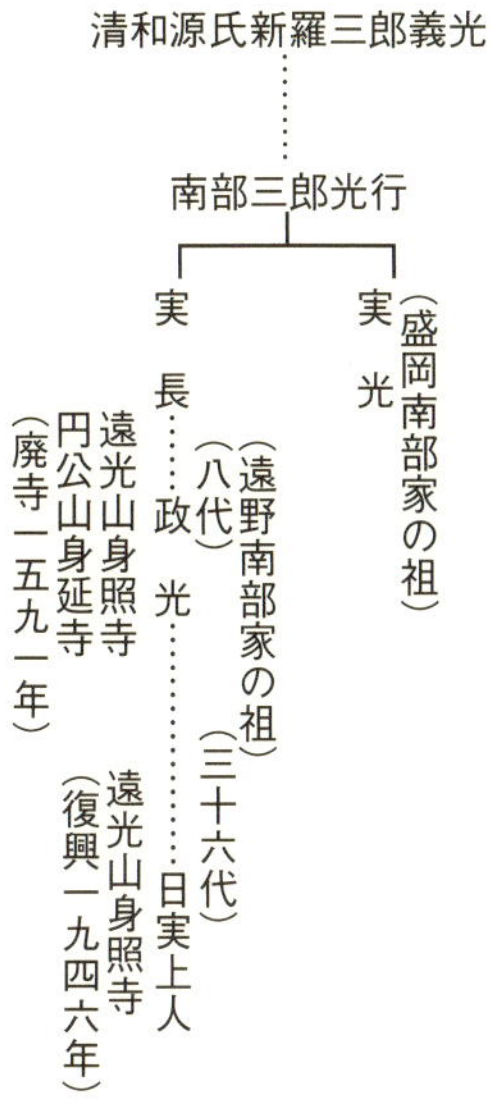

家代々の墓は安浄寺から身照寺に改葬された。その時賢治の墓を作るかどうかが話し合われたが、結論として、あまり大きくない五輪の塔を供養塔として先祖代々の墓と並べて建てることに決まり、工学博士天沼俊一の設計した青写真を賢治研究家小倉豊文が送ってきた。白花崗《みかげ》岩の五輪の塔は、従来賢治の墓と言っているが、実は供養塔である。

身照寺（花巻市）にある五輪の塔（宮沢賢治供養塔）

撮影／平野利幸

　賢治が心血を注いで作った「法華堂建立勧進文」によって成就した身照寺の墓域に、賢治が眠っていることを考えると、その不思議な因縁を思わずにはいられないのである。

参考資料

◎「法華堂建立勧進文」について

1　森荘已池『宮沢賢治の肖像』津軽書房
2　『校本宮沢賢治全集』十二巻下　筑摩書房
3　『校本宮沢賢治全集』十二巻下　筑摩書房
4・5　「法華堂建立勧進文　原作宮沢賢治・通釈及語註久保田正文」
「四次元」四巻八号　昭二七・九月号　宮沢賢治友の会

◎花巻教会所の創立から身照寺へ
6　「身照寺の由緒と沿革について」「四次元」四巻八号　昭二七・九月号　宮沢賢治友の会
テレビ岩手編「いわてのお寺さん1——北上・花巻とその周辺」テレビ岩手
リーフレット「身照寺と宮沢賢治」身照寺
吉田政吉『遠野南部家物語』国書刊行会
7　堀尾青史編『宮沢賢治年譜』筑摩書房

◉第四章

「雨ニモマケズ手帳」から臨終まで

◉「雨ニモマケズ手帳」について

宮沢賢治は、自分の詩を『これらはみんな到底詩ではありません…中略…ほんの粗硬な心象のスケッチでしかありません。』（大正十四年二月九日・森佐一あて書簡）と言っていた。「心象のスケッチ」のために賢治は、首から紐でシャープペンシルを吊るし、スケッチブックを携えて歩いていたと、花巻農学校の賢治の教え子たちは証言している。山野を跋渉するためには、大型のスケッチブックでは無く小型の携帯に便利なものであったに違いない。賢治は盛岡高等農林学校在学中にたびたび地質調査や土性調査をしているので、現場での調査結果を記録するために「野帳」を携行していたに違いないから、スケッチブックか、手帳とシャープペンシルを携行するということは習性になっていたと思われる。

我々が今活字で読んでいる作品も最初はそのようにして記録されたであろう。その創作の流れを辿ると次のようになる。（図表19）

賢治は一度成立した作品に何度も手直しをしている、例えば、「銀河鉄道の夜」は四回に渡る手直しが行われ、三回目の原稿が「初期形」四回目の手直し原稿が「後期形」として、いずれも全集に掲載されているが、原稿は文字の上に文字が重なり、さながら迷路を辿るようである。それ等を判読し、校本全集・新校本全集にまとめられた編集者の努力には頭が下がる思いである。

図表19〈創作の流れ〉

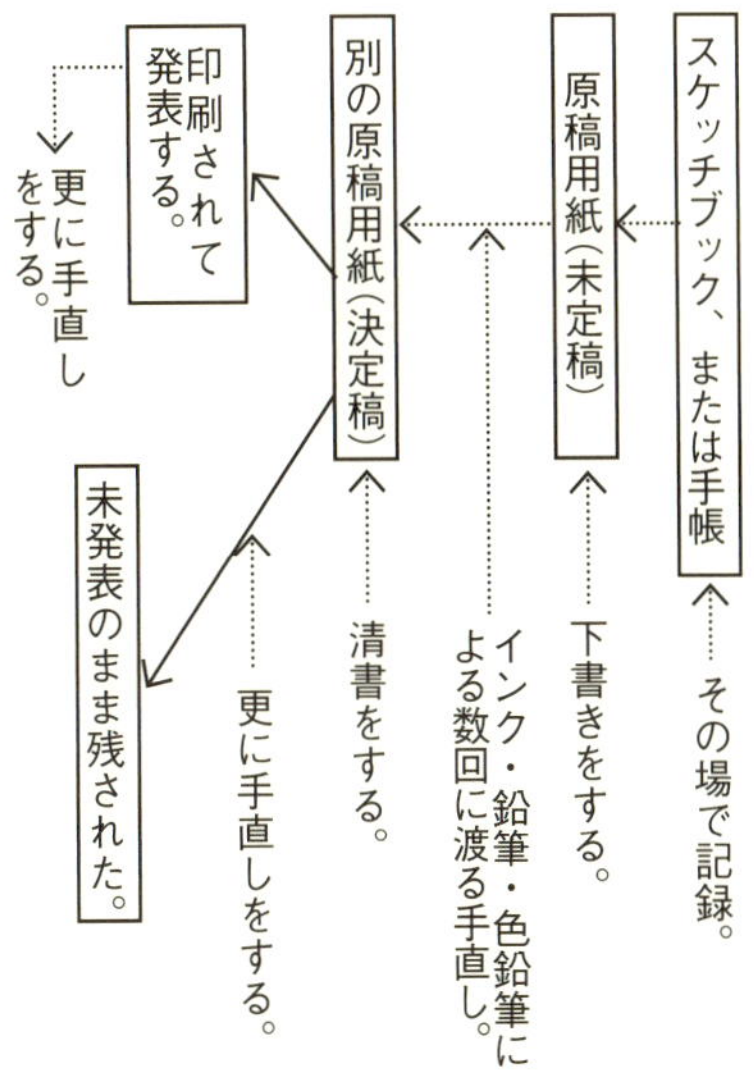
スケッチブック、または手帳
その場で記録。
原稿用紙（未定稿）
下書きをする。
インク・鉛筆・色鉛筆による数回に渡る手直し。
別の原稿用紙（決定稿）
清書をする。
印刷されて発表する。
更に手直しをする。
未発表のまま残された。
更に手直しをする。

原稿だけでは無く出版した『春と修羅』にまで手直しされている。賢治は推敲魔であったと言えよう。常に流動している思考と、その時々の最善の表現を忠実に表現しようとすることから恐らく原稿を点検したり、作品を頭の中で反芻している間に突然アイディアが閃き、それを書き足さずには居られなかったことだろう。そういうことを賢治は「農民芸術概論綱要」の「結論」で「畢竟ここには宮沢賢治一九二六年のその考えがあるのみである」と宣言しているのである。

ところで大正時代までのスケッチブックや手帳類は残されていない。恐らく或時期にそれ等は賢治自身の手によって破棄されたものであろう。農学校退職後に羅須地人協会に移る時期に身辺整理をしたと思われるのである。

しかし羅須地人協会の活動を始めた昭和二年以降、病臥中の昭和六年頃までの十四冊の手帳と、同時期の手帳断片四種が残されていて、賢治の動向と創作の秘密や思想などを知ることができるのは幸いである。その中に、いわゆる「雨ニモマケズ手帳」がある。次にそれらの手帳についてまとめてみよう。(『新校本全集』第十三巻上による。)(図表20)

これらの手帳には、手帳の装幀や、タイトル、内容などから仮に名前を与えられている。これから問題にしようという「雨ニモマケズ手帳」はこの中に「雨ニモマケズ」が記されていることから「雨ニモマケズ手帳」と命名されている。

図表20 〈手帳執筆時期一覧表〉

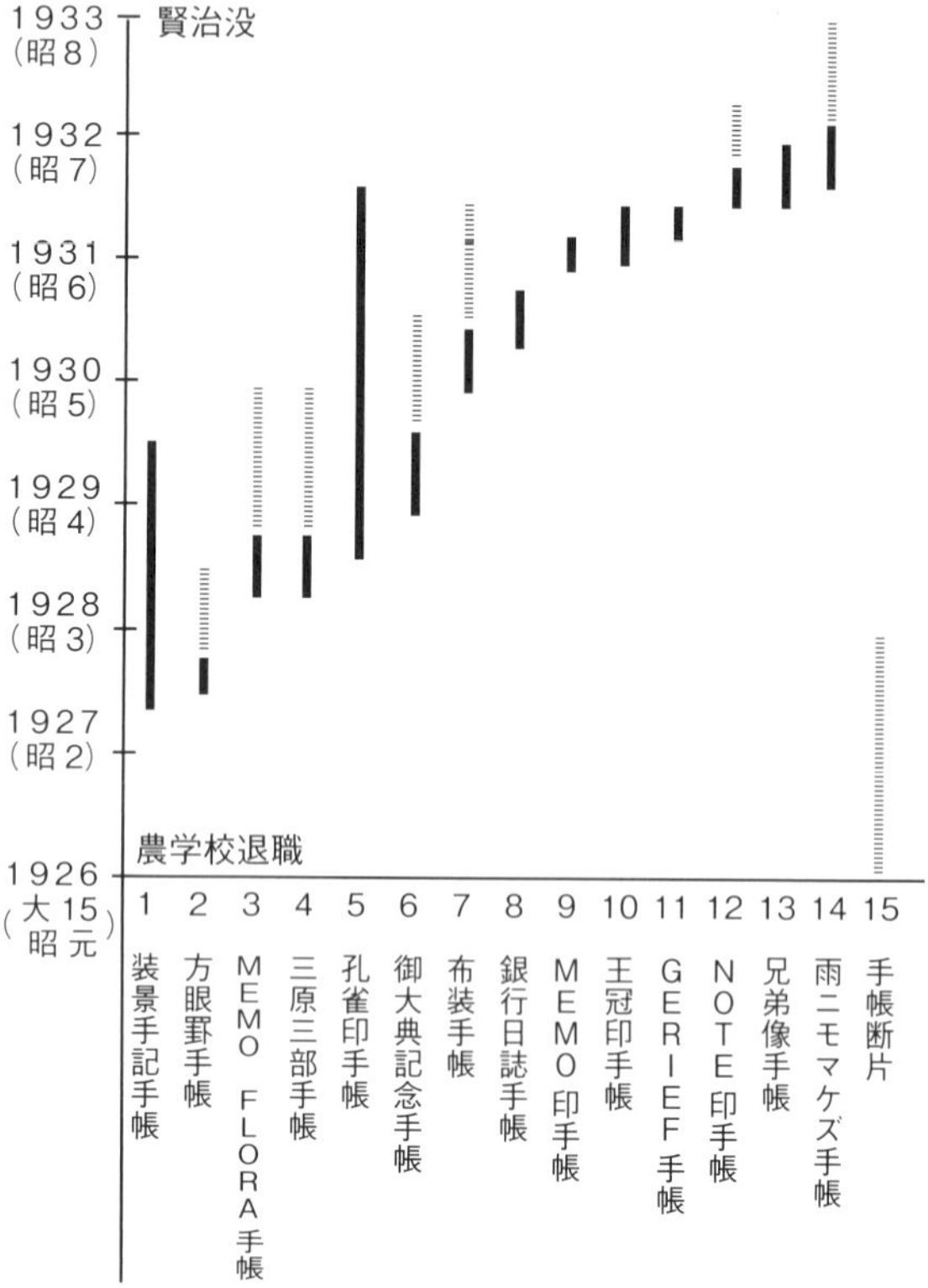

この手帳は、黒色レザー装、三方黒色染、角金、縦十三・一センチメートル、横七・五センチメートル。

裏表紙の小口寄り中央に鉛筆挿しの筒がついている。

表表紙下方に「*note*」の文字を金箔押し、この手帳は左開き用に製本されているが、賢治は裏表紙の方から逆に右開きに使用している。

説明の都合から、裏表紙の方から頁番号を付け一六六頁までとなっている。内容は作品のメモ、法華経の引用、信仰について、生涯の反省についてなど、病床にあって脳裡を去来する、さまざまなことを赤裸々に記していて、晩年の賢治を知るには欠くことの出来ない資料となっている。

（この手帳は昭和四十二年生活文化社によって、また昭和六十二年には筑摩書房によって復元された。筆者は後者を所持している。）

この手帳の存在が知られたのは、賢治没後の昭和九年二月十六日の東京新宿モナミに於ける第一回賢治友の会の席上であった。

最初の賢治全集圃堂版を出版するにあたり、弟の清六が以前賢治の使用していた、大トランクに賢治の原稿を入れて上京してきたのを機会に草野心平の世話でこの会が催された。主な出席者は、永瀬清子、菊池武雄、宮沢清六、高村光太郎、八重樫祈美子、巽聖歌、新美南吉、深沢省三、土方定一、草野心平、尾崎喜八、逸見猶吉、儀府成一等であった。

この席上で、トランクの中から原稿が次々と出され、そのすばらしい内容に一堂が圧倒されていたときトランクポケットから手帳が出され一同に回覧された。この時がこの手帳の人の目に触れる最初であった。

賢治の没後このトランクが廃棄されたり、トランクのポケットを誰もあけて見ようとしなかったら、今日我々は「雨ニモマケズ」を知ることが出来なかったであろうが天の配剤妙を感ぜずにはいられない。

実はこのトランクには、曰く因縁があり、宮沢清六著『兄のトランク』に詳しい。賢治の作品と、このトランクは切っても切れない縁があったわけで、賢治がこのトランクのポケットに「雨ニモマケズ手帳」をしまい込んだのも故なしとしないと思う。「兄のトランク」から、このトランクについてまとめて見よう。

このトランクもまた数奇な運命を辿ったのである。（図表21）

◉「雨ニモマケズ手帳」と法華経

賢治は大正十四年頃「法華堂建立勧進文」を記した後は、法華経についてや日蓮宗についての活動はしなかった。したくても出来なかったのである。羅須地人協会の活動、肥料設計のために農村巡回、過労による発病、病臥、東北砕石工場の

図表21〈トランクの行方〉

年月	事項
大正十年七月	家出上京中神田で茶色ズック張りの大トランクを購入。
大正十年八月	妹トシ発病、このトランクに作品の原稿を一杯詰めて帰郷。
大正十二年一月	このトランクに原稿を入れ、弟に出版社を探させたが断られる。
昭和六年一月	東北砕石工場技師となり、このトランクに見本を入れて東奔西走。九月、東京で倒れる。
昭和九年二月	全集発行のため、原稿をトランクに入れ清六上京、ポケットから手帳発見披露。

（宮沢清六『兄のトランク』より筆者作成）

ための奔走、再発病という慌ただしい時間の中では、その余裕が無かったということである。

賢治が死に際して、三十二の山々に埋経することを遺言としたのは、法華経を捨てて、法華経に別れを告げて天の星座に行ったという珍説（畑山博『美しき死の日のために』）を唱えている人もいる。そんなことはあり得ない、賢治は最後まで法華経を信じ日蓮宗の信徒としてその一生を終えたということは疑う余地がない。そのひとつの証拠が、最晩年の「雨ニモマケズ手帳」の中に残されているのである。（「雨ニモマケズ手帳」の重要性を知り、その解読と復元に努めたのは、小倉豊文であり、以下その『復元版宮澤賢治手帳解説』『宮澤賢治「雨ニモマケズ手帳」研究』を参照してまとめた）

「曼荼羅」について

曼陀羅《マンダラ》（曼荼羅・梵語 mandala）の語義は、「輪円具足・道場・壇・本質など」諸尊の悟りの世界を象徴するものとして、一定の方式に基づいて、諸仏・菩薩および神々を網羅して描いた図。四種曼荼羅・両界曼荼羅など多くの種類がある。もともと密教のものであるが、浄土曼荼羅や垂迹曼荼羅、日蓮宗の十界曼荼羅のように他にも転用される。（広辞苑）

日蓮宗では、「十界曼荼羅」が掲げられている。日蓮宗の本尊は「妙法蓮華経」でこれに帰依する、敬礼するなどを意味する「南無」を付けて「南無妙法蓮華経」としたのである。法華経の信仰では「お題目」と言う、経典の題目なのでそのように呼ぶ。それを唱えることが「唱題」である。

賢治が日蓮宗の信仰に入った大正九年の冬、団扇太鼓を叩きながら花巻町内を唱題して寒修業をしたのは有名な話である。

日蓮が佐渡に配流されていた一二七三年（文永十年）の九月十二日に「南無妙法蓮華経」を中央の上部に記し、まわりに諸仏・諸菩薩・諸天・善神などの名号を記し、最下部中央に日蓮と署名し花押を書いたものを「佐渡始顕の十界曼荼羅」といい本尊とした。

以後日蓮は多くの曼荼羅を弟子たちに書き与えたが「南無妙法蓮華経」は共通であるが、その他の名号は時と場合によって多少の相違があり「広式曼荼羅」「略式曼荼羅」という。

賢治が入信した国柱会では「佐渡始顕の十界曼荼羅」を創立者の田中智学が写したものを縮小したものを全員に授与した。賢治はこれを表装して自分の部屋に掲げて礼拝していた。

左端の下方に「授与之宮澤賢治者也」と記してある。また右端下方に「明治四十一年七月八日顕正節会虔奉写　師子王（花押）」とあり師子王というのは、田中智学のことなので、国柱会から授与されたものである。

「雨ニモマケズ手帳」には「略式曼荼羅」が次のように五ヶ所に記されている。病床で国柱会から授与された曼荼羅の前に座って拝礼できない時に、その代わりに手帳に書き写して拝礼したと考えられる。

① 手帳四頁

南無浄行菩薩

南無上行菩薩
南無妙法蓮華経
南無無辺行菩薩
南無安立行菩薩

②手帳六〇頁

南無無辺行菩薩
南無上行菩薩
南無多宝如来
南無妙法蓮華経
南無釈迦牟尼仏
南無浄行菩薩
南無安立行菩薩

③手帳一四九頁・一五〇頁（二頁にわたる）

南無浄行菩薩
南無上行菩薩
南無妙法蓮華経
南無無辺行菩薩

南無安立行菩薩

④手帳一五三頁・一五四頁（二頁にわたる）

大毘沙門天王

南無浄行菩薩

南無上行菩薩

南無妙法蓮華経

南無無辺行菩薩

南無安立行菩薩

大持国天王

⑤手帳一五五頁・一五六頁（二頁にわたる）

南無妙法蓮華経

南無上行菩薩

南無浄行菩薩

南無無辺行菩薩

南無安立行菩薩

安立行

①③は同様の配列で、④はそれの左右に、大持国天王と大毘沙門天王を付け加え、②では南無多宝如来と南無釈迦牟尼仏が書き加えられている。⑤では御題目を先に書き、続けて菩薩名を記している。①③④⑤の菩薩の配列は同じであるが、②だけ違っている。②は十界曼荼羅の配列と同様である。①③④⑤は、十界曼荼羅を見ないで記憶に従って書き、②は十界曼荼羅を見て書いたと想像できる。

いずれも鉛筆書きで、他の頁の殴り書きのような文字に比べて、一字一画もゆるがせにせず、力を篭めて謹書している。字体は髭題目を模したような感じで書かれていると思う。

いずれにしても、この手帳の最終頁に近い一五六頁まで、曼荼羅を記していることは、賢治が法華経の信仰を放棄したなどとは信ぜられないことである。

なおこの曼荼羅に書かれている上行菩薩・浄行菩薩・無辺行菩薩・安立行菩薩の四菩薩は、「妙法蓮華経従地涌出品第十五」の中で、『この菩薩衆の中に四の導師あり。一をば上行《じょうぎょう》と名づけ二をば無《む》辺行《へんぎょう》と名づけ、三をば浄行《じょうぎょう》と名づけ四をば安立行《あんりゅうぎょう》と名づく。この四菩薩は、その衆の中にあって、最も為《こ》れ上首の唱導の師なり』から来ていて、多くの菩薩の中でトップの位置を占める者達であった。

経典について

この手帳には、法華経の経典の引用が所々に出ている。病気療養中に賢治の脳裡に去来したのは、法華経への帰依であったことを思わせる。この手帳の第一頁が妙法蓮華経如来神力品第二十一に由来していることでも、そのことがしられる。

手帳一頁　当地是処《とうちぜしょ》　まさに知るべしこの処は
即是道場《そくぜどうぢょう》　すなわちこれ道場なり
諸仏於此《しょぶつおし》　諸仏ここにおいて
得三菩提《とくさんぼだい》　三菩提を得

手帳三頁　諸仏於此《しょぶつおし》　諸仏ここにおいて
転於法輪《てんのほうりん》　法輪を転じ
諸仏於此《しょぶつおし》　諸仏ここにおいて
而般涅槃《にはつねはん》　般涅槃したもう

如来神力品第二十一の長行の最後に次のように記されている。

当知是処。即是道場。諸仏於此。得阿耨多羅三藐三菩提。諸仏於此。転於法輪。諸仏於此。而般涅槃。（すべての如来にとって、この場所は実にさとりの壇であると知るべきである。また、その場処において完全にさとりをひらいて世の尊敬を受けるに値する、すべての如来はこの上なく完全なさとりに到達したと知るべきである。また、この場所に於いて、すべての如来によって教えの車輪が廻されたのであり、さらにこの場所に於いて、すべての如来は完全なさとりの境地に入ったと知るべきである。）

この三十二文字を賢治が手帳に記したのは、賢治が大正九年に入会し、最後まで会員であった国柱会の会員が必ず持っていた経本「妙行正軌」の巻頭第一に掲げてあったものであるから、頭に叩き込まれていたか、手元に「妙行正軌」があったであろう。法華経を修業する場所は、仏が悟りを開いた聖なる場所と同じ修業の道場であるという意味で「道場観」と言う。賢治は病床を法華経を修業する道場と考えたに違いない。

この道場観の次の頁は、先に述べた略式の曼荼羅を書き、法華経修業の道場を先ず開き、次の頁には曼荼羅を書いて法華経を勧請したものであろう。国柱会との縁が切れてなどいなかったことも、これによって明らかである。

手帳二七頁・手帳二八頁（二頁にわたり左から右へ）

①於《お》無《む》漏《ろ》実《じつ》相《さう》心《しん》已《い》得《とく》通《つう》達《だち》　（序品第一）

②是《ぜ》法《ほう》住《ぢう》法《ほう》位《ゐ》世《せ》間《けん》相《さう》常《じやう》住《しゆう》　（方便品第二）

③乗《じよう》此《し》宝《ほう》乗《じよう》直《じき》至《し》道《だう》場《ぢやう》　（譬喩品第三）

④忽《こつ》然《ねん》之《し》間《げん》変《へん》成《じやう》男《なん》子《し》　（提婆達多品第十二）

⑤当《たう》知《ち》如《によ》是《ぜ》人《にん》自《じ》在《ざい》処《しよ》欲《よく》生《しよう》　（法師品第十）

⑥我《が》不《ふ》愛《あい》身《しん》命《みやう》但《たん》惜《じやく》無《む》上《しやう》道《どう》　（勧持品第十三）

⑦昼《ちう》夜《や》常《じやう》精《しやう》進《じん》以《ゐ》求《ぐ》仏《ぶつ》道《どう》故《こ》　（従地涌出品第十五）

⑧是《ぜ》人《にん》命《みやう》終《じう》為《ゐ》千《せん》仏《ぶつ》授《じゆ》手《しゆ》令《りやう》不《ふ》恐《く》怖《ふ》不《ふ》堕《だ》悪《あく》趣《しゆ》　（普賢菩薩勧発品第二十八）

明らかな誤記は原典によって訂正した。（　）内に出典示し、番号は仮に筆者が便宜上付けた。次にそれぞれの訓読と意訳を記そう。

①無漏《むろ》の実相において心已《すで》に通達《つうだつ》することを得たるをもって（迷いを離れた真実の姿で心は深くその道に達したので）

②これは法の住・法の位にして世間の相も常住なり（教えの永続すること、教えの不変であること、またこの世に於いて、教えが常に存在している）

③この宝乗に乗じて直ちに道場に至らしむ（このすばらしい乗物に乗って、直ぐに修業の場所に行かしめよう）

④忽然の間に変じて男子と成る（たちまちにして男子に変わった）龍女が男子となって悟を開いたということ。

⑤当に知るべし、かくの如き人は、生れんと欲する所に自在なり（本当に知るだろう、法華経を説く人は生れたいと思う所に自由に出現するだろう）

⑥われは、身命を愛せずして但、無上道のみを惜しむ（われらは、身体も生命も惜しくないが仏の道だけを惜しむ）

⑦昼夜に常に精進し、仏道を求めんが為の故に（悟を得ようと夜となく昼となく精進して）

⑧この人命終するとき、千仏は手を授《みて》けて、恐怖せず悪趣に墜ちざらしめたもうことを為（法華経を信ずる人は、その死の時に幾千のブッダが姿を表し、恐れず、悪道に落ちることも無いであろう）

これ等の句は、法華経の中の経文の短い抄録であるが、直接法華経から引用したのではなく、前述の国柱会発行の「妙行正軌」の中の法華経の序品第一から勧発品第二十八までの各品のうちから一句宛抜き出した「品品別伝《ほんほんべつでん》」から引用したもののようである。従って序品から二十八品まで順序に配列されているわけであるが「雨ニモマケズ手帳」に記入するとき法師品第十と提婆達多品第十二の順序を間違えて逆にしている。

これらのことから、賢治は「妙行正軌」を見て記入したのではなく、賢治が普段から、暗誦していたものを書いたものであろう。いくつかの誤字や経文に無い文字を付け加えたのはその為であろうと思われる。

二十八句のうちから、なぜこの八句が選ばれたかについて考えれば、この頃の賢治の心境が分かるかも知れないが、その検証は後日に譲りたい。

手帳八一頁　調息秘術

　咳、喘左の法にて直ちに
　　之を治す

呼吸呼吸　　呼・吸・呼・吸・
当知是処　　即是道場
諸仏於此　　得三菩題

諸仏於此　転於法輪

手帳八二頁

諸仏於此　而般涅槃

次に左の文にて悪き幻想妄想尽く去る

為座諸仏　以神通力

移無量衆　令国清浄

諸仏各々　五蘊　諧宝樹下

如清涼池　国土　蓮葉荘厳

其宝樹下　衆生　諸師子座

仏座其上　光明厳飾

八一頁と八二頁の一行目までは、先に手帳の一頁と二頁に記されたものと同じ「道場観」なので、内容の説明は省略するが、「調息秘術」は、賢治が肺炎や結核で呼吸が苦しいときに呼吸を整えるための秘法という意味で、咳や息切れなどで呼吸が苦しくなったときに、「道場観」の一字ずつに、「呼気」と「吸気」をあてはめて誦すると、苦しさが治るということを意味しているようだ。賢治が法華経に縋って闘病している姿が目に浮ぶようで、これから考えても、賢治が法華経の信仰を捨てたなどということは考えられないのである。

八二頁の二行目「次の左の文にて悪しき幻想妄想尽く去る」とあるのも病床に訪れる悪念、幻想や妄想を追い払うために法華経の文句を書いたものであろう。出典は法華経見宝塔本第十一の偈からである。訓読は次のようである（座は坐の、諧は詣の誤記である）

諸仏を坐せしめんがために　神通力をもって　無量の衆を移して　国をして清浄ならしむ。諸仏は各々　宝樹の下《もと》に詣《いた》りたまうこと　清涼《しょうりょう》の池を　蓮華にて荘厳《しょうごん》せるが如し。その宝樹の下に　諸の師子の座あり

仏は、その上に坐したまいて　光明にて厳飾《かざ》ること

意訳は次のようになろう。

多くのブッダを座らせるため
神通力で無数の人々がここに移され
国が清められた
多くのブッダは宝樹の下に来られた
清らかな池が美しい蓮華で飾られるようにその宝樹の下にブッダの席が設けられ
ブッダがお座りになると光り輝いた

賢治病床は、この見宝塔品の偈を書き写すことによって恰もブッダの教えを聞く場所になったこと

であろう。

この偈は、やはり国柱会発行の「妙行正軌」の中の「奉請《ぶじょう》」にあり、賢治はそれを暗記していて筆写したので、数ヶ所の誤記があったと思われる。ここでも国柱会との深い縁があったことが分かる。

上段と下段の間にはさまれた、二字四行については、龍樹菩薩の「大智度論」の中に、五縕世間・国土世間・衆生世間の「三種世間」が「互融」しているのが人間世界であると説かれているが、賢治は広く仏教書を渉猟していたので、この偈の「令国清浄」の「国」という文字から、「大智度論」の説を連想し、この偈の上段と下段の間に書き込んだのであろう。

法華経からまとまって引用されているのは以上であるが他に断片的に引用されているものや、語句の背後に法華経があると思われる所は多数あるが、これだけでも賢治と法華経とのつながりがはっきりするので他は煩雑を避けて省略する。

「常不軽菩薩」について

手帳一二一頁

あるひは瓦石さてはまた
刀杖もって追れども
見よその四衆

　　　に具はれる
仏性なべて
　　　拝をなす

手帳一二二頁

不　軽　菩　薩

手帳一二三頁

　の
菩薩四　衆を礼すれば
衆はいかりて罵るや
この無智の比丘いづち
　　　より
来りてわれを礼するや

手帳一二四頁

我にもあらず
　　　衆ならず
法界にこそ立ちまして
たゞ法界ぞ法界を

これは後に推敲されて文語詩未定稿に転記されている。

いうまでもなくこれは「常不軽菩薩品第二十」に登場する不軽菩薩を描いたものである。それは、「この比丘は、凡そ見る所有らば、若《あるい》は比丘《びく》・比丘尼《びくに》・優婆塞《うばそく》・優婆夷《うばい》を皆悉く礼拝《らいはい》し讃歎《さんたん》して、この言を作せばなり

『われ深く汝等を敬《うやも》う。敢て軽《かろし》め慢《あなど》らず。所以《ゆえ》は何《いか》ん。汝等は皆菩薩の道《どう》を行《ぎょう》じて、当に仏と作ることを得べければなり』

……中略……

と。四衆《ししゅ》の中に、瞋恚《しんに》を生《おこ》し心浄《きよ》らかざる者ありて、悪口《あっく》し罵詈《ののし》りて言く

『この無智の比丘は、何れの所より来たるや。自ら、われ汝を軽《かろ》しめず、と言いて、われ等がために、当に仏と作ることを得べし、と授記《じゅき》す。われ等は、かくの如き虚妄《こもう》の授記《じゅき》を用いざるなり』と。かくの如く、多年を経歴《きょうりゃく》して、常に罵詈《ののし》らるるも、瞋恚《しんに》を生《おこ》さずして、常にこの言を作せり『汝は当に仏と作るべし』と。この語を説く時、衆人《もろびと》、或いは杖木・瓦石《じょうぼくがせき》を以ってこれを打擲《うちたた》けば、避け走り、遠くに住《とどま》りて、猶《なお》、高声《こうしょう》に唱《とな》えて言《い》わく『われ敢えて汝等を軽しめず、汝等は皆当に仏と作るべし』と。それ、常にこの語《ことば》を作すを以っての故に、増上慢《ぞうじょうまん》の比丘・比丘尼・優婆塞・優婆夷は、これを号《なづ》けて常不軽《じょうふきょう》となせるなり」

これを意訳すると、

「この菩薩は、出家している人にも出家していない人にも出会った人々すべてに「あなた方は皆菩薩として修行し仏陀になれる方々ですので心から尊敬します」と告げるのだった。

人々は突然そう言われたので、浄らかな心を持たない人々は怒り、罵り、悪口を言い、そんなことは信ぜられないと、人々はこの菩薩を棒で叩いたり、石を投げつけたりして迫害したが、この菩薩は棒や石の届かない所まで逃げ去り、「私は、あなたがたを軽蔑しません、なぜなら皆さんは仏になる方々だからです」と言ったので「軽蔑せぬ」から「不軽菩薩」という名が付けられたということである。」

賢治は生涯の終わりの時期に記した「雨ニモマケズ手帳」の中に、何故この不軽菩薩を詩の形にして記したのであろうか。自分の一生は、不軽菩薩のように理解されず迫害される一生だったと考えたのか、或いは不軽菩薩の境涯に比べれば、自分の方は、まだましだと思ったのかは分からないが、一生を振り返った時、自分の生き方の反省と、書き続けた多くの作品は、人々に仏教の信仰をすすめるよすがとなってほしいという願いが心の中で錯綜したときに、この常不軽菩薩品の中の常不軽菩薩のことが思い浮かんだのであろう。

この手帳の五一頁から五九頁までは、この手帳の名称となった「雨ニモマケズ」が記されているが、その最後の方に、

『ミンナニ
　　デクノボート
　　　ヨバレ
ホメラレモセズ
クニモサレズ
　サウイフ
　　　モノニ
ワタシハ
　ナリタイ』

図表22〈宮沢賢治と不軽菩薩〉

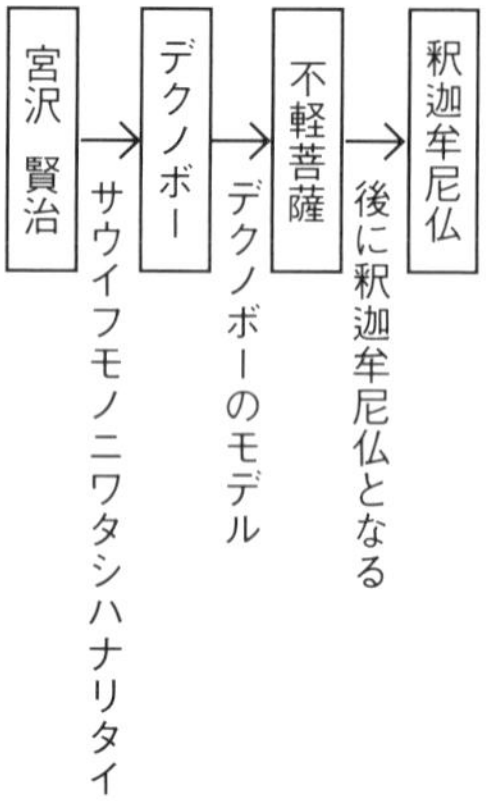

と記され、賢治はこの「デクノボー」になりたいと言っていることから、不軽菩薩は「デクノボー」であり、「デクノボー」は賢治の理想像であり、賢治自身であるという考が通説である。「デクノボー」は「木偶坊」で、広辞苑では、

①人形。でく。くぐつ。
②役に立たない人、また、気転がきかない人をののしっていう語。

と言っている。この手帳では他に「雨ニモマケズ」の後の方七一頁から七四頁まで、「土偶坊」という戯曲の構想が書かれている。その中には「ワレワレ〈ハ〉カウイフ　モノニナリタイ」「土偶

ノ坊　石ヲ　投ゲラレテ遁ゲル」という部分があり、「土偶坊」にこだわっている。この頃自分の生涯は何だったのか、何の役にも立たない人間であったのではないかと言う思いが去来していたもののようである。

しかし不軽菩薩の行為は、何の役にも立たなかったか、無用の存在であったかというとそうとは思えない。常不軽菩薩品では、この常不軽菩薩こそ釈迦牟尼仏の前身であったと説かれているからである。「デクノボー」が不軽菩薩であるとするなら、不軽菩薩は釈迦牟尼仏であり、「デクノボー」は釈迦牟尼仏であろう。

このように考えると賢治が「サウイフモノニワタシハナリタイ」という願望が、具体性を持ち、遥かに到達することが難しい理想だったのではあるまいか。

このような願いは、「雨ニモマケズ手帳」に最初に表れたものではなく、それ以前の色々な作品の中に示されていた。

大正十年頃書かれた「気のいい火山弾」の中の「べゴ石」や大正十二年頃書かれた、「虔十公園林」の中の「虔十」、「革トランク」の中の「斎藤平太」、大正十三年頃の「祭の晩」の中の山男、大正十五年頃の「猫の事務所」の中の「かま猫」などは、いずれも「デクノボー」的存在であり、賢治の一面を描いた戯画と言っても過言ではあるまい。

ただ賢治の作品から、賢治はできるだけ、仏教色を消そうとしているし、読者が作品から仏教の教えを汲み取る必要はないにせよ、作品の背後にはたいてい何等かの意味で仏教の影響があることが分かる。

参考資料

◎「雨ニモマケズ手帳」について

◎「雨ニモマケズ手帳」と法華経

『新校本宮沢賢治全集』第十三巻(上)　筑摩書房
『復元版宮沢賢治手帳及び解説』　筑摩書房
小倉豊文『宮沢賢治「雨ニモマケズ手帳」研究』　筑摩書房
坂本・岩本訳注　『法華経』(上)(中)(下)　岩波文庫
宮沢清六『兄のトランク』　ちくま文庫
『新校本宮沢賢治全集』第十五巻　筑摩書房
中村元『仏教語大辞典』　東京書籍

◉埋経《まいきょう》について

「雨ニモマケズ手帳」の中で次に注目したいのは「埋経」についての記載が三ヶ所あることである。

埋経とは「経典を後世に伝えるため、経筒などに封入して地中に埋納すること。またその経典。」（広辞苑）ということである。

埋経の起こりについては、中国の慧思が末法の世となり仏教が滅びるのを防ごうと、仏滅後五十六億七千万年後に、この世に出現すると考えられた弥勒菩薩に伝えようという考えから生じたと言われる。

これが日本に伝えられ亡くなった人の為の追善供養、人々の成仏を願って行なわれるようになった。納めるのは主に「法華経」「阿弥陀経」などであったという。

寛弘四年（一〇〇七年）に奈良の金峯山に、藤原道長（九六六年～一〇二七年）が経塚を造り「法華経」「阿弥陀経」十五巻を経筒に納めた例があり、これは発掘されて金峯山神社に所蔵されている。

経典を納めた経筒は、その形や大きさは一定しないが、平安末期から鎌倉初期までは、高さ二十～三十センチメートルの精巧なものが多いが、時代が下ると簡略化され十センチメートル程になる。材質は、青銅・銅・銅板・白銅・鉄・陶・石・瓦・素焼き・土製など、さまざまであるが青銅製が多く、蓋にも工夫が凝らされ、外側に銘のあるものが多い。

それ等の経筒を埋納した場所が経塚である。古くは石に経典の文句を刻んでストウーパの底に埋納した。日本で経塚が発達した、方形の石垣の下に土を盛り上げて塚を築き、内部に石室を設け、木炭で室内を満たすなどしたり、自然の地形をそのまま利用した、多くは名の知れた山や、墓地などに作られ、その上に五輪塔が建てられる例などもあった。

これに類したものには「経石」がある。同じような目的で小石の表面に経文を墨書して土の中に埋めたもので石一個に一字記したものや、多くの文字を記したものなどもある。

また、はまぐりの貝殻の内側に経文を一字ずつ墨で書いたものを「経貝《きょうがい》」と言い、瓦に経文を彫りつけた「経瓦《きょうがわら》」なども同様に土中に埋められた。いずれも亡き人の供養や、経典が後の世まで伝えられることを願ったことであろう。

「雨ニモマケズ手帳」に最初に経筒が出てくるのは、その一三六頁である。見開きの右頁には、

『高知尾師ノ奨メニヨリ

1、法華文学ノ創作

名ヲアラハサズ、

報ヲウケズ、

2、

貢高ノ心ヲ離レ

』

と記されている。これは大正十年一月に賢治が家出上京して国柱会館を訪れたとき応対した、高知尾

智耀が後に、宮沢賢治に『私は末法の法華経の修行は、昔の出家修行と同じでない。むしろ自分の最も得意とする文芸によって法華経日蓮主義の正義を弘めるのが大切だ』と語ったのを想い出して、手帳に記したものであろう。賢治は、この趣旨に副って、八月迄の在京中に一ヶ月三千枚の童話を創作し、大きなトランクに一杯詰めて、花巻に戻り、弟清六に、「わらしこさえるかわりに書いたもや」と告げたという。

従ってこの頁には、賢治の創作の動機というものが如実に示されており、賢治の作品を解釈するための、いわばキーワードであると言えよう。

また、法華経の教えを童話の形で表現するとすれば、それは無償の行為であるべきで、それによって名声を得ようとか報いを受けようとかいう、おごり高ぶった心を持ってはいけないという自戒の言葉であろう。数字の1と2の意味は不明であるが、見出しが『高知尾師ノ奨メニヨリ』なので、高知尾師の言葉が、「法華文学ノ創作」と、別になにかもうひとつの項目があったが、想い出せず番号だけ書いたのではないだろうか。

左頁には経筒の略図が画かれている。図の部分は青色鉛筆を何度も書き加えて太くしてあり、青鉛筆で右上に「奉納」と書いた後、納を消して、その下外に「安」と記し「奉安」とした。中央には赤色鉛筆で「妙法蓮華経全品」と大きめに書き、左の下寄りに「立正大師滅後七百七拾年」と丁寧に記した。これは経筒の外に銘として記すつもりであったろう。

この経筒には、法華経の序品第一から、普賢菩薩勧発品第二十八までのすべてを納めたいという考えから「妙法蓮華経全品」と記したと思われる。また最初に奉納と書いて奉安と直したのは、一般的に「奉納」というと、神仏に献上するという意味があり、埋経は神仏に献上するという意味より、土の中に埋めて置くのだから、安置し奉ることという「奉安」の方が適当であると考え直したのであろう。戦時中に学校に設置され御真影を奉安した「奉安殿」なども、そこから生じた言葉であろうが、奉安殿などは今では死語となり、六十歳以上でなければ、「奉納」と「奉安」のニュアンスの違いなどは分かるまい。

左方の「立正大師滅後七百七拾年」とあるが、立正大師は日蓮の大師号であり、右頁の高知尾師との出会いは、家出上京中の大正十年（一九二一年）で、日蓮は承久四年（一二二二年）生れ、入滅したのは弘安五年（一二八二年）六十一歳であったから、滅後七百七拾年というのは計算に合わない。滅後七百七十年は西暦二〇五二年になるからだ。滅後七百年とすれば一九八二年となる。病中の衰弱からの錯誤であったとしか考えられない。

次に、その教筒を埋める場所について、一四三頁と一四四頁に指定してある。（図表23）

左から縦書きで、「経埋ムベキ山」と記し、六行目の松倉山を線を引いて消して、六行目に復活させ、高倉山を線で消して堂ヶ沢山を書き加え、七行目の草井山、萱山を線で引いて消し八方山に何故か◉印を付けている。手帳の一四四頁に二十一座、一四三頁十一座合せて三十二座となる。一四三頁には「二日月」と「雑草」と思われる線が数本と、一茶と書かれているが、手帳の前頁に一茶の俳句が書かれていて、その続きをメモした上に左頁からの「経埋ムベキ山」を書いてゆき、上に重ね書きとなったものであろう。なお「沼森」と「篠木峠」「鬼越山」は、紫色鉛筆で、他は黒鉛筆書きなので、この三座は後から思いついて追加したものであろう。これらの山々は、賢治が健康な頃に登山したり山野を跋渉したり、或いは地質調査、土性調査などで訪れた場所を記したのであろう。（但し「駒ヶ岳」に訪れた記録はないが、岩手山や雫石から、はっきり見えるので、岩手山の次に付け加えたものであろう。筆者の友人によると、十数年前の十月頃、宮沢清六氏が、駒ヶ岳にはまだ埋経を済ませていないと田沢湖町の国民宿舎駒草荘を訪れたが、悪天候のため登山して埋経できなかったと言う）

　これらの山々の所在地を小倉豊文が調査してまとめたものが『宮沢賢治「雨ニモマケズ手帳」研究』に掲載されているので、これによってその所在地を確認してみよう。

　この図によると北限は姫神山と岩手山を結ぶ線で、南限は東稲山と駒形山という岩手県の中心部から県南

図表23　〈経埋ムベキ山〉　（『新校本全集』第十三巻上）

一茶
沼森
篠木峠
岩山　愛宕山、蝶ケ森、
毒ケ森、鬼越山、
黒　森山、上ン平、東根山、南昌山、
大森山　~~堂井山~~八方山◉　萱山、松倉山
江釣子森山　~~松倉山~~　~~高倉山~~、堂ヶ沢山
仙人峠、東稲山、駒形山、
岩手山、駒ヶ岳／岳、姫神山／山、六角牛山、
早池峯山、鶏頭山、権現堂山、種山、物見崎
旧天山、胡四王、観音山、飯豊森、
経埋ムベキ山。

までの狭い地域に限られていることに気がつく。駒ヶ岳以外は、おそらく実地に踏査した、いわゆる土地勘のある場所であろう。

図表24　〈「経埋ムベキ山」所在地〉

所在地		数	経埋ムベキ山名	計
盛岡周辺	滝沢村	4	⑩岩手山　㉚鬼越山　㉛篠木峠　㉜沼森	13
	盛岡市	3	㉗岩山　㉘愛宕山　㉙蝶ヶ森	
	雫石町	1	⑪駒ヶ岳	
	玉山村	1	⑫姫神山	
	紫波町	4	㉓上ン平　㉔東根山　㉕南昌山	
			㉖毒ヶ森	
花巻周辺	花巻市	9	①旧天王　②胡四王　③観音山	19
			⑧権現堂山　⑰江釣子森山　⑱堂ヶ沢山	
			⑲大森山　⑳八方山　㉑松倉山	
	石鳥谷町	1	㉒黒森山	
	大迫町	2	⑥早池峯山　⑦鶏頭山	
	遠野市	3	⑨種山　⑬六角牛山　⑭仙人峠	
	北上市	2	④飯豊森　⑤物見崎	
	平泉町	2	⑮束稲山　⑯駒形山	
合　計		32		32

三十二座の山々の所在地は、

①旧天王→花巻市高木

②胡四王→花巻市槻ノ木（宮沢賢治記念館）

③観音山→花巻市高松

④飯豊森→北上市森

⑤物見崎→北上市八森

⑥早池峯山→稗貫郡大迫町

⑦鶏頭山→稗貫郡大迫町（早池峯連峰の一つ）

⑧権現堂山→花巻市滝田

⑨種　山（物見山・種山ヶ原）→遠野市・江刺市・気仙郡住田町にまたがる。

⑩岩手山（岩鷲山・霧山岳）→滝沢村・雫石町・西根町・松尾村にまたがる。

図表 25　「経埋ムベキ山」参考地図（詳しくは国土地理院発行五万分の一地図参照）
小倉豊文　『宮沢賢治「雨ニモマケズ手帳」研究』筑摩書房より

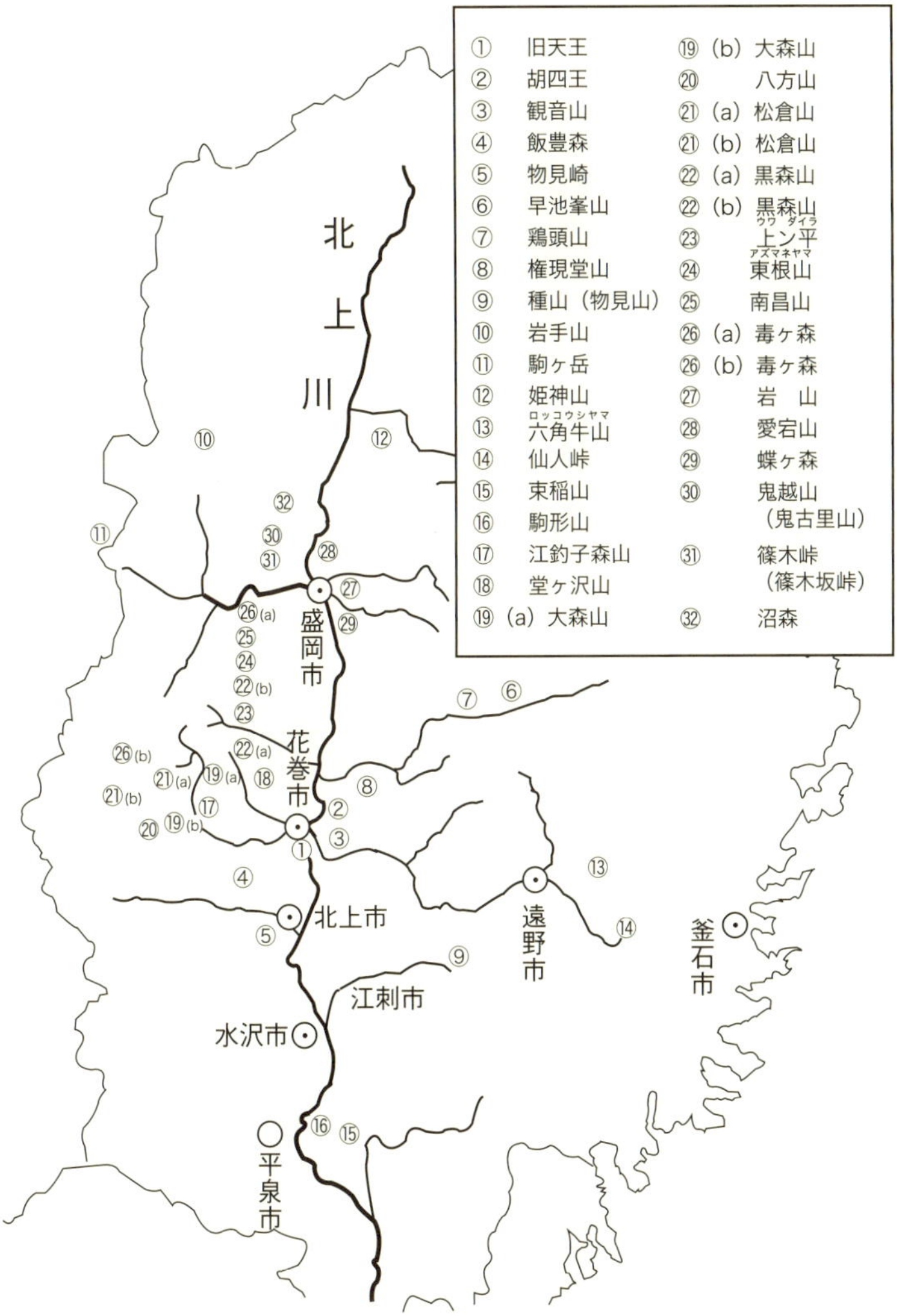

①	旧天王	⑲ (b)	大森山
②	胡四王	⑳	八方山
③	観音山	㉑ (a)	松倉山
④	飯豊森	㉑ (b)	松倉山
⑤	物見崎	㉒ (a)	黒森山
⑥	早池峯山	㉒ (b)	黒森山
⑦	鶏頭山	㉓	上ン平（ウワダイラ）
⑧	権現堂山	㉔	東根山（アズマネヤマ）
⑨	種山（物見山）	㉕	南昌山
⑩	岩手山	㉖ (a)	毒ヶ森
⑪	駒ヶ岳	㉖ (b)	毒ヶ森
⑫	姫神山	㉗	岩山
⑬	六角牛山（ロッコウシヤマ）	㉘	愛宕山
⑭	仙人峠	㉙	蝶ヶ森
⑮	束稲山	㉚	鬼越山（鬼古里山）
⑯	駒形山		
⑰	江釣子森山	㉛	篠木峠（篠木坂峠）
⑱	堂ヶ沢山		
⑲ (a)	大森山	㉜	沼森

⑪駒ヶ岳（雄駒山・雛鷲山）→雫石町・秋田県田沢湖町
⑫姫神山→岩手県玉山村
⑬六角牛山《ロッコウシヤマ》→遠野市と釜石市にまたがる。
⑭仙人峠→遠野市
⑮東稲山→西磐井郡平泉町と東磐井郡東山町にまたがる。
⑯駒形山→西磐井郡平泉町
⑰江釣子森山→花巻市
⑱堂ヶ沢山→花巻市
⑲大森山→花巻市（市内に同一名称二座あり）
⑳八方山→花巻市
㉑松倉山→花巻市（市内に同一名称二座あり）
㉒黒森山→稗貫郡石鳥谷町又は紫波郡紫波町にあり（県内にも同一名称の山あり）
㉓上《ウワ》ン平《ダイラ》→紫波郡紫波町
㉔東根山《アズマネヤマ》→紫波郡紫波町
㉕南昌山→紫波郡紫波町
㉖毒ヶ森→紫波郡矢巾町（他に松倉山の北二キロの場所にも同名の山あり）
㉗岩　山→盛岡市

㉘愛宕山→盛岡市
㉙蝶ヶ森→盛岡市
㉚鬼越山→岩手郡滝沢村
㉛篠木峠→岩手郡滝沢村
㉜沼　森→岩手郡滝沢村

以上を地区別に整理してみると、盛岡市と岩手山を中心とした岩手県中央部と、花巻市を中心とした岩手県南部と大きく二つに分けることが出来る。賢治の生まれ育った花巻周辺と、盛岡中学校、盛岡高等農林学校と合わせて十年間の青春の日々を過ごした、盛岡周辺のことが病める賢治の脳裡に懐かしく浮かんだであろうことは想像に難くないのである。

「経埋ムベキ山」の所在地を盛岡周辺と花巻周辺に分けてみたのが図表24・図表25である。山頂がいくつかの市町村に分かれているものは、便宜上いずれか一方とし、同名の山がいくつかあるものは、地図上の前後関係から一方のみ選んだ。また平泉町は、花巻市から離れているが、一地域として独立させるだけの数がないので花巻周辺に含めることにした。全部で三十二座のうち、盛岡周辺が十三座の四十一パーセント、花巻周辺が十九座の五十九パーセントである。

「経埋ムベキ山」に賢治が思いを致したとき、まず念頭に浮かんだのは、郷里花巻周辺であった。手帳の最初の一行目には、花巻市と北上市の五座を記している。第二行目と第三行目は、早池峯山、岩手山、種山などの聖なる山々、作品の舞台となった山々が記された。第四行目までは一気に書かれたが、次に一行の空白がある。ここまで書いて、一休みしたのではないだろうか。第五行目からは、一度書いたものを、線を引いて抹消したり、抹消した傍らに訂正したりと、山々の選択に苦しんだ後が残されている。五行目から八行目まで書いてまた二行文の空白があり、思い出したように、盛岡市の三座が記され、一番最後に紫色鉛筆で、鬼越山・篠木峠・沼森が付け加えられて「経埋ムベキ山」のリストが終わっている。

次に手帳の一五一頁と一五二頁には、再び経筒の略図と、経筒に記すべき銘文の文案が記されている。右頁には銘文、左頁には経筒の略図である。

此ノ筒法滅ノ后至心
求法ノ人ノ手ニ開カレン
妙 法 蓮 華 経コトヲ
翼フ
此ノ経尚世間ニ
マシマサバ人コノ筒
ヲトルコトナク再ビ
コノ地中ニ安置
セラレタシ

経
筒　妙法蓮華
経

（『新校本全集』第十三巻上）

銘文の意味は、「この経筒は仏法が滅びた後誠実な心で仏法を求めて世に広めようとする人の手によって開かれんことを願う。もしこの経筒を見つけた時に、まだ法華経が世に行われているならば、見つけた人は、この筒を我が物にしないで、もう一度この地中に安置して下さい。」

「法滅」というのは、仏教の滅びることで、釈迦の入滅後、五百年を正法（釈迦入滅後正しい教えが行われる）その後一千年を像法（釈迦の教法は存在するが、真実の修行は行われない）その後の一万年を末法（仏の教えがすたれ、修行する者、悟りを得るものもなくなる）と言う。

賢治は、このように「法滅」の後まで、此の世に法華経が残されることを冀ったのである。（手帳の「翼フ」は「冀フ」の誤字）

法華経の信者で、三十二箇所にまで埋経しようと願った人は、これまで日本に存在したであろうか。賢治の熱烈な願いに頭が下がる思いである。

法華経を世に広めようという志は、賢治の遺言に、「国訳妙法蓮華経を一千部おつくり下さい。表紙は朱色、校正は北向氏、お経のうしろには『私の生涯の仕事はこのお経をあなたのお手もとに届け、其中にある仏意に触れて、あなたが無上道に入られますことを。』ということを書いて知己の方々にあげて下さい。」と言ったとのことである。

賢治にとっては、心血を注いで書いた作品の出版を願うより、国訳妙法蓮華経の出版を願ったのである。この遺言は、父と弟によって実行された。そしてまた、この「国訳妙法蓮華経」が、手帳に書かれていたような経筒に納められて父政次郎と弟清六の手によって、賢治の三回忌にあたる昭和十年（一九三五年）から次々と各地の山々に埋められたという。日蓮宗の信者達の中で、このような埋経をした者があったろうか。賢治は生涯の最後まで法華経の信者であり、友人知己を法華経の信仰に導き無上道に入ることを願っていたのである。賢治の作品を読む時に、我々はそのことに思いを致したいものである。

◉常不軽菩薩か観世音菩薩か

「不軽菩薩」について「雨ニモマケズ手帳」の一二二頁から一二四頁に記載されていて、「雨ニモマケズ」の中に「ミンナニ／デクノボート／ヨバレ／ホメラレモセズ／クニモサレズ／サウイフ／モノニ／ワタシハ／ナリタイ」と書かれていることから賢治を常不軽菩薩と見ている場合が多かった。小倉豊文も『賢治は、この不軽菩薩の再来ともいうべきか。』と述べている。

しかし常不軽菩薩は、出会った人々に「あなた方は皆菩薩として修行し仏陀になられる方々ですので心から尊敬します」と告げて歩いただけである。賢治の理想像は常不軽菩薩であり「サウイフモノニワタシハナリタイ」と願っているけれども、賢治の行動は常不軽菩薩より観世音菩薩の行動ではあるまいかと考えられる。それは「雨ニモマケズ手帳」の前半の部分を読んでみると理解できよう。

五三頁の「ヨク／ミキキシ／ワカリ／ソシテワスレズ」と五四頁から五七頁までの、

『東ニ病気ノコドモ
　　　アレバ
行ッテ看病シテ
　　　ヤリ
西ニツカレタ
　　　　母アレバ
行ッテソノ
　　稲ノ束ヲ
　　　　負ヒ
南ニ
死ニサウナ人
　　　　アレバ
行ッテ
　コハガラナクテモ
　　イ、

行ッテ　トイヒ
北ニケンクヮヤ
　ソショウガ
ツマラナイカラ　アレバ
　ヤメロトイヒ』

の部分に注目しよう。

妙法蓮華経観世音菩薩普門品第二十五で、無尽意菩薩が釈迦に観世音菩薩は何故観世音菩薩と呼ばれるかと問うたのに、次のように答えられた。

『善男子《ぜんなんし》よ、若し無量百千万億《むりょうひゃくせんまんのく》の衆生《しゅじょう》ありて、諸の苦悩を受けんに、この観世音菩薩を聞きて一心に名《みな》を称《とな》えば、観世音菩薩は、即時《ただち》にその音声《おんじょう》を観《かん》じて皆、解脱《まぬが》るることを得せしめん。』

観世音菩薩は、別名観自在菩薩、光世音、観世音、観音、観自在、救世《くぜ》菩薩、施無畏者、蓮華手菩薩などとも言い、観音さまの名で人々に親しまれている。

その名のいわれは、人々が救いを求める声を聞くと直ち

雨ニモマケズ

雨ニモマケズ
風ニモマケズ
雪ニモ夏ノ暑サニモマケヌ
丈夫ナカラダヲモチ
慾ハナク
決シテ瞋ラズ
イツモシヅカニワラッテヰル
一日ニ玄米四合ト
味噌ト少シノ野菜ヲタベ
アラユルコトヲ
ジブンヲカンジョウニ入レズニ
ヨクミキキシワカリ
ソシテワスレズ
野原ノ松ノ林ノ蔭ノ

に赴いて救うということであるから、賢治の言う、

『ヨク　　ミキキシ
　　　　　　ワカリ
ソシテ
ワスレズ』

と記したのは、観世音菩薩の姿そのものであると考えられよう。又その功徳について偈で答えられている。

『われ汝が為に略して説かん名《みな》を聞き及び身を見て
心に念じて空しく過さざれば　能く諸有《あらゆる》苦を滅せん。
仮使《たとい》、害《そこの》う意《こころ》を興して　大いなる火坑《かきょう》に推し落さんも
彼の観音の力を念ぜば　火坑は変じて池と成《な》らん。
或いは巨海《こかい》に漂流《ひょうる》して　竜・魚・諸の鬼の難あらんに
彼の観音の力を念ぜば　波浪も没《もつ》すること能わざらん。
或いは須弥《しゅみ》の峯に在りて　人のために推し堕《おと》されんに
彼の観音の力を念ぜば　日の如くにして虚空《こくう》に住《とどま》らん。
或いは悪人に逐《お》われて　金剛山《こんごうせん》より堕落《だらく》せんに

小サナ萱ブキノ小屋ニヰテ
東ニ病気ノコドモアレバ
行ッテ看病シテヤリ
西ニツカレタ母アレバ
行ッテソノ稲ノ束ヲ負ヒ
南ニ死ニサウナ人アレバ
行ッテコハガラナクテモイヽトイヒ
北ニケンクワヤソショウガアレバ
ツマラナイカラヤメロトイヒ
ヒドリノトキハナミダヲナガシ
サムサノナツハオロオロアルキ
ミンナニデクノボートヨバレ
ホメラレモセズ
クニモサレズ
サウイフモノニ
ワタシハナリタイ

彼の観音の力を念ぜば　一毛をも損すること能わざらん。
或いは怨賊の遶《かこ》みて　各刀《おのおのつるぎ》を執りて害を加うるに値《あ》わんに
彼の観音の力を念ぜば　咸《ことごと》く則《ただ》ちに慈《いつくしみ》の心を起《おこ》さん。
或いは王難の苦《くるしみ》に遭《あ》い　刑《つみ》せらるるに臨みて寿《いのち》終らんと欲《せ》んに
彼の観音の力を念ぜば　刀《つるぎ》は尋《にわか》に段段に壊《おれ》なん。
或いは枷鎖《くびかせくさり》に囚《とら》え禁《とど》められ　手足に杻械《てかせあしかせ》を被《こう》むらんに
彼の観音の力を念ぜば　釈然《とけさり》て解脱《まぬが》るることを得ん。
呪詛《のろい》と諸の毒薬に　身を害《そこな》われんと欲《せ》られん者は
彼の観音の力を念ぜば　還って本の人に著《つ》きなん。
或いは悪しき羅刹《らせつ》・毒竜《どくりゅう》・諸の鬼等に遇わんに
彼の観音の力を念ぜば　時に悉く敢えて害《そこなわ》ざらん。
若し悪獣に囲遶《いにょう》せられて　利《と》き牙爪《きばつめ》の怖るべきあらんに
彼の観音の力を念ぜば　疾《と》く辺無《はてし》き方に走らん。
蚖《とかげ》・蛇《へび》及び蝮《まむし》・蝎《さそり》の　気毒《けどく》の煙火《えんか》の燃《も》ゆるごとくならんに
彼の観音の力を念ぜば　声に尋いで自ら廻《かえ》り去らん。
曇《くも》りて雷《いかづち》鼓《な》り掣電《いなずまひらめ》き　雹《あられ》を降らし、大雨を澍《そそ》がんに
彼の観音の力を念ぜば　応時《ただちに》消散することを得ん。』

これらは、いわゆる七難を意味し、日常突然我々を襲う火難・水難・羅刹難・王難・鬼難・枷鎖難・怨賊難などであるが、それらの人々の苦難の声を聞いて人々の救いに赴くとされている。普門品の普は普《あまね》くで、あらゆる方向を意味し、門は救済の門を開くという意味である。

「雨ニモマケズ」の中で東の病気の子供、西に疲れた母、南に病む人、北に争いごとがあるときに「行ッテ」それを救おうということは、丁度観世音菩薩が救いを求める声、「念彼観音力《ねんぴかんのんりき》」を聞きつけて救いに行く行為と一致しているのではないだろうか。常不軽菩薩のように、『われ汝を軽《かろ》しめず汝等は道を行《ぎょう》じて　皆当に仏と作るべければなり』と唯述べて歩くだけではなく、いわば観世音菩薩は、人々を実践行動によって救済しようとしている点が賢治と似ているであろう。

観音菩薩はサンスクリット語でアバローキテーシュバラアバロキータ（Avalokites' vara）と言い、（Avalokita）とイーシュバラ（I' svara）の合成語である。アバロキータは「観」イーシュバラは「自在」と訳され、「観自在菩薩」としたのは玄奘三蔵であった。それ以前には、鳩摩羅什《くまらじゅう》によって「観世音菩薩」と訳されていた。観自在菩薩は逐語訳、観世音菩薩は意訳と言えよう。「般若心経」では「観自在菩薩」で始まっている。

観世音菩薩の呼び方が広く行われているのだが、唐の時代太宗（五九八年～六四九年）の李世民の「世」の字を憚って取り除き以後観音菩薩と呼ばれるようになった。日本では観音さんの名で広く親しまれてきた。

観音菩薩が衆生の道を求める声に応じて直ちに教えに赴くことから、観音は三十三の姿に変えて何時いかなる所にも出現するという考えから三十三応身が考えられた。それは仏身、辟支仏《びゃくしぶつ》身、声聞《しょうもん》身、梵王《ぼんのう》身、帝釈《たいしゃく》身、自在天身、大自在天身、天大将軍《てんだいしょうぐん》身、毘沙門《びしゃもん》身、小王身、長者身、居士《こじ》身、宰官《さいかん》身、婆羅門《ばらもん》身、比丘《びく》身、比丘尼《びくに》身、優婆塞《うばそく》身、優婆夷《うばい》身、長者婦女《ちょうじゃぶにょ》身、居士婦女身、宰官婦女身、婆羅門《ばらもん》婦女身、童男身、童女身、天身、竜身、夜叉《やしゃ》身、乾闥婆《けんだつば》身、阿修羅《あしゅら》身、迦楼羅身、緊那羅《きんなら》身、摩睺羅伽《まごらか》身、執金剛神《しゅうこんごうじん》身である。

また観音菩薩像を造像するときに、三十三に変化するとして、次の三十三観音が造られた。

楊柳観音、龍頭観音、持経観音、円光観音、遊戯観音、白衣観音、蓮臥観音、施薬観音、滝見観音、魚籃観音、徳王観音、水月観音、一葉観音、青頭観音、威徳観音、延命観音、衆宝《かるら》観音、岩戸観音、能静観音、阿耨観音、阿摩提《あまだ》観音、葉衣観音、瑠璃観音、多羅尊観音、蛤蜊観音、六時観音、普悲観音、馬郎婦観音、合掌観音、一如観音、不二観音、持蓮観音、灑水《しゃすい》観音

これとは別に聖観音、十一面観音、千手観音、馬頭観音、如意輪観音、不空羅索観音を六観音といい、准胝観音を加えて七観音ともいう。

平安時代の中頃から西国三十三ヶ所観音巡礼が行われ、鎌倉時代以降に坂東観音霊場、秩父観音霊場（三十四ヶ所）が成立し、西国、坂東、も秩父と合わせて百観音巡礼が行われるようになった。

賢治は花巻農学校退職後、羅須地人協会を設置して、農業技術の指導、農村文化の創造を志したが、治安維持法などにより、集会活動ができなくなってから、花巻周辺、稗貫郡を中心にして、各地で農事講演会、肥料相談、肥料設計を実施した。

友人の森佐一あてに大正十五年八月に出した葉書（書簡219）には『二十二日の旧盆からかけて例の肥料の講演や何かであちこちの村に歩かなければなりませんから、お約束のお出でをしばらくお待ちねがひます。九月に入ってからなら大丈夫です。まづは』と書いている。活発な活動を実行していたことが分かる。

これは全くの無報酬の手弁当の活動であった。（今日ではボランティアである。）お礼に出される昼食さえも固辞したという。このような活動は、まさに観世音菩薩の姿そのものではあるまいか。賢治は大正十年に国柱会で高知尾智耀が、自分の得意とする分野で、法華経日蓮主義を弘布すべきだと教えられたが、賢治は文芸の他に、もうひとつ得意な分野があったのである。それは盛岡高等農林学校で学んだ最新の農業技術であった。

当時冷害に打ちひしがれ疲弊のどん底にあった農家の藁にも縋りたい気持ちから、稲作の安定多収を望む農家の要望に、賢治は応じようと東奔西走する姿は、観音菩薩の化身のように思われる。賢治は無意識のうちに、「雨ニモマケズ」の中に、観音菩薩に通ずる言葉を書き残したのである。

しかし独居自炊生活による粗食と不規則な生活と過労によって、神仏ならぬ生身の賢治は、この夏既に風邪により発熱した。これが結核の前触れであった。農閑期に入った十一月には数日間入院治療した形跡がある。

昭和二年夏は天候不順であったが、賢治は各地で肥料設計をした。昭和三年三月には石鳥谷に肥料相談所を開いた。この年も天候不順で不作の恐れがあり農業指導を行ったが、八月ついに発熱し、羅須地人協会から豊沢町の実家に戻り療養生活に入った。この日以後、再び羅須地人協会に帰ることは無かった。

参考資料

◎埋経について

◎常不軽菩薩か観世音菩薩か

『新校本宮沢賢治全集』第十三巻上、十五巻　筑摩書房
『復元版宮沢賢治手帳及び解説』　筑摩書房
小倉豊文『宮沢賢治「雨ニモマケズ手帳」研究』　筑摩書房
宮沢清六『兄のトランク』　筑摩書房
坂本・岩本訳注『法華経』下　岩波文庫
中村元『仏教語大辞典』　東京書籍
中村元『図説仏教語大辞典』　東京書籍
「真世界」一九八三、九月号　真世界社
望月信成『美の観音』　創元社
鎌田茂雄『観音のきた道』　講談社現代新書

◉「雨ニモマケズ手帳」に見る闘病生活

四章の「『雨ニモマケズ手帳』について」で賢治が法華経を支えとして闘病生活を送っていたことを説明したが、「雨ニモマケズ手帳」の中から、更に具体的に述べられている事柄を探ってみよう。「雨ニモマケズ手帳」に記された事項が、後に作品として昇華されてもいるが、手帳に記載されているものが、より賢治の当時の心境を明らかにしていると思われる。（手帳の文章は、小倉豊文『雨ニモマケズ手帳」研究』（筑摩書房）による。）

A「病血熱すと雖も」

（語注）

病血熱す＝血液の中に結核菌などにより発熱している。

悪念＝悪い心、他を恨む執念。

瞋恚《しんに》＝自分の心に違《たが》うものをいかりうらむ。「瞋」は悟を阻害する貪・瞋・癡の三毒のうちの一つである。

名利＝名誉と利益。財欲・色欲・飲食欲・名誉欲・睡眠欲の人間の欲望、五欲のうちの二つ。

童子嬉戯＝法華経譬喩品第三で、三車火宅の譬があり、「長者の大邸宅に、門が一つしか無く、その中で沢山の長者の子が住んでいた。ある時火事になったが、子等は、外の大火にも気付かず遊びたわむれていた」からの引用か。他に方便品第二にも「童子の戯れに若しくは草木及び筆或いは指の爪甲をもって画いで仏像を作る」がある。

四大＝すべての物体を構成する四つの要素（元素）地・水・火・風のこと。人間の体もこの四大により成り立ち、死ぬことを「四大空に帰す」と言う。

「病血熱すと雖も」
—第五頁から第一一頁まで—

◎病血熱すと雖も
斯の如きの悪念を
仮にもなす
再び
こと勿れ
斯の如きの瞋恚先づ
身を敗り人を壊り
順次に増長し
て遂に絶するなからん
それ瞋恚の来る処
多くは
名利の故なり
血浄く胸熱

悪相＝悪い人相。不吉なありさま。

五蘊《うん》＝蘊は集める、色・受・想・行・識の五つの集まり、色は体で、他の四つは精神だから身心ということ。

十界＝仏・菩薩・縁覚・声聞《しょうもん》・天上・人間・修羅・畜生・餓鬼・地獄の十の世界のこと。十界成仏は、すべてが成仏できるという考え、天台教学の「十界互具」はそれぞれの世界が他の九界をも含むとする考えである。その象徴が日蓮宗の「十界曼荼羅」である。

（大意）

　病気が進んでも、このような悪心を再びしてはいけない。恨み怒りの心は、自分自身を傷つけ、他人も痛めつけ、それがだんだん増えてゆき、無くなることはないだろう。こういう心は、人間の飽く

せざるの日一切を
　身自ら名利を離れたりと負し
童子嬉戯の如くに
思ひ
　　私にその
念に誇り酔ふとも
見よ四大僅に和
を得ざれば忽ちに
諸の秘心斯の如きの
悪相を現じ来って
汝が脳中を馳駆し
　或は一刻

或は二刻或は終に
唯是修羅の中を
　さまよふに
　非ずや
さらばこれ格好の
　道場なり
三十八度九度の熱悩
肺炎流感結核の諸毒
汝が身中に充つるのとき
汝が五蘊の修羅
を化して或は天或は
菩薩或仏の国土たらしめよ

なき欲望から来ている。

　血液から病毒が去り、熱も下がったら、すべての欲望を離れて童のように無邪気な心になりたいと思っても、身心が病んでくると、おさえ、かくしていた邪念が三十分或いは一時間と脳の中を駆けめぐり、修羅界をさまようのである。

　だからこの病む身体は道を究めるための道場のようなものだ。発熱して病原菌がはびこってきたときこそ、お前の体に住む修羅を、天上界、菩薩界、仏界に変えることができよう。このことが出来ないならばどうして十界成仏などを、他人に語ることができようか。

（まとめ）

　これを読むと、賢治がいかに自省の心を抱いていたか分かるであろう。死の十日前に教え子の柳原昌悦あての書簡にもそのことが表現されている。『私のかういふ惨めな失敗はただもう今日の時代一般の巨きな病、「慢」といふものの一支流に過つて身を加へたことに原因します。僅かばかりの才能とか、器量とか、身分とか財産とかいふものが何かじぶんのからだについたものでもあるかと思ひ、じぶんの仕事を卑しみ、同輩を嘲けり、いまにどこからかじぶんを

この事成らずば
如何ぞ汝能く
十界成佛を
談じ得ん

所謂社会の高みへ引き上げに来るものがあるやうに思ひ、空想をのみ生活し却って完全な現在の生活をば味ふこともせず、幾年かが空しく過ぎて漸くじぶんの築いてゐた蜃気楼の消えるのを見ては、ただもう人を怒り世間を憤り従って師友を失ひ憂悶病を得るといったやうな順序です。』「雨ニモマケズ手帳」は昭和六年に書かれたので、その時の反省が二年後にこの手紙が書かれた時にもはっきり示されていて、賢治の心情を察知できる。

また、この詩句の背後には、日蓮宗の信仰が見え隠れしており、随所にそれが現れている。賢治が作品としてまとめる時には日蓮宗、法華経、あるいは仏教的色彩をなるべく薄めようとしているのに比べて、生の声が聞かれるように思う。

また病苦に喘ぎながら、そのことが求道の場であるとして、災いを転じようとする決意が読み取れるのである。そして、十界成仏、十界互具を信じ、やがては己の成仏をさえ確信していたもののようである。

B 「十月廿日」

（語注）

西の階下＝賢治の病室は二階にあった。同居している末の妹クニの部屋は階下にあった。二階は八畳一間で、南向きの窓があり明るい日射しの入る部屋で、賢治が終焉を迎えたのも、この部屋である。

　後の詩句で説明があるように、昭和三年十二月に肥料設計で東奔西走し、過労で倒れ急性肺炎になった時、妹クニとその婿養子主計（旧姓刈屋、昭和三年九月縁組）の新婚夫婦の部屋が二階で、賢治の病室は階下の、すき間風の入る暗い部屋だったので、妹夫婦の配慮で、部屋を交換し、賢治は二階に、妹夫婦は階下に移動したのであった。

「十月廿日」
—第一七頁から第二五頁まで—

十月廿日
◎
この夜半おどろきさめ
耳をすまして西の階下を聴けば
あゝまたあの児が
　咳しては泣き
　また咳しては泣いて
　　居ります
その母のしづかに教へ
　なだめる声は
合間合間に
絶えずきこえま□（「す」の書きかけであろう）
あの室は寒い室でございます
昼は日が射さず

　あの児＝姪のフジのこと、（昭和四年二月十五日生）宮沢家の関係を知るには次の「宮沢家系図」による。（図表26）
四月病んだ＝昭和三年八月中旬発病（両側肺浸潤）自宅で療養を始めてから十二月まで、ほぼ四ヶ月経過していた。（ヨツキ）
去年から病やうやく癒え＝去年というのは、この手帳は昭和六年に書かれたものだから去年というのは昭和五年のことで、この頃小康を得て、好きな花壇造りをし、姪のフジも手伝ったようで、子供の居ない賢治がフジを慈しんでいる様子が目に浮ぶ。賢治のフジのスケッチ画にも、それが表れている。「Fuji Miyazawa 30th aug. 1933」とあるので、亡くなる昭和八年の八月（フジ四歳）に書かれたものである。

夜は風が床下から床板のすき間をくゞり
昭和三年の十二月
私があの室で急性肺炎になりましたとき
新婚のあの子の父母は
私にこの日照る広いじぶんらの室を与へ
じぶんらはその暗い私の四月
病んだ室へ入って行ったのです
そしてその二月
あの子はあすこで生れました
あの子は女の子にしては心強く
凡そ倒れたり落ちたり
そんなことでは泣きませんでした
私が去年から病やうやく癒え
朝顔を作り菊を作れば
あの子もいっしょに水をやり
蕾ある枝もきったり
時にはいたしました
この九月の末私はふたゝび
東京で病み
向ふで骨にならうと覚悟してゐましたが

この九月の末＝昭和六年九月二十日東京で発病、二十八日に帰花した。
ごあんす＝花巻地方の方言、「ございます」の意。
わがないもや＝花巻地方の方言、わからない或いは、だめだの意。

図表26〈宮沢家系図（1）〉

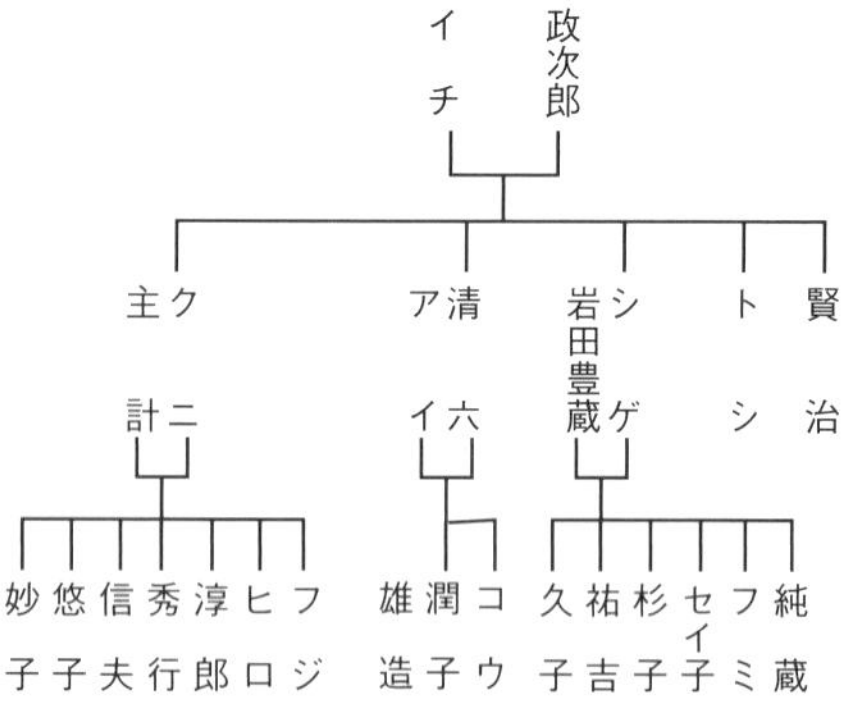

こたびも父母の情けに
　帰って来れば
あの子は門に立って笑って迎へ
また階子から

お久しぶりでごあんすと
　声をたえだえ叫びました
あゝいま熱とあえぎのために
心をとゝのへるすべをしらず
それでもいつかの晩は
わがないもやと云って
今夜はたゞたゞ　ねむってゐましたが
　咳き泣くばかりで
　　ございます
あゝ大梵天王こよひはしたなくも
こゝろみだれて
　あなたに訴へ奉
　　ります
あの子は三つではございますが
直立して合掌し
法華の首題も唱へました
　如何なる前世の非にもあれ

たゞかの病かの痛苦をば
　私にうつし賜はらんこと

大梵天王＝仏教では、世界を欲界、色界、無色界の三つに分け、欲界の上に禅定者の世界があり、その一番下が初禅で、それが更に、大梵天界、梵輔天界、梵衆天界に分ける。大梵天界の王が大梵天王で、諸天界の最高位として仏法の守護神とされる、単に梵天王とも梵天ともいう。之はインド思想のブラフマン（梵）という、すべての根源をなすものの神格化で仏教に取り入れられて、守護神となった、秋田県の祭りに登場する梵天《ぼんでん》は、これを象ったものであろう。略図で次に示す。（図表27）

法華の首題＝首題とはお経の題名のこと。ここでは、南無妙法蓮華経のこと。お題目を唱えたことを意味する。

（大意）

　夜中に目覚めると階下で姪のフジが風邪をひいたのか、しきり咳をして泣いている。母のクニがやさしくなだめている。

　その部屋は私が昭和三年十二月まで病臥していた日の当らない、隙間風の吹き込む所でしたが、新婚の妹クニ夫婦が、日当りの良い二階の、この部屋を交換して階下に移りました。

姪のフジ（賢治の父政次郎にとっては宮沢家の初孫）はそこで生れました。

　フジは気が強く、忍耐心があり、ちょっとのことでは泣きませんでした。私が病気が治って花壇造りをしていると傍に来て手伝うのでした。そして昭和六年九月、東京で発病して帰って来たらフジは門の所で、お久しぶりでごあんすと迎えてくれた。

　今夜は咳をして泣いて苦しむばかりです。仏教の守護神の大梵天王に心乱れながらお願い申しあげます。フジは三歳ですが合掌もしお題目も唱えることができます。前世の因果でこのように病み苦しむのでしょうか。フジの苦痛を、どうか私に移してください。

図27 〈大梵天界〉
（田口昭典『賢治童話の生と死』より）

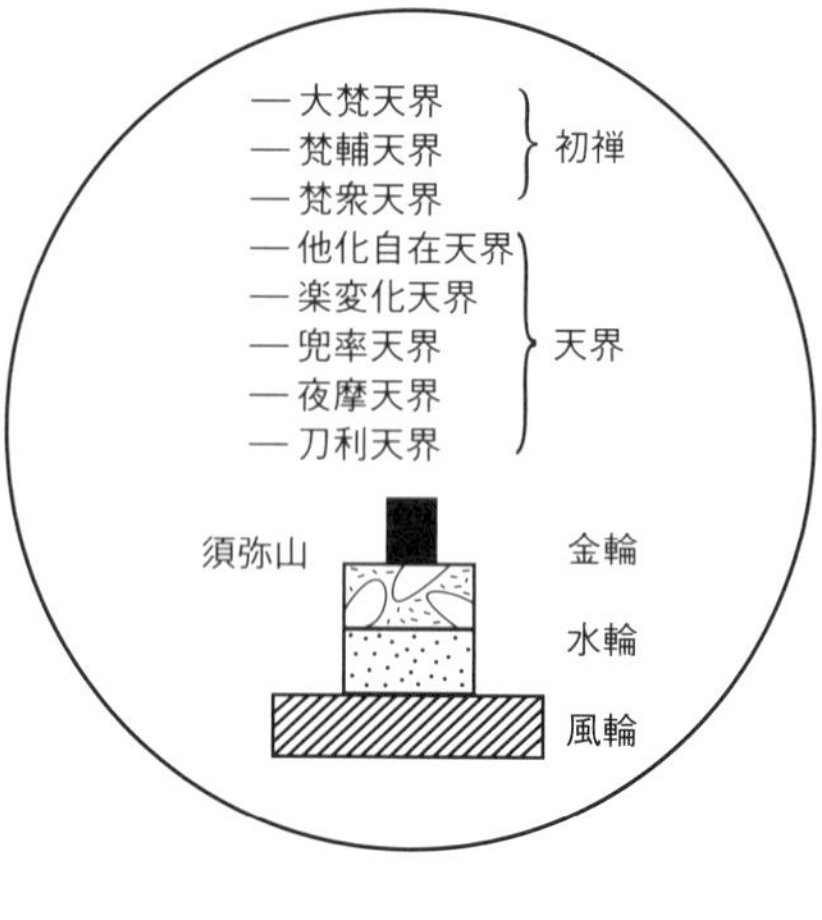

（まとめ）
　この詩句により、昭和三年の病臥から、昭和六年の再発までの賢治の動向がわかる。また賢治の家族が病身の賢治をいたわっている感じも伝わってくるし、賢治の家族愛、特に姪のフジに対する我が子のような愛情、風邪に苦しむフジの痛苦を我が身に引き受けようとまで言う、賢治の愛情に

は打たれる。

また、フジの病苦を我が身に引き受けようと梵天王という仏教の守護神に祈り、また前世の非というように三世の因果応報の考えを示し、また幼いフジが既に南無妙法蓮華経を唱えていることから、この頃既に宮沢家では日蓮宗の教義が公認されていたようである。そうでなければ、フジが唱題などする筈がないと考えられるからである。平易な中にも賢治の信仰心の深さ、細やかな家族愛、また闘病生活の断片を窺うことができよう。

C　「快楽もほしからず」

（語注）

快楽＝カイラクと言えば、官能が充たされてきもちよく楽しいことであるが、仏教のケラクは、単なる楽しいことでなく宗教的な楽しさを意味し、快楽不退楽《けらくふたいらく》は、極楽に往生して得られる清らかで失われることのない楽しみを意味し、ここでは宗教的な快楽《けらく》と取りたい。

下賎＝身分が低く品性もいやしいこと。

癈躯＝すたれて役に立たない体（病躯）。

一塵＝塵は微塵ともいい、物質を構成する原子のことでもあり、塵点劫《じんでんごう》または久遠塵点劫《くおんじんでんごう》という無限に長い時間も意味する。一塵を点ずるとは、法華経の僅かな一部分でも世に知らせること、我が身が無限の時間のうちの一点としても法華経を明らかにしたいという意味もあろう。法華経如来寿量品に『人ありて抹《す》りて微塵《みじん》となし、東方五百千萬億那由他阿僧祇《なゆたあそうぎ》の国を過ぎて、乃ち一塵を下し、かくの如く、東方に行きて、……』同じくまた『この諸の世界の、若くは微塵を著《を》けるものと著《を》かざりしものとを、尽《ことごと》くもっと塵となし、一塵を一劫とせん。』というように「一塵」というように表されているが、こういうことも、賢治の脳裡にあっただろう。

28＝十月二十八日（昭和六年の）を意味する数字、この日に記されたものであろう。

（大意）

快楽も名誉も欲しくない。今はただ病み疲れたいやしい体を法華経を広めるために役立ちたい、若し許されるならば父母の言うがままの召使いのようになって仕え、海山より深い恩に酬い得よう。病苦の中で自分の必死の願いはただこれだけです。

（まとめ）

快楽も名誉も今は求めないということは、賢治は、それ以前に、そういう願望を持っていたのではないだろうか。病気療養中に、そういう願望は捨ててしまって、残る人生は父母の恩に報いようという決心を語っている。

賢治が自分で収入を得て働いたのは、農学校教諭をしていた四年四ヶ月だけで、それ以外はすべて親掛りであった。賢治が自由奔放

「快楽もほしからず」
―第三七頁から第四〇頁まで―

◎快楽も
　　ほしからず
28　名
　　もほしからず
いまはたゞ
　下賤の癈躯を
法華経に
　　捧げ奉りて
　捧

一塵をも
　　点じ
許されては
　父母の下僕と
　　なりて
その億千の
　恩にも酬へ得ん
病苦必死のねがひ
　この外に
　　なし

に天空を羽搏くことができたのは両親の暖い庇護があったればこそである。賢治が逸脱しようとすると厳しく戒める父、賢治と父の対立を、中に立って修めようとする母、厳父慈母の典型である。ともすれば、父政次郎は天才賢治を抑え付けた俗物であるという見方をする人もいるが、それは一面をのみ見ているので、賢治が才能を発揮できたのは、両親の支えがあったからで、賢治自身もそのことを良く理解していたと思う。

　両親だけでなく、弟妹も良く兄を知り、尊敬していたのである。いわば賢治は家族愛に包まれていたと言っても過言でない。敗戦直前の八月十日花巻大空襲の時に防空壕の中の賢治の原稿を弟清六が身を挺して守り抜き、それによって多くの原稿が助かり、その作品が我々が読めるようになった。弟清六が兄賢治のために死を賭してまで原稿を守ったのは、その価値を知り、兄を心から愛すればこその行動であったと思われる。

　またこの中にも賢治の深い仏教の知識がちりばめられていることが分かる。快楽《けらく》、一塵などの他に、法華経に我が身を捧げようとさえしているのである。

D　「疾すでに治するに近し」

（語注）

10.29＝昭和六年十月二十九日のこと。「快楽もほしからず」を記入した次の日に引き続き書かれた。

不徳＝不道徳、道理に背くこと。

快楽《けらく》＝Cで解説した。

自欺的＝自分で自分を欺くような。

「疾すでに治するに近し」

―第四一頁から第四六頁まで―

10.29

◎疾すでに
　治するに近し
警むらくは
　再び貴重の
健康を得ん日
苟も之を
不徳の思想
目前の快楽

寸毫＝すこしも、きわめて僅かでも、毫は細い毛のこと。

法＝法華経の教えのこと。

遠離《おんり》＝普通はエンリと言い、遠く離れることであるが、法華経の従地涌出品第十五に『況んや、また単《ただ》、己《おの》れのみにして遠離《おんり》の行《ぎょう》を楽《ねが》えるものをや』と人々から遠ざかった所で修行する、と言う一節があり、これによると思われ、法華経が賢治の骨肉と化していたことが窺われる。

（大意）

この前の日、二十八日には、「病苦必死のねがひ」と記したが一転して此の日は、病気が治ってきたようだとし、健康になったらその貴重な日々を道理に背いたり、目の前の快楽にとらわれた

つまらぬ見掛け
先づ——を求めて
　以て——せん
といふ風の
　自欺的なる
　　行動
に寸毫も
　委する
　　　なく
厳に
日課を定め
法を先とし

父母を次とし
近縁を三とし
　農村を
最后の目標として
只猛進せよ
利による友、快楽
を同じくする友盡く
之を遠離せよ

り、自分自身を偽るような行動は少しでもとらないで、厳しく日課を決めて、第一に法華経を、第二に両親を、第三には近縁の人々を、最後は農村のために邁進することを誓う。利益を求めたり快楽を求める友は、すべてこれを遠ざけて、たった一人でも精進しよう。

（まとめ）

賢治の病気は一進一退で、病気の苦しみが襲うときは前途を悲観するが、気分の良いときには、病気が治って健康体を取り戻したときのことを、いろいろと考えたと思う。ここでは健康体を取り戻したときの予定を脳裡に画いている。

健康になったら第一にすることは、法華経の信仰を深め、それを実践することであると言い切っている。これを見ても賢治と法華経を切り離すことができない、賢治と法華経のかかわりを理解しないで賢治を論ずることは無謀の譏りを免れないであろう。

次は生涯にわたって迷惑と心配を掛け通しであった両親の恩に報いたいという思いを述べているようである。また健康を取り戻したら羅須地人協会の挫折や、肥料設計の中断を乗り越えて、農村振興のために猛進したいという決意が記されているが、賢治のこの願いは、とうとう実現する日は来なかったのである。しかし病臥中にも没年まで肥料相談に応じていたことは、『新校本全集』十五巻書簡の中で明らかである。また死の前日に訪れた農民の質問に応じ、そのために病状が悪化して、次の日亡くなったのである。賢治は言葉で「猛進」するだけでなく、病床にあっても、最後まで農村のことが頭を離れず、農民のために尽くそうとしたのである。当時最低の生活を強いられていた農民の生活の向上が、「世界が全体幸福」になる道であると考え、菩薩道を行じたと言えよう。

E 「疾みて食摂ルニ難キトキノ文」

（語注）

11.6＝昭和六年十一月六日のこと。

オン舎利＝仏または聖者の遺骨のこと。法華経序品第一に『また、菩薩にして 仏の滅度の後に舎利を供養するものあり。』と記されているのが念頭にあったことは疑いない。仏の遺骨から転じて、米つぶのことも言う。また戦時中食糧不足の時代に白米の飯を「銀舎利」といい貴重視された。

光明＝明るく光り輝くことであるが、仏教では、仏・菩薩の智慧を象徴する語で、迷いの闇を打ち破り、真理を表す。ここでは後者の意味であろう。

十方＝十の方向。東・西・南・北・東南・西南・西北・東北・上・下のこと。だからあらゆる世界の諸々の菩薩ということ。

「疾ミテ食摂ルニ難キトキノ文」

―第六七頁から第七〇頁まで―

疾ミテ
11.6　◎　食攝ルニ
難キトキノ文
コレハ諸佛のオン舎利
ナレバ
一粒ワガ身ニ
イタヾカバ
光明身
ウチニ張リテ
病カナラズ
癒エナンニ

癒エナバ邪念
マタナクテ
タヾ十万ノ諸菩薩
ト
諸佛ニ報ジマツマン
ト
サコソ
オロガミ
マツルナリ

（大意）

D「疾すでに治するに近し」と健康恢復についての希望と、その後の決意を述べた後に、十一月三日には「雨ニモマケズ」を書いたが、その三日後には、再び病苦が襲って来たと思われる。食欲も無く体力も衰えて来たが、食事をとらなければ益々病気に負けるので、御飯（お粥か？）を食べようとしている。一粒の米も、仏陀の遺骨だと思えば、迷いを打ち破り力が漲ってきて、病気もかならず治るだろう、治ったなら、邪悪な心も無くなって、世界の中の諸々の仏様の御恩に報いようと、まったく心からそのように拝みたてまつります。

（まとめ）

賢治の闘病生活の一断面を明瞭に活写している詩句と言えよう。病気が一進一退し、病勢が進み、食欲が減退してきたときに、なんとかして食べようと、自分の心を奮い立たせようとし、米の一粒一粒が仏陀の遺骨であり、それを食することによって、病気に打ち勝ちたいという願望が、ここには籠められている。

そして、なお病が癒える日のことを念じ、その時は舎利（米粒）

によって助けられたことを忘れないで、諸々の仏・菩薩に報恩を捧げようと、心に誓っている。だが賢治に、その日は訪れなかった。この二年後には亡くなったのである。

また文中の「マツマン」は「マツラン」の誤記と思われる。なお原文は、かなり乱雑で、数箇所の訂正もあり、誤記と考えられる所もあるので、病気が進行していてひどく苦しんでいたのではないだろうか。私達も食事のたびに「頂きます」と言うのは、一粒の米にも仏陀が宿っているとの思いを表しているのではないだろうか。

F「カノ肺炎ノ虫ノ息ヲオモヘ」

（語注）

カノ肺炎＝以前の肺炎のことか。昭和三年八月に過労のため発病し、両側肺浸潤と診断され、その後十二月に急性肺炎となり、高熱と咳に悩まされた。その時のことを思い出しているようだ。

虫ノ息＝弱々しい呼吸、絶え絶えに息をすること。

為菩提＝一般には仏の悟りを指すが、死者の冥福を祈り、供養する意味があり、ここでは後者のことと思われる。

平賀ヤギ＝賢治の伯母、父政次郎の姉。最初の嫁ぎ先から不縁となり、実家に戻っていて、三歳の頃、母イチが、賢治の妹トシの出産や家事で忙しいとき、母に代わって賢治の子守りをしながら「正信偈」や「白骨の御文章」を語って聞かせ、賢治はそれを覚えて暗唱したという、賢治の信仰の最

「カノ肺炎ノ虫ノ息ヲオモヘ」
—第七五頁から第七八頁まで—

◎カノ肺炎ノ
虫ノ息ヲオモヘ
汝ニ恰モ相当ス
ルハタヾカノ状
態ノミ。他ハミナ
過分ノ恩恵ト
知レ。

為菩提平賀ヤギ
南無妙法蓮華経
南無妙法蓮華経
南無妙法蓮華経

南無妙法蓮華経
南無妙法蓮華経
南無妙法蓮華経
南無妙法蓮華経

初の導き手であった。後に平賀直治に嫁し、平賀姓となる。賢治は大正元年五月二十七日から修学旅行に出発、二十七日の夜、塩釜で病気療養中の叔母ヤギを訪問し、見舞い一泊した。この年の十二月一日ヤギは四十三歳で病没した。賢治は自分も病床にあって、叔母ヤギのことを思い出し冥福を祈るために、御題目を七回も記したのである。次に賢治の祖父母と、父政次郎の姉、妹、弟との関係を図示しよう。(図表28)

図表28〈宮沢家系図(2)〉

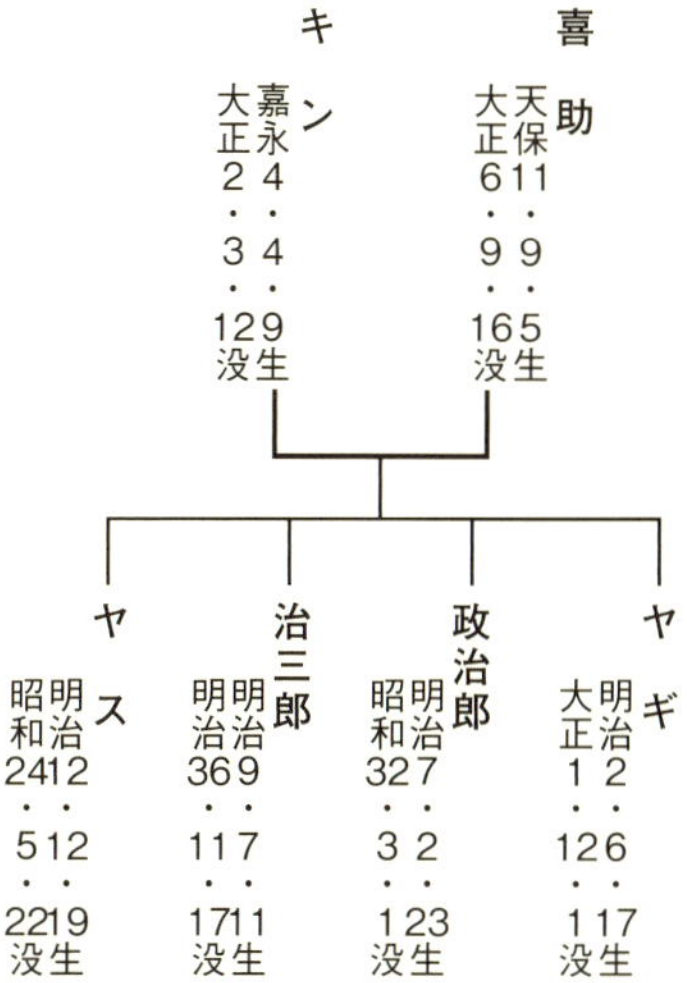

（大意）

あの時肺炎となって息も絶え絶えになったときのことを思えば、今の私の状態は、その時のようでもある。しかし、病み苦しまないでいる時は、分に過ぎた恵みであると知るべきである。

幼い時育ててくれた叔母ヤギの冥福を祈って御題目を七度記します。

（まとめ）

賢治の闘病生活については、一九二八〜一九三〇と記された「疾中」という三十篇の詩があり、生々しく病床の生活を記している。

結核患者は、死に至るまで頭脳明晰であると言うが、賢治は更に法華経の行者として、更に自然科学者として、迫り来る死の影に対峙していたのである。死を前にして、冷静に己を語っている例を私は他に知らない。「疾中」詩篇から二、三、引用してみよう。

眼にて云ふ

だめでせう
とまりませんな
がぶがぶ湧いてゐるですからな
ゆふべからねむらず血も出つづけなもんですから
そこらは青くしんしんとして

どうも間もなく死にさうです
……　中略　……
こんなに本気でいろいろ手あてもしていたゞけば
これで死んでもまづは文句もありません
血がでてゐるにかゝはらず
こんなにのんきで苦しくないのは
魂魄なかばからだをはなれたのですかな
たゞどうも血のために
それを云へないがひどいです
あなたの方からみたらずゐぶんさんたんたるけしきでせうが
わたくしから見えるのは
やっぱりきれいな青ぞらと
すきとほった風ばかりです。

訪れる死を、あくまでも客観化して、他人事のように記している。丁度ソクラテスが従容として毒盃を仰いだ時のようである。

夜

一九二九・四・二八

これで二時間
咽喉からの血はとまらない
おもてはもう人もあるかず
樹などしづかに息してめぐむ春の夜
こゝこそ春の道場で
菩薩は億の身をも棄て
諸仏はこゝに涅槃し住し給ふ故
こんやもうこゝで誰にも見られず
ひとり死んでもいゝのだと
いくたびさうも考をきめ
自分で自分に教へながら
またなまぬるく
あたらしい血が湧くたび
なほほのじろくわたくしはおびえる

前の詩と同様に出血しているとき、病の床が修行の道場で、諸々の仏が涅槃し賜う場所でもあるから誰にも看取られずに死んでもいいと自分自身に言い聞かせても、出血のたびにおびえてしまうのだと言っている。

この詩では、気弱になった賢治の姿を垣間見せている。長い闘病生活の間には感情の起伏があったのは当然であろう。却ってこういう独白に賢治の人間性が窺われる。この詩には「疾中」の中では珍しく、日付が入っていて、昭和四年というと、最初の発病で、「雨ニモマケズ手帳」以前ということになる。

最後に「疾中」詩篇の終わりの詩を引用する。

（一九二九年二月）
われやがて死なん
　今日又は明日
あたらしくまたわれとは何かを考へる
われとは畢竟法則の外の何でもない
　からだは骨や血や肉や
それらは結局さまざまの分子で
幾十種かの原子の結合
原子は結局真空の一体

外界もまたしかり
われわが身と外界とをしかく感じ
これらの物質諸種に働く
その法則をわれと云ふ
われ死して真空に帰するや
ふたゝびわれと感ずるや
ともにそこにあるのは一の法則のみ
その本原の法の名を妙法蓮華経と名づくといへり
そのこと人に菩薩の心あるを以て菩薩を信ず
菩薩を信ずる事を以て仏を信ず
諸仏無数億而も仏もまた法なり
諸仏の本原の法これ妙法蓮華経なり
　帰命妙法蓮華経
　生もこれ妙法の生
　死もこれ妙法の死
今身より仏身に至るまでよく持ち奉る

前半では、自然科学的に、生と死を考え、人間の体が原子、分子からなり、法則に支配されているとし、後半では、妙法蓮華経に帰依し、生も死も妙法蓮華経により、今病む体から死して仏になるだろうと言っている。賢治が、自然科学と仏教の統一融合を考えた到達点が示されていて、賢治の面目躍如としている。

叔母ヤギの冥福を祈って、お題目を七回も書いたのは、七世（父・祖・高祖・曽祖・自己・子・孫）又は七生の供養を意味するかも知れない。

法華経法師品第十には、『如来の滅後に、それ能く書持し、読誦し、供養し、他人のために説く者は、如来は即ち、ために衣《ころも》をもってこれを覆いたまひ、又、他方の現在の諸仏に護念せらるることを為《え》ん』と記され、法華経を書写し、読誦し、解説することは功徳があるとされ、賢治は、そういうことを考えて、お題目を、ここに記したのではないだろうか。

お題目を連記したのは、これが始めてではなく、保阪嘉内の母「いま」が大正七年六月十六日に没したことを知った賢治は、嘉内にあてた書簡の中に（書簡74、六月二十日前後）「南無妙法蓮華経」と丁寧な楷書で十四行二段に、合計二十八回も連記して、嘉内の母の冥福を祈っている先例がある。また二十八回書いたということは二十八部衆にちなんだものか、法華経二十八品を意味していたのかも知れない。無意味に二十八回記したとは思われない。

このように、病臥中常に法華経のことが念頭を離れず、法華経に支えられて結核という当時不治の病と恐れられていた病気と闘っていたのである。

病臥中の昭和五年一月二十六日の教え子菊池信一あての書簡（書簡254）にも次のように書いている。

（弘前連隊入営中）

『　南無妙法蓮華経と唱へることはいかにも古くさく迷信らしく見えますが、いくら考へても調べてもさうではありません。

どうにも行き道がなくなったら一心に念じ或はお唱ひ《ママ》なさい。こっちは私の肥料設計よりは何億倍たしかです。

軍陣の中によく怖畏を去り怨敵悉く退散するのこれが呪文にもなりあらゆる生物のまことの幸福をねがふ祈りのことばともなります。

いまごろ身掛《ママ》けでいふなら私ぐらゐの年でこんなことは云ひません。たゞ道はあくまでも道でありほんたうはどこまでも本統ですから思ひ切ってあなたへも申しあげたのです。私もう癒りまして起きて居ります。早くご丈夫でおかへりなさい。』

この書簡でも賢治は信仰を赤裸々に吐露している。

参考資料

◎「雨ニモマケズ手帳」に見る闘病生活

小倉豊文『「雨ニモマケズ手帳」研究』　筑摩書房

『復元版宮沢賢治手帳及び解説』　筑摩書房

坂本・岩本訳注『法華経』上・中・下　岩波文庫

宮沢清六『兄のトランク』　筑摩書房

中村　元『仏教語大辞典』　東京書籍

堀尾青史『宮沢賢治年譜』　筑摩書房

『新校本全集』第十五巻、第五巻　筑摩書房

◉「雨ニモマケズ手帳」以後一年

「雨ニモマケズ手帳」は、その第二頁に、「昭和六年九月廿日再ビ東京ニテ発熱」と記されているので、此の頃記入を始めたであろう。有名な「雨ニモマケズ」は十一月三日の日付があり、また前述の手帳の二頁の左隅に「十一月十六日　就全癒」とあるので、凡そ九月以降十一月、あるいは十二月までの、病床生活における思索や反省の言葉、信仰上の問題、闘病生活などが記されていたことは、前節迄に述べた通りである。

昭和七年は、家族の献身的な看病により、賢治の病気は小康状態を保った。此の頃、次の作品を発表した。

1　「児童文学」第二号に「グスコーブドリの伝記」を発表した。挿絵は棟方志功だった。

2　『岩手詩集』第一輯《しゅう》に、〈早春独白〉を発表した。
　これは岩手県出身の詩人八十一名のアンソロジーであった。

3　「女性岩手」創刊号に、文語詩〈民間薬〉〈選挙〉を発表。

4　「詩人時代」第二巻十一号に〈客を停める〉発表。

5　「女性岩手」四号に文語詩〈祭日〉〈母〉〈保線工手〉発表。

東北砕石工場からは年明けに賢治の病状を問うて来て、工場の実情を訴えたり、資金の援助を求めたりして来たが、二月五日付の(書簡404)(高橋久之丞あて)には『……実は工場との関係甚うるさく私も今春きりにて経済関係は絶つ積りに有之、当地にて多く売れたりとも少しも私の得にならず候間決して御無理無之様重ねて願上候。』(( )内の算用数字は書簡番号)

病身の賢治にとっては、あんなにも意気込んで始めた仕事であったが、体が言うことをきかないということに気付いたのではあるまいか。また「少しも私の得にならず候」という言葉は、世の為、人の為に身命を投げ打った聖人というイメージには程遠く、病気を養って貰う身としては、収入が無いということは、肩身のせまい思いがし、つい弱気な言葉が漏れたのであろう。また「今春きりにて経済関係を絶つ積り」と記したが、書簡集によると、年内には二月二十九日(書簡408)三月十二日(書簡409)三月十八日(書簡410)三月二十日前後(書簡411)四月十九日(書簡412)十二月十日(書簡436)十二月二十八日(書簡437)と七通の事務的な便りを東北砕石工場主鈴木東蔵へ出しているが、東北砕石工場への熱意がだんだん冷めてゆく様子が分かる。

年が明けた昭和八年は、一月四日(書簡444)一月二十四日(書簡447)二月三日(書簡449)二月十五日(書簡453a)二月十七日(書簡453b)二月二十一日(書簡457a)三月十三日(書簡460)三月十五日(書簡461)三月十八日(書簡462)三月二十日(書簡463)三月二十七日(書簡466)五月一日(書簡473)七月二十八日(書簡481)八月四日(書簡482)の十四通が鈴木東蔵あてに出されているが、いずれも、東蔵から厚かましく金策依頼、製品価格について、広告文案、セメント袋などの物品購入依頼、施肥法について問合わせなど、病気療養中の賢治にとっては心身共に負担となったであろう。東蔵との最後の書簡では、八月四日（書簡482）付で、『行違ひ有之てはお互不快に有之候間、一度全部引合せの上決算致度存居候。敬具』と記され、何等かの行き違いがあったことを示唆している。また決算をしようということは、賢治が東北砕石工場との関係を精算するつもりであったと思われ、これ以後の文通は残されていないのである。

賢治の病状は一進一退であったことが、書簡によって明らかである。一月二十九日高橋久之丞への（書簡402）では「何分にも咽喉気管支の疾患にて少しく強く物言へば、数日の間病状逆行し尚茲一ヶ月は病室を離れ兼ね」る有様で、前の年の九月発病してから必ずしも本復とはならず、冬期間は大事を取る必要があったようだ。

二月十七日、花巻農学校の教え子、杉山芳松あて（書簡下書404a）には「肺炎後の気管支炎で何ともお目にかゝり兼ね早速のお礼状さへ儘ならず毎日毎日思ひ出しながらやっと今日やはり横臥のまゝで鉛筆書きのお礼を申しあげる次第です。然しもう茲十日以内には起きて歩ける見込みもつきましたし今度も幸に肺結核にならずに済みましたからこの夏はきっとまた去年のやうに仕事ができるだらうとそれのみ楽しみにして居ります」と書かれて、寝たままで手紙を書いているということは病状が思わしくないことを示している。賢治が自分の病気を結核であるということは知っていた筈だが、教え子には結核でないと書いているのが気になる。そして恢復したらまた仕事をしたいと希望を記しているのが痛々しく思われる。二月二十九日鈴木東蔵あて葉書には「次ニ小生儀起床歩行ニ勉メ候へ共、息切レ甚シク辛ク十数歩ニ達スルノミニ有之」杉山芳松あての手紙の後もやはり、はかばかしくない様子がうかがわれる。教え子には心配させぬように楽観的な内容としたのかもしれない。

四月下旬から五月上旬と思われるが、賢治は下顎第一臼歯外側歯齦潰瘍のため出血がなかなか止まらず、烙白金で焼いて、やっと止血することができた。賢治はこのことを詩「眼にて云ふ」に記した。

五月十日遠野物語の話者佐々木喜善あて（書簡414）には「何分前日は起きあがりもできずにお目にかかって居り、病中居は同様のきうくつな立場なので、いろいろ失礼ばかり重ね、すっかりおこりになったかとも恐れる次第です。ただ今やっと座って居れるれるやうになり五六ぺん休めば店あたりまで歩けるやうになりました。」四月十三日に喜善が訪問したことに対する返書で、四月の時点では、寝たままで応対したが、その後一ヶ月位過ぎて起き上ることができたようだ。

六月二十二日盛岡中学校の先輩中舘武左衛門あて（下書422a）には、「小生儀前年御目にかかりし夏、気管支炎より肺炎肋膜炎を患ひ花巻の実家に運ばれ、九死に一生を得て一昨年より昨年は漸く恢復、一肥料工場の嘱託として病后を働き居り候処昨秋再び病み今春癒え尚加療中に御座候。小生の病悩は肉体的には遺伝になき労働をなしたることにもより候へども矢張り亡妹同様内容弱きに御座候。諸方の神託等によれば先祖の意志と正反対のことをなし、父母に弓を引きたる為との事尤もと存じ候。然れども再び健康を得ば父母の許しのもとに家を離れたくと存じ居り候」この中の「前年」というのは、文脈から考えて、羅須地人協会当時を指しているようだ。その後の経過を簡潔に記しているが、発病の理由について「内容的弱さ」と述べていることと、この頃、あちこちで神託を受けていること、それによると病気の原因は、父母に反抗したためという点が注目される。そして健康を取り戻したら、家を離れて独立したいという願いを述べている。

十月五日友人の森佐一あて（書簡431）には、「私の病気もお蔭でよほどよくなりました。いつでもよほどよくなってゐるやつだと思ふでせうが、それほど恢復緩漫《ママ》たるものです。病質はよく知りませんが、肺尖、全胸の気管支炎、肋膜の古傷、昨秋は肺炎、結核も当然あるのでせう。ただ昨今は次第に呼吸も楽になり、熱なく、目方ふえ（十一貫位）一町ぐらゐは歩き、一時間ぐらゐづつは座るやうになった所を見れば、この十月十一月さへ、ぶり返さなければ生きるのでせうと思はれます」

この年の夏を無事に乗り切って、秋のことであるが、この手紙を見る限りでは、かなり良くなりつつあり、この冬さえ無事に過ごせば生きる希望があると賢治は考えていたようだが、この手紙の一年後には亡き人となっていたのである。だが体重が十一貫というのは、約四十一キログラムであるから、かなり衰弱した状態であった。なにしろ菜食なので栄養が足らず、卵もだめ、牛乳は一口飲んでも一日中むっとするという状態だったので、体力がどうしても付かなかったのである。

「雨ニモマケズ手帳」の後の一年間は、このようにして徐々にではあるが寝たきりの状態から起きて、室内を歩けるまでに回復したのであった。

◉臨終の年、昭和八年

この年の一月一日は年賀状を書くことで始まった。年賀状のあて先から、当時の交友関係が推定できょう。

一月一日

浅沼　政規・稗貫農学校第一回生（大正十一年三月卒）

河本　義行・アザリア同人、盛岡高等農林学校で賢治の一級下、この年の七月十八日水死、最後の年賀状。

菊池　信一・花巻農学校第四回生（大正十四年三月卒）で、大正十五年花巻農学校で開かれた国民高等学校で賢治の教えを受け、修了後も指導を受けた。

高知尾智耀・国柱会で賢治と最初に面接し賢治に「法華文学ノ創作」をすすめた。（晩年賢治は国柱会と縁を切ったという説が否定される。）

母木　　光・岩手県出身の詩人、作家、岩手詩集（昭和七年四月刊）の編集発行を機に、晩年の賢治を訪れている。

高橋　忠治・稗貫農学校第二回生（大正十二年三月卒）

藤島　準八・花巻農学校第四回生（大正十四年三月卒）この年七月十六日死亡。

伊藤　与蔵・羅須地人協会設立当時の会員、賢治開墾畑の隣家。

一月三日

斎藤　貞一・花巻農学校大正十三年病気退学、その後も度々懇切な指導を受く。

一月七日

菊池　武雄・『注文の多い料理店』の挿絵を書き、その後も交際があった。

以上は書簡集によるが、賢治から出された年賀状のうちで受取人に保存されていたもののみであるが、最も多いのは、農学校教員時代の教え子からで、賢治が退職してから既に七年経過しているが、なお生徒との交流があり、求められれば親切に対応していたことが分かる。河本義行あての年賀状に見るように、印刷ではなく、自筆であったようだ。文面は、次のようだ。

「ご無沙汰いたしました。この数年意久地なく疾んでばかり居ました。お作拝見いたしたう存じます。」

賢治は生涯の最後の年に生き急ぐように、次々と詩作品等を発表した。年譜から拾ってみると二月から七月にかけて、七篇発表している。

二月十五日
「新詩論」第二輯に〈半蔭地撰定〉
三月一日
「詩人時代」三巻三号に〈詩への愛憎〉
三月二十五日
「天才人」六号に「朝に就ての童話的構図」
四月一日
「日本詩壇」創刊号に〈移化する雲〉
六月二十七日

石川善助遺稿集「鴉射亭随筆」に追悼文を寄稿した。

七月一日

「詩人時代」三巻七号に〈葱嶺《パミール》先生の散歩〉

七月二十日

「女性岩手」二巻三号に〈花鳥図譜・七月〉

生前発表されて活字になったものは、ここまでである。生前送稿し、死後活字となったものが他に若干ある。

もうひとつ特記したいことは、文語詩の推敲が進められたことである。賢治は文語詩に大きな自信を持っていた。文語詩の推敲をしながら、妹に「なってもなくても、これがあるもさ」（何も無くなっても、文語詩が残るという意味）と言ったという。

文語詩未定稿群が存在し、その中から選んで推敲していったと考えられる。死の一ヶ月前に、ほぼその作業が一段落した。

八月十五日

「文語詩稿　五十篇」の推敲を了り、「本稿集むる所、想は定りて表現未だ足らざれど現在は現在の推敲を以て定稿とす。」

八月二十二日

「文語詩稿　一百篇」の推敲を了り、「本稿想は定まりて表現未だ定らず。唯推敲の現状を以てその時々の定稿となす」（一百篇とあるが数えてみると一百一篇ある、几帳面な賢治が数え違えたのも病気による衰弱の為とも考えられる。）

その他に未定稿が一百二篇存在し、「本稿想未だ定せず、表現本より定まらざるもの　発表要せず」と記されている。以上まとめると次のようになり、文学上これが最後の仕事となった。他に童話など多くの未定稿が残され、全集編纂者の頭を悩ますこととなったが、賢治には、短い詩作品の推敲するだけの余力しか残されていなかったのである。そして賢治としては、文語詩をまとめて出版したいという気持ちがあったということが分かる。

賢治の病状の推移については、書簡によって見ると、

一月一日　高知尾智耀あて（葉書441）「お蔭様にて此の度も病漸くに快癒に近く孰れは心身を整へて改めて御挨拶申上候」

一月三日　斎藤貞一あて（葉書443）「私も一昨年の冬から又疾みましたがこの頃はやっと少しづつ仕事もできるやうになりました。」

一月七日　菊池武雄あて（封書445）「やっと少しづつ下らない仕事して居ります。しかしもう一昨年位の健康はちょっと取り戻せそうもありません。」

三月二十六日　佐藤元勝あて（封書464）「悪念、外に発せざるもの、次第に集積敗爛してこの患をなしたるものかと、自ら笑ふこともあります。」

六月二十三日　高橋忠弥あて（葉書476）「何分いまだ病中で力を入れた仕事六ケしく、」

八月四日　沢里武治あて（葉書483）「私もお蔭で格別の変りもありません。ただ幾分肺にラッセル残り、この前のやうにすくすくと治りません。外へは出られませんが、家の中の仕事はまづ自由なのでまあ退屈もせずやって居ります。」

八月二十三日　母木光あて（葉書484）「折角遠いところをお出で下すっても例によってただもう陰気なばかり、殊に度々横になったりしまして何とも済みませんでした。」

八月三十日　伊藤与蔵あて（封書484a）「私もお蔭で昨秋からは余程よく、尤も只今でも時々喀血もあり殊に咳が初まれば全身のたうつやうになって二時間半ぐらゐ続いたりしますが、その他の時は、弱く意気地ないながらも、どうやらあたり前らしく書きものをしたり石灰工場の事務をやったりして居ります。しかしもう只今ではどこへ顔を出す訳にもいかず殆ど社会からは葬られた形です。それでも何でも生きてゐる間に昔の立願を一応段落つけやうと毎日やっきとなってゐる所で我ながら浅間しい姿です。」

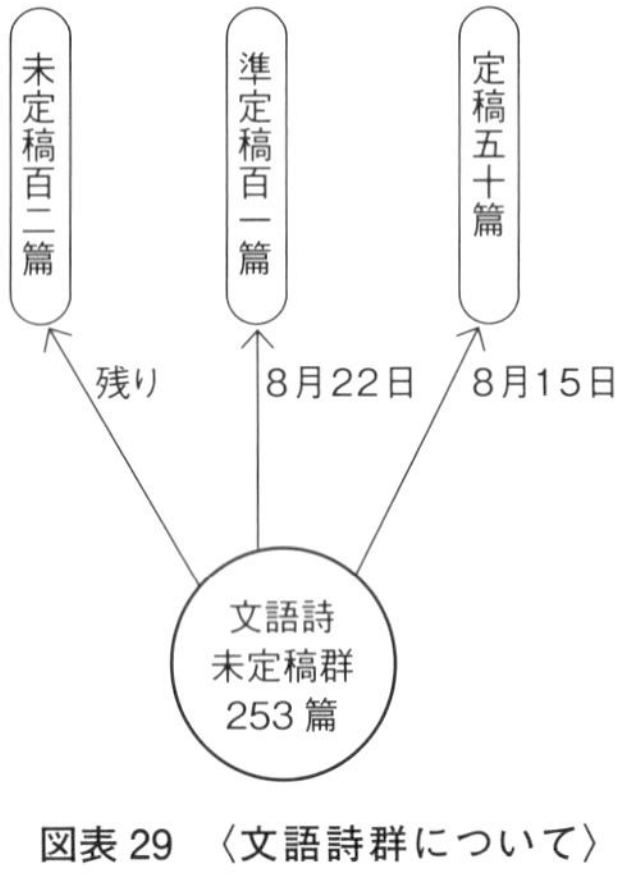

図表29　〈文語詩群について〉

以上がこの年の一月から八月までの賢治が自分の病気について語った言葉の端々であるが寝たり起きたりの毎日で、来客があって対座していても長時間起きていることができず横にならねばならず、そのことを詫びたりしている。また肺にラッセル音がしたり、咳き込むと二時間半も苦しむという有様であるが、病気の原因について、悪念が内に籠って発病したと述べている。そして小康を得ては、仕事（恐らく文語詩の推敲などをしていたと思われる）をしている。

伊藤与蔵あての書簡で「昔の立願」とあるが「立願」と云えば一般に神仏に願をかけることであり、昔賢治がどのような願を掛けたであろうか、考えてみると、その一つは「法華文学ノ創作」であり、次は「農村を最後の目標として只猛進」することに尽きるのではないだろうか。農村の救済こそは、賢治の悲願であり、その為の東北砕石工場であり、肥料設計であり、最後までそのことは賢治の脳裡から去らなかったのである。

また法華経への信仰も変らなかったことは、年賀状に、その一節を記したことでも知られる。

浅沼政規あてには、

妙法蓮華経　天人常充満

妙法蓮華経　宝樹多華菓

菊池信一あてには、

我此土安穏　天人常充満

藤島準八あてには、

妙法蓮華経
我此土安穏天人常充満
妙法蓮華経
宝樹多華菓衆生所遊楽
妙法蓮華経
慧光照無量寿命無数劫

いずれも「如来寿量品第十六」の偈からの引用であり、特に「我此土安穏天人常充満」は賢治が好み、毛筆で練習したものが残されている「我此土安穏天人常充満」（わがこの土は安穏にして、天・人、常に充満せり）こそが賢治の願いでもあった。

ここで賢治の病歴をまとめてみた。（図表30）

◉臨終前後、九月十七日から二十一日迄

図表30〈宮沢賢治の病歴〉

年齢	年	病状
六歳	明治三十五	九月下旬、赤痢に罹患。二週間で退院。
十八歳	大正三	三月蓄膿症手術、発熱し発疹チフスの疑い。結核の初感染の疑いもあり、六月退院。
二十二歳	大正七	七月かるい肋膜炎「私のいのちもあと十五年はあるまい」と河本義行に告げた。その通りとなった。
二十五歳	大正十	家出上京中「脚気」にかかったというが、栄養失調の疑いがある。
三十二歳	昭和三	両側肺浸潤（八月）、急性肺炎（十二月）、結核状であった。
三十五歳	昭和六	九月上京中発病、二十八日帰花、病臥。
三十六歳	昭和七	晩春歯齦から出血、止まらず壊血病か。
三十七歳	昭和八	結核が急変し九月二十一日午後一時三十分瞑目。

臨終前後については、賢治の弟清六や、知人等の記録があるが内容は必ずしも一致していないのでそれ等を整理してまとめてみた。資料として次の著書を利用した。賢治の伝記は、これらの孫引きが多い。

1　宮沢清六『兄のトランク』筑摩書房（一九八七年）
いうまでもなく実弟、ただ肉親の死にあたって、冷静な記録ができたかどうか。

2　佐藤隆房『宮沢賢治』冨山房（一九四三年）
賢治の父と親交があり、花巻病院院長、賢治は、この病院の治療を受けたが主治医ではない。この著書は、賢治について書かれた最初の本である。

3　関登久也『宮沢賢治素描』協栄出版（一九四三年）、『続宮沢賢治素描』真日本社（一九四八）、『宮沢賢治物語』岩手日報社（一九五七）、素描、続素描をまとめた『賢治随聞』、角川選書（一九七〇）
賢治とは、又従弟で義理の兄弟という親しい関係で、国柱会に共に入信、歌人でもあり、賢治を最も理解していた。

4　森荘已池『宮沢賢治の肖像』津軽書房（一九七四年）
盛岡中学校の後輩、詩人、直木賞受賞、親しい交際は晩年まで続いた。賢治と徒歩旅行したり、作品にも登場させた。

九月十七日から三日間は鳥谷ヶ崎神社の祭典であった。この年は岩手県は空前の大豊作で米の収量が百三十二万石とも言われた。前年も次の昭和九年も冷害による凶作であったから、なぜか天地も賢治の死を悼むかのようであった。

花巻は周辺の農村を相手にする商人の町であるから、農民が豊かになれば町も賑わうのである。近隣の農村の老若男女は、久しぶりの豊作に喜んで町に出て来て、大いに賑わいをみせた。

九月十七日（祭典第一日）

神輿が神社を出て町を練り歩いた。山車も町内から賑やかに繰り出した。賢治は裏二階の病室から店頭に降りてきて、終日祭礼を楽しんだ。また門口にも足を運び、農民たちの喜びを肌に感じたようだった。

九月十八日（祭典第二日）

この日も、門の所まで出たり、店先に座ったりして、収穫を喜ぶ人出や、鹿踊りを見たりして楽しんだ。

九月十九日（祭典最終日）

この日の夜は神輿が神社に還御することになっていた。賢治はそれを拝むために門の所に出て待っていた。東北地方では九月も半ばを過ぎると夜は冷気が迫ってくるので、寒さと疲れで、病状が悪化することを心配した母イチは「賢サン。夜露ひどいんちゃ、入って休んでいる方いいだんすちゃ」と賢治に言ったが賢治は「大丈夫だんすじゃー」と答え、夜八時頃に練ってきた神輿を拝んで二階の病室に戻って床についた。
この日、日中の気分の良いときに、半紙に毛筆で二首の短歌を書いた。賢治の絶筆とされている。
文学的には盛岡中学時代に短歌で出発し、絶筆が短歌というのも奇しき因縁である。

「方十里　稗貫のみかも　稲熟れて
み祭三日　そらはれわたる」

（歌意）稗貫郡の十里四方に稲が登熟し、昨年の冷害に比べて、大豊作となった。それを寿ぐように、祭典の三日間は晴れ渡った。
と、賢治が農民のために半生を捧げたのが報われたという喜びが伝わってくる。

「病《いたつき》のゆゑにもくちん　いのちなり　みのりに棄てば　うれしからまし」

（歌意）今病気で失う生命であるが稲の稔りの役に立つならば、嬉しいことだ。
「みのり」は「稔」と「御法」にかかる言葉で、一方では仏教の教え、ここでは法華経のために生命を棄てることも喜んでいる。最後まで法華経の行者としての賢治の姿をうかがうことができる。

九月二十日
病床にあった賢治が祭典中に三日間も起きて店先や門の所に出ていたのを見て、賢治の病状が大分回復したと考えた農夫が、宮沢家を訪れて、起きて来た賢治に、営農の相談をした。それを見て母イチは安心して外出したが、賢治は急に容態が変り呼吸が苦しくなったので呼び返され、花巻病院から医師がかけつけた。「急性肺炎」という診断であった。

政次郎も最悪の場合を考え、賢治に死の心構えをさせようと親鸞や日蓮の往生観を語りあった。

夜七時頃農夫が賢治を訪ねて肥料のことで相談に来た。賢治の容態が切迫していることを知らない店の人が、賢治に伝えた。賢治は家人が止めるのも聞かず、衣服を改めて玄関の板の間に正座し、まわりくどい話をていねいに聞いた。一時間程してやっと帰った。家人は止めることもできず、いらいらしていた。賢治を二階に抱えあげた。その夜は心配した弟清六が傍らに寝た。賢治は「今夜は電燈が暗いなあ」と呟いた。もう視力が衰えていたであろう。また「おれの原稿はみんなおまえにやるから、もしどこかの本屋で出したいといってきたら、どんな小さな本屋でもいいから出版させてくれ。こなければかまわないでくれ」と告げた。

原稿については、ある時母に「この童話は、ありがたいほとけさんの教えを、一生懸命に書いたものだんすじゃ。だからいつかは、きっと、みんなでよろこんで読むようになるんすじゃ」と告げていたという。

九月二十一日

朝の往診の医師に母が容態を尋ねると、医師は「どうも昨日のようでない」と答えた。それは危険な状態であるということである。

母は実家の父に電話して熊の胆を届けるよう頼んだ。賢治には祖父にあたる善治が自分で持参して孫に飲ませた。様子が落着いているようなので祖父は帰った。

午前十一時過ぎに、二階の賢治の病室からりんりんとしたバリトンで「南無妙法蓮華経、南無妙法蓮華経……」と唱題の声が聞こえてきた。

階下の家族は、びっくりして階段を駆け上がった。賢治は蒲団の上に端座して合掌し、お題目を唱えていた。これを見て家族も最悪の場合を思った。

父政次郎は、賢治に声をかけた。「賢治、今になって、何の迷いもながべな」賢治は、「もう決まっております」と答えた。父は、「何か、言い残したことはないか、書くから、すずり箱を持ってくるように」と云った。

母は、それは賢治に死を宣告するようなものだと思い「いま急いでそんなことをしなくても―」と夫を非難するような口調で呟いた。父は、はっきりと「いいや、そんなものではない」とはっきり答えた。巻紙と筆を持った父に、賢治はゆっくりと静かに花巻弁で語り始めた。「国訳の法華経を千部印刷して知己友人にわけて下さい。校正は北向さんにお願いして下さい。本の表紙は赤に―。『私の一生のしごとは、このお経をあなたのお手もとにおとどけすることでした。あなたが仏さまの心にふれて、一番よい、正しい道に入られますように』ということを書いて下さい。」

父は「法華経は自我偈だけかまたは全品か」と聞いた。賢治は「どうぞ法華経全品をお願いします」と答えた。またあとがきは「合掌、私の全生涯の仕事は此経をあなたのお手許に届け、そしてその中にある仏意に觸れて、あなたが無上道に入られんことをお願ひする外ありません。昭和八年九月二十一日　臨終の日に於て　宮澤賢治」とし、父は賢治に読み聞かせ「これでいいか？」と問うた。賢治は「それで結構です。」と答えた。「あとはもうないか」と重ねて父が問うた。そばで聞いていた母は「あとは、今でなくてもいいでしょう。」と賢治に代って答えた。賢治は「あとは、またおきて書きます。」と答えたが再び起きて書くことは無かった。

息子の臨終に際して、この父の毅然たる態度には、驚嘆せざるを得ない。確固たる信念が無ければ、こういう行動は取れないと思う。この父にして、この子ありの感を深くするのである。

続いて父は「たくさん書いてある原稿はどうするつもりか？」と聞いた。賢治はそれに「あれは、みんな、迷いのあとですから、よいように処分して下さい。」と答えた。父は賢治に「おまえのことは、いままで、一遍もほめたことがなかった。今度だけはほめよう。りっぱだ。」賢治は生まれて始めて死の直前に父から褒められ、心から嬉しそうに弟の清六に「お父さんに、とうとう、ほめられたもや。」と語った。

父は階下に降り、家族も昼食のために下に降り、傍には母だけが残った。賢治は母に便器を入れてもらって排尿した。母に礼を言った。母は「そんなことはない、それよりも早く良くなっておくれ」と告げた。

賢治は「お母さん、また、すまないども水コ」と言った。母は吸呑に一ぱい入った水を渡した。賢治は、おいしそうにコクコクとのどを鳴らしてそれを呑んだ。「ああ、いい気持だ」と言った。それから枕元のオキシフルを浸した脱脂綿で手、首、体を拭き、又「ああ、いいきもちだ」と繰返した。母は症状が落着いたと思い蒲団をなおしながら、「ゆっくり休んでじゃい」と言って、そっと立って部屋を出ようとして、ふり返って賢治を見ると、賢治の様子が変り、すうっと眠りに入るような賢治の呼吸が潮の引くように弱くなり、手にした脱脂綿が手からポロリと落ちた。母は「賢さん、賢さん」と強く叫びましたが、もう答は無かった。その時一時半であった。

従容たる賢治の死は、さながら高僧の死のように、嬉々として、御仏の元に帰っていったようである。それにしても、賢治は最後まで、法華経の行者であった。残された者に「国訳法華経」を届けて、無上道に入ることを願ったのである。そして父には全作品を、適当に処分してほしいと述べたことは、賢治の全作品も、法華経と引き替えてもよいということであろう。これ程まで法華経に帰依した生涯であったということである。

遺言は実行された。印刷所は盛岡市の山口活版所、発行者は宮沢清六、昭和九年六月五日の発行で、通し番号を付けられ、友人知己に配られた。筆者は、以前から、賢治の散文作品は、法華経の長行《じょうごう》にあたり、詩等は偈《げ》にあたるのではないか、と考えていた。賢治が原稿について母に言った言葉にもそれは示されている。賢治は妙法蓮華経の精神を伝えるために多くの作品を書き、また法華経の教えにより菩薩行を実践したと言うべきである。

九月二十三日二時から宮沢家の菩提寺安浄寺（真宗大谷派）で葬儀が行われた。法名は国柱会から

詩人宮澤賢治氏
きのふ永眠す
日本詩壇の輝しい巨星墜つ
葬儀はあす執行

花巻町豊澤町宮澤政次郎氏長男宮澤賢治氏はかねて病氣中のところ最近小康の狀態にあつたが廿一日午後一時半病あらたまり遂に永眠した享年二十八、氏は先に盛岡高農を卒業、花巻農學校に職を執られ、また田中智學氏のもとにあつて深く佛教をきわめ大正十三年心象スケツチ詩集『春と修羅』童話集『注文の多い料理店』を發表して日本詩壇に嘗てない特異の存在を示し新しい巨星として全日本詩壇注目のうちに詩作を發表してゐたもので詩、童話その他數十卷の未刊の作品を所藏され、その非ジヤーナリスチツクの故に高名であり『春と修羅』の如きは當時發行所の不誠意から夜店で賣られたりしたが現在は所持者は卅圓でも手離さない古典的な名詩集となつてゐる、御葬儀は廿三日午後三時から花巻町安淨寺で執行される

（寫眞は故宮澤賢治氏）

永眠を報ずる新聞記事
（「岩手日報」昭和８年９月23日　岩手日報社提供　国立国会図書館所蔵）

送られた「真金院三不日賢善男子」である。（後に、昭和二十七年頃日蓮宗の身照寺に改葬された。）当日森佐一、藤原嘉藤治、母木光連名の弔辞（母木光執筆）に「私どもはあなたをあなたの芸術を世界第一流のものとして、大きいほこりを持つのに御本人のあなたは、この世のものでないやうに謙譲でひたすらかくして居られました。この町の人々は、そしてこの国の人々は、そして日本の人々は、五十年或いは百年の後に、あなたがどのやうに偉かったといふことがわかるでせう」と述べたが、死後百年たたぬ間にその予言の通りになったのである。

次に賢治の死を伝える「岩手日報」の記事を掲載しよう。

「宮沢賢治と法華経について」は、賢治の死を以て終えることにする。次回は想を改めて、賢治の童話作品について検討することにしたい。（完）

主な参考資料

『新校本宮沢賢治全集』　筑摩書房
『写真集宮沢賢治の世界』　筑摩書房
宮沢清六『兄のトランク』　筑摩書房
堀尾青史編『宮沢賢治年譜』　筑摩書房
堀尾青史『年譜宮沢賢治伝』　図書新聞社
佐藤隆房『宮沢賢治』　冨山房
小倉豊文『宮沢賢治「雨ニモマケズ手帳」研究』　筑摩書房
関登久也『宮沢賢治物語』　岩手日報社
関登久也『賢治随聞』　角川書店
森荘已池『宮沢賢治の肖像』　津軽書房
坂本幸男、岩本裕 訳注　『法華経』　岩波書店

芸術としての人生――あとがきに代えて

牧野 立雄

宮沢賢治が法華経の信者で、『国訳妙法蓮華経』一千部を印刷して友人知己に配布するとともに経筒に納めて故郷の山々に埋めるように遺言したことは有名な逸話である。また、十八歳の時に島地大等編『漢和対照 妙法蓮華経』を読んで体が震えるほど感動したこと、学生時代に片山正夫『化学本論』と「法華経」をいつも座右において読んでいたこと、浄土真宗の在家信者であった父親と激しい宗教論争を戦わせ周囲をはらはらさせたこと、二十五歳の時に一家の改宗を願って家出上京したこと等々、宮沢賢治と法華経についてのエピソードは枚挙にいとまがない。

ところが、著者が言うように従来の賢治論でもっとも欠けていたのは賢治と法華経の関連についてである。森荘已池、紀野一義、久保田正文らの論考を集めた八重樫昊編『宮沢賢治と法華経』（普通社、昭和三十五年）や小倉豊文『「雨ニモマケズ手帳」新考』（東京創元社、昭和五十三年）、龍門寺文蔵『雨ニモマケズの根本思想 宮沢賢治の法華経日蓮主義』（大蔵出版、平成三年）などの優れた論考もあるが、幼少年時代から臨終の時まで、つまり賢治の生涯と照らし合わせながら法華経との関連について真正面から論じた研究書は、本書が最初であると言っても過言ではない。しかも本書は、高校生や賢治愛好者に賢治の魅力をやさしく語りかけてきた著者ならではの分かりやすい解説と関連する図表など親切な工夫が施されており、格好の宮沢賢治入門書にもなっている。これから宮沢賢治の研究を志す者にとっては、まさに必読書であると言えよう。

さて、本来ならば著者が書くべき「あとがき」を私が書くことになったのは、本書の出版の準備が進んでいた本年五月、著者が心不全で突然亡くなったためである。今年の春先から体調を崩し、五月初めに入院したものの本人も家族も遠からず退院できるだろうと思っていた。が、十九日早朝、遺言も残さず、著者は一人で旅立って行った。残されたのが本書と発送直前の週刊「あるびれお通信」八二八号であった。

著者・田口昭典は、昭和三年に秋田県仙北郡田沢湖町の農家の長男に生まれ、小学校六年生のときに観た映画「風の又三郎」のきらきら光るガラスのマントや秋田県立大曲農学校時代に読んだ谷川徹三のパンフレット「雨ニモマケズ」によって宮沢賢治に開眼し、敗戦後、賢治の母校である盛岡農林専門学校（現・岩手大学農学部）農芸化学科に進学。賢治の学んだ教室で講義を聴き、賢治が使った実験台でいろいろな実験をした。

高農卒業後は家に戻って農業を継ぐつもりであったが、昭和二十四年、教員不足から乞われて宮城県南郷農業高等学校の教員となった。その頃から授業の合間に、宮沢賢治の魅力を生徒に語りかけていたという。その後、故郷の秋田県にもどり化学の教員として県立矢島高等学校、大曲高等学校、角館高等学校などに勤務。納豆菌の研究をまとめて納豆博士のニックネームを得る一方、ライフワークとして賢治研究を進めていた。

私が盛岡で著者の長女と出会い、結婚したのは角館高校に勤務していた頃で、私が編集していた同人誌『時圏』に書いてもらった「私見　宮沢賢治」が『宮沢賢治の生と死』（洋々社、昭和六十二年）となり、昭和六十三年度の第三回岩手日報文学賞賢治賞を受賞。長年の研鑽が実を結んだ。さらに、高校退職後は、秋田大学で図書館学の非常勤講師を務めるかたわら手作りの宮沢賢治情報誌「あるびれお通信」を週刊で発行。また秋田の雑誌「北域」に「宮沢賢治と縄文」、「宮沢賢治と法華経について」などの論考を連載。前者が『縄文の末裔　宮沢賢治』（無明舎出版、平成五年）として出版され、後者が本書となった。

身近に接した著者は、宮沢賢治の精神とは何かを常に考え、実践することの大切さを語り、その思いを盛岡の宮沢賢治の会や各地の賢治の会で語るとともに、宮沢賢治情報誌「あるびれお通信」にこめて全国各地の研究者やファンと交流を深めていた。年を重ねるごとにいきいきと輝きを増したその姿は、賢治研究者としての理想的な生き方に見えた。そして、孫たちと一緒に畑仕事をしたり、夏休みの自由研究を指導している姿は幸福な家族の肖像そのものであった。

「芸術としての人生は老年期中に完成する」（「農民芸術概論綱要」）と宮沢賢治は言った。著者の老年期は、それを実現した。きっと今頃は、賢治の園に迎えられ、直接教えを受けていることだろう。

最後に、本書をこのような形で出版して下さったでくのぼう出版の熊谷えり子さんとそのスタッフの皆様に心からお礼を申し上げます。

平成十八年八月十一日

初出一覧

序　章

宮沢賢治思想の中核を探る　北域社『北域』第三十七号　一九九三・五・十五　宮沢賢治と法華経について(一)

法華経はどんなお経か　北域社『北域』第三十七号　一九九三・五・十五　宮沢賢治と法華経について(一)

第一章　幼少・青年時代(〜大正9年)

浄土真宗に育まれた　北域社『北域』第三十八号　一九九三・十・十八　宮沢賢治と法華経について(二)

模索の時代　北域社『北域』第三十八号　一九九三・十・十八　宮沢賢治と法華経について(二)

法華経との遭遇　北域社『北域』第三十八号　一九九三・十・十八　宮沢賢治と法華経について(二)

廃仏毀釈の嵐と仏教　北域社『北域』第三十九号　一九九四・四・三十　宮沢賢治と法華経について(三)

なぜ国柱会か　北域社『北域』第三十九号　一九九四・四・三十　宮沢賢治と法華経について(三)

宮沢賢治の国柱会入会　北域社『北域』第三十九号　一九九四・四・三十　宮沢賢治と法華経について(三)

第二章　上京中(大正10年)の賢治

家出上京　北域社『北域』第四十号　一九九四・十一・三　宮沢賢治と法華経について(四)

上京中の生活　北域社『北域』第四十号　一九九四・十一・三　宮沢賢治と法華経について(四)

上京中の生活(続)　北域社『北域』第四十一号　一九九五・七・十　宮沢賢治と法華経について(五)

上京中の法華経の布教活動　北域社『北域』第四十一号　一九九五・七・十　宮沢賢治と法華経について(五)

父の来訪と上方旅行　北域社『北域』第四十二号　一九九五・十二・二十　宮沢賢治と法華経について(六)

初出一覧

第三章農学校教師時代

花巻へ帰宅し稗貫農学校教諭となる	北域社『北域』第四十三号	一九九六・六・二十	宮沢賢治と法華経について(七)
農学校教師時代	北域社『北域』第四十三号	一九九六・六・二十	宮沢賢治と法華経について(七)
同僚達と法華経	北域社『北域』第四十四号	一九九六・十一・一	宮沢賢治と法華経について(八)
妹トシの死と法華経	北域社『北域』第四十四号	一九九六・十一・一	宮沢賢治と法華経について(八)
「法華堂建立勧進文」について	北域社『北域』第四十五号	一九九七・六・三十	宮沢賢治と法華経について(九)
花巻教会所の創立から身照寺へ	北域社『北域』第四十五号	一九九七・六・三十	宮沢賢治と法華経について(九)

第四章　「雨ニモマケズ手帳」から臨終まで

「雨ニモマケズ手帳」について	北域社『北域』第四十六号	一九九八(編注)・十二・十	宮沢賢治と法華経について(十)
「雨ニモマケズ手帳」と法華経	北域社『北域』第四十六号	一九九八(編注)・十二・十	宮沢賢治と法華経について(十)
埋経について	北域社『北域』第四十七号	一九九八・五・十二	宮沢賢治と法華経について(十一)
常不軽菩薩か観世音菩薩か	北域社『北域』第四十七号	一九九八・五・十二	宮沢賢治と法華経について(十一)
「雨ニモマケズ手帳」に見る闘病生活	北域社『北域』第四十八号	一九九八・十一・二十	宮沢賢治と法華経について(十二)
「雨ニモマケズ手帳」以後一年	北域社『北域』第四十九号	一九九九・四・三十	宮沢賢治と法華経について(十三)
臨終の年、昭和八年	北域社『北域』第四十九号	一九九九・四・三十	宮沢賢治と法華経について(十三)
臨終前後、九月十七日から二十一日迄	北域社『北域』第四十九号	一九九九・四・三十	宮沢賢治と法華経について(十三)

※編注　(「北域」第四十六号は平成十一年(一九九八年)発行と奥付にあるが、著者・発行者共に逝去されたため確かめることができなかった。

宮沢賢治入門

宮沢賢治と法華経について

二〇〇六年 九月 二一日 初版第一刷 発行
二〇一八年 三月 二一日 第二刷 発行

著 者 田口 昭典《あきすけ》

装幀者 小池潮里
発行者 山波言太郎総合文化財団
発行所 でくのぼう出版
神奈川県鎌倉市由比ガ浜 四—四—一一
TEL 〇四六七—二五—七七〇七
ホームページ http://yamanami-zaidan.jp/
発売元 株式会社 星雲社
東京都文京区水道 一—三—三〇
TEL 〇三—三八六八—三二七五
印刷所 昭和情報プロセス株式会社

ISBN978-4-434-08360-0